A MILD NOBLE'S VACATION SUGGESTION

優雅貴族的休假指南。

4

著 岬　圖 さんど
譯 簡捷

◆ Contents ◆

45

沐浴在陽光底下，使勁伸個懶腰，一陣暈眩忽然襲來。

閃爍的白光遮蓋視野，眼窩隱隱作痛。利瑟爾勉強穩住腳步，悠哉享受溫暖的陽光。

他就這麼在日光下暖烘烘地站著，劫爾拋來無奈的目光，伊雷文則是看見他頭腦有點搖搖晃晃，擔心地扶著利瑟爾的背。

「陽光好刺眼。」

「因為你真的一直宅在房間嘛，隊長。」

「自作自受，你這次沒出門半步才會這樣。」

劫爾宣布讀書禁止令之後，利瑟爾勉強忍住讀書的渴望，一路回到王都帕魯特達。後來劫爾又讓了他幾天，禁令提早解除的瞬間，利瑟爾立刻開始全力發洩累積已久的讀書欲望。

結果，他在房間窩了整整一星期。三餐總是一手拿書配著三明治，除了必要的生活習慣以外，所有時間都拿來讀書了。拜此所賜，現在利瑟爾一臉神清氣爽。劫爾說，愛書愛到這個境界太嚇人了。

「你還撐得住吧？」劫爾問。

「沒問題的。」

劫爾伸手為他擋住眼睛周邊的陽光，利瑟爾心懷感謝地接受幫忙，靜靜等待泛白的視野恢復正常。理想的讀書生活也不輕鬆。

「隊長，今天還是算了吧？」
「沒關係，只要挑不需要東奔西跑的委託就好……啊，這樣你們會不會無聊？」
「沒差。」
「完全沒關係喲！最近我還帶著大哥進迷宮探險了欸。」
眼睛逐漸習慣了陽光，利瑟爾道聲謝，劫爾的手便離開了。太陽穴一瞬間有點疼痛，不過痛楚慢慢緩和，感覺沒有問題。利瑟爾邁開步伐，劫爾和伊雷文也跟了上去。
「有劫爾在很方便呢。」
「對吧！」
「你那講法是什麼意思。」
伊雷文雖然樂於挑戰強敵，但是攻略迷宮太麻煩了，他實際抵達最深層的迷宮其實寥寥可數。而且一直應付同樣的對手，他馬上就膩了，因此不必大費周章攻略迷宮，就能直接挑戰未知的頭目，對伊雷文來說肯定別具吸引力。
「你不在的時候，這傢伙完全不懂得節制。」
「咦？」
「為了換取敵方損傷，粉身碎骨在所不惜。」
迷宮的頭目沒有那麼好對付，不可能只因為換上最高級的裝備就大獲全勝。正面承受攻擊當然會遭到巨大損傷，沒有本事也無法傷到頭目一根寒毛。
劫爾是例外中的例外，即使是伊雷文，獨自迎戰頭目也不可能毫髮無傷。不過，五、六名A階冒險者合力作戰的情況下，迷宮頭目仍然是必須苦戰的強敵，伊雷文單槍匹馬還可以奪下勝利，表示他的實力也相當超群。

「真的是這樣嗎？」

「是……啦。」

利瑟爾凝視著他，伊雷文露出心虛的表情，眼神飄移了一瞬間，立刻又換上賭氣的表情噘起嘴唇。這男人還是一樣，不喜歡暴露自己真正的想法。

「受沒有必要的傷，這樣不好喲。」

「反正有回復藥啊，沒差啦。」

「都叫你改用不需要回復藥也能打贏的方法了。」

「既然劫爾這麼說，表示你一定辦得到，對吧？」

聽見利瑟爾這麼說，伊雷文閉上嘴，看起來心情有點複雜，可能是害羞吧。

話雖如此，利瑟爾也明白伊雷文的想法。一點一點削弱敵方的戰法不符合他的個性，只要還能保住一命就不在乎傷勢，實在很有他的風格。多少付出一點犧牲，換來敵方更大的損傷——如果只論效率，這種戰法的確不錯。

「你和劫爾的特訓也發揮成果了……應該沒錯吧？」

伊雷文已經擁有一定以上的實力，縱使他變得更強，利瑟爾也看不出差別。

不過，伊雷文之前手舞足蹈地說他成功打到劫爾了，實力想必有所提升。聽說他只是掠過劫爾的衣服而已，但在那之前，就連劫爾的衣角都搆不著。

「還可以吧。」

看見利瑟爾徵詢似地抬頭望過來，劫爾隨口回了一句。這句不褒不貶的評語，忠實表現出伊雷文的實力。

「以劫爾的標準看來還可以，那不是很厲害嗎？」

「對吧！」

伊雷文搖晃著亮麗的紅髮，看起來心情很好，利瑟爾微微一笑。

不過，希望他早點改掉捨身攻擊的戰法。既然在自己面前不會亂來，表示他有所自覺，所以利瑟爾也不擔心就是了。

「話說回來，你窩在房間的時候，那個貴族派了使者過來。」

這時，劫爾想起什麼似地忽然開口。

「雷伊子爵嗎？怎麼不跟我說一聲呢。」

「說了。」

聽見劫爾斬釘截鐵的回答，利瑟爾直率地道了歉。

根據劫爾的說法，他告訴利瑟爾有使者過來的時候，利瑟爾回了一句「這樣啊」，但當事人完全沒有印象。當時劫爾判斷「這傢伙不行了」，當場拒絕了那位使者，真是明智之舉。對於那時候的利瑟爾來說，沒有任何事情比看書更優先。

「大概是想問我們大侵襲的事情吧，對子爵真是抱歉。」

「沒差啦，反正那個貴族聽到你拒絕，感覺也是笑一笑就不計較了嘛！」

「是嗎？」

「他不會強迫你吧。」

那就好，利瑟爾點點頭，看向劫爾。

「對了，派來找我的使者是誰呀？」

「那個認真過頭的憲兵。」

劫爾話中帶著幾分同情，伊雷文則冷笑著說「活該」。

那位盡忠職守的憲兵長，想也沒想過竟然有冒險者會拒絕貴族的傳喚，因此聽見劫爾拒絕同行的時候，他當然無法接受。

「為什麼？」憲兵長皺著眉頭問道。這時候，劫爾怎麼處理？他開門見山地帶憲兵長去看了利瑟爾的現況。

「一看到你，他就乖乖回去了。」

「我只是在看書而已呀？」

「對，埋在書堆裡看書。」

劫爾嗤笑道，利瑟爾聽了裝模作樣地別開視線。

基本上，利瑟爾不擅長整理東西，一旦集中注意力，甚至連要收拾這件事都會忘記。畢竟他在原本的世界，一切理所當然由旁人整頓，所以現在養成這種習慣也很自然。

在這裡有旅店女主人幫忙清理，利瑟爾自己也不至於把東西到處亂扔，但用過的東西他不會收起來，自然而然就堆積在房間裡了。他總會把書往上疊，只要看到平面，就一個接一個把東西放上去，是「不會收拾的人」的典型代表。

「隊長，那時候你身邊真的是慘不忍睹，最後大哥還跑去睡你房間咧。」

「誰想在睡覺的時候被書活埋啊。」

「我要堆書也會避開劫爾的……應該吧。」

一回過神來，東西就已經亂七八糟了，所以利瑟爾也不敢斷言。

聽說，看見利瑟爾坐在書本要塞正中間默默翻閱書籍，憲兵長口中一邊念著「真沒規矩」，不知為何一邊勤快地幫他收拾了起來。下次見面一定得跟他道歉才行，利瑟爾暗自下定決心，走進公會的大門。

霎時間，周遭一陣騷動，目光紛紛集中到他們身上。

那是看見新奇人物的反應，簡直像這裡的冒險者還沒有習慣利瑟爾他們的時候一樣。理論上，現在眾人的反應應該已經平靜許多，頂多只有新面孔偶爾會表示驚訝才對。

「啊，有不少大侵襲當中見過的人呢，是把據點轉移到王都了嗎？」

「你居然記得他們的長相？」

「也不是全部都記得。」

「那時候大哥大顯神威欸，他們一定是來參觀的啦！」

伊雷文促狹地笑著說道，劫爾滿臉不悅地蹙起眉頭。

他習慣了旁人的目光，也可以裝作沒看見，但不想被人當成珍禽異獸觀賞。真煩人，劫爾煩躁地咋舌一聲，群眾聽了不約而同別開臉。

「劫爾，你好受歡迎哦。」

「你以為是誰害的？」

「反正你本來就很有名氣了，再添一則傳奇也無傷大雅吧？」

利瑟爾打趣地笑著說道，劫爾放棄似地嘆了口氣。

竟然如此調侃傳說中的一刀，眾人的目光也因此集中到利瑟爾身上。其中有人見過他和沙德站在一起，他們目瞪口呆地低語：「原來他不是貴族喔……」這句話傳到利瑟爾耳中，但他並不介意……不，旁人沒把他當成冒險者看，他還是受到了一點打擊。

「一段時間沒看告示板了，不知道會不會出現條件比較好的委託？」

「不會差太多。」

杵在原地圍觀名人的冒險者們，在史塔德無言的施壓之下再次開始活動，三人也走向委託告示板。委託單依舊貼得整整齊齊，數量一向足以滿足冒險者的需求。

「比較不用活動的委託喔……採集藥草？啊，那個B階的怎麼樣啊？」

「採集委託，卻是B階？」

難度還真高。往伊雷文手指的方向一看，利瑟爾便領會了原因。

那種藥草長在迷宮中層出沒的格里茲熊背上，而且必須在格里茲熊活著的時候採集，否則就會枯萎。明明說要避開困難的委託，伊雷文卻選了這個，利瑟爾深感佩服。對他而言，這是恰到好處的熱身運動吧。

「麻煩換個溫和一點的吧。」

「溫和喔，好喔！」

三人能接取的委託最高是B階，於是他們從B開始，往C階、D階順著瀏覽下去。這時候劫爾什麼也不會說，挑哪一個他都無所謂。

「那就……啊，這個！我想接這個！」

這時，伊雷文突然往委託告示板撲了上去。

他挑選委託的標準，一向是「三個人一起接好不好玩」，至今從沒見過他對委託本身如此感興趣。他從告示板上撕下一張委託單，愉悅地吊起唇角，回過頭來。

二人往他手上的委託單凝神一看，利瑟爾眨了眨眼睛，劫爾則不悅地皺起臉來。

「這是……」

「我之前就想帶隊長去了！」

【徵求警備人員】

階級：C以上

委託人：巧克力專賣店「Bouquet・Chocolat」

報酬：五十枚銀幣（以期間一週為例）

委託內容：最近本店附近屢次發生強盜案件。

按照憲兵規定，本店必須安排C階以上的冒險者，或由憲兵擔任警衛。

可於店內待命。委託於強盜逮捕後結束，報酬依據結束日期發放。

很抱歉，由於本店營業需求，謝絕破壞店內氣氛的冒險者應徵，這方面已委託公會代為判斷。基於上述原因，武器亦不得攜帶於可見之處。

以C階級的委託而言，報酬特別優渥，而且劫爾好像特別排斥。利瑟爾一邊感到疑惑，一邊偏著頭想，好像在哪裡聽過這間店名？

然後他想起來了，有一次他曾經從伊雷文口中聽過這名字。

「伊雷文，這就是你之前說的那間，在中心街西門附近的……」

「對，你居然記得！」

「明明可以請憲兵幫忙，他們還是選擇委託冒險者耶。」

「憲兵很難符合條件，所有憲兵都必須按規定佩刀。」

原來如此，利瑟爾點點頭。這麼說來，附有空間魔法的包包相當稀少。所有隊友不約而同都持有空間魔法，所以他常常忘記這件事。一般而言，空間魔法只有貴族這類上流階級人士，或是富商才可能擁有，因此一般人無法藏起武器。

雖然可以在懷中暗藏短刀，但對方是至今屢次逃逸的強盜，用不習慣的武器應戰總是不放心。

「這項『不可破壞店內氣氛』的條件是……」

「嗯，中心街很少看見冒險者嘛，這倒是滿合理的啦。」

開在中心街的商店，就像一般人想像中一樣高檔。

當然，每間店鋪的檔次各不相同，像這間專賣店這種靠近外側的店家，走進去也不太有壓力。不過正因如此，店家才不方便在入口安插警衛吧。

根據伊雷文的描述，那間專賣店大多數的顧客都是女性。肅殺的氣勢會將店內氣氛破壞殆盡，更別說佩帶武器了。利瑟爾理解地點點頭，露出微笑。上流階級一點也不介意店裡站著一、二位警衛，不過要是有客人偶爾想奢侈一下，懷著滿心期待來店卻因此退縮，那就不好了。想必是出於這層顧慮，才造就了這次條件嚴格、報酬優渥的委託。

「如果伊雷文想接的話，我們就挑這個吧？」

「耶！」

「我不幹，你們兩個自己去。」

「咦——！我本來還想帶你去欸，這樣就可以看到大哥在裡面格格不入好痛!!」

「那種甜得要死的味道，誰待得下去。」

劫爾揍了伊雷文一拳，便轉身離開，應該是打算進迷宮去吧。利瑟爾揮揮手，目送他離開，劫爾也舉起一隻手回應。

「即使劫爾願意去，委託人還是會拒絕他吧。」

「那隊長，下次我們私底下帶他去嘛！只要你拜託他，大哥一定不會拒絕啦。」

「我出面拜託應該也沒有效果哦。」

利瑟爾打趣地說道，拿著委託單走向受理櫃檯。

不知道自己是否符合條件，應該沒有問題吧。伊雷文不喜歡拔刀時慢半拍，所以平時總是將雙劍佩在腰際，不過武器只要放進空間魔法當中就好。

關於店內氣氛這一點，只要不是相貌太兇惡的人物應該都沒有問題。雖然顧客以女性居多，店裡也不可能完全沒有男性顧客，有的男生也會陪著戀人光臨。

「店家還是最希望徵求到女性冒險者吧。」

「不過女的冒險者那麼少見，委託人應該也不抱期待啦。」

最後下判斷的是公會職員，所以也說不準。

「好的，公會確實受理了你的接取要求。」

史塔德淡漠的回應，證明了利瑟爾的想法只是杞人憂天。

他一樣漠無感情地繼續辦理手續，在這方面，史塔德不會偏袒自家人。「太好了，」利瑟爾笑著說完，看見他俐落處理業務的手腕上，戴著自己送的那隻手錶。「很適合你哦。」聽見這句話，那雙眼睛回望過來，眼神中添了幾分滿足的色彩。

雙人組一走進這間巧克力專賣店，店裡的氣氛一下子改變了。一方面是因為很少見到兩個男生一起到這家店光顧，但原因不僅如此。

其中一個人，是這家店的常客。頂著一頭鮮豔紅髮，氣質獨特的青年，今天看起來心情特別好。看在同樣是常客的女孩子們眼中，這真是難以置信。

再加上青年帶來的那個人物——最教旁人驚訝的是，即使在上流階級的女性眼中，那人也是個不折不扣的貴族，現在卻和冒險者打扮的青年一起走進店裡。

「店裡都是女性，有點不好意思走進來呢。」

「會嗎？」

在眾人的注目之中，利瑟爾露出苦笑。如果是一男一女走進來，人們大概沒多久就會移開目光，看來兩個男人在這裡還是太顯眼了。

「你好，我們是接受委託過來的。」

他把立刻端詳起玻璃櫃的伊雷文擺在一邊，向其中一位店員搭話。只見她拚命來回看看伊雷文、又看看這裡，看得利瑟爾有點納悶。

然後，她的目光又茫然在證明書和利瑟爾之間游移了一陣，立刻留下一句「請您稍候一下」，回到店鋪後頭去了。

「沒有新口味欸。」

「嗯？我沒有看過這個口味。」
「隊長，那個放了酒，你不能吃啦。」
兩個男人在充滿女性顧客的店裡，認真低頭看著玻璃櫃，顯得相當格格不入。但利瑟爾他們仍然泰然自若地閒聊，等待店員回來。
店員過沒多久就回來了，她身後站著一名甜點師打扮的男子，這位應該就是店長了。
「感謝兩位接受我們的委託。只是，這個……」
「這想必不好啟齒，就由我主動說明吧。」
聽見店長含糊其辭，利瑟爾沉穩地制止他繼續說下去。
他明白店長想說什麼。雖然店家擔心驚擾其他客人，拒絕了長相剽悍的冒險者，但是自己和伊雷文看起來都不像實力高強的戰士，店長一定不放心吧。利瑟爾一心以為自己越來越有冒險者的樣子了，殊不知他豈止沒有冒險者的樣子，旁人甚至覺得他看起來「根本不可能是冒險者」。
「我們兩人的武器都收在空間魔法當中，實力也足以組隊戰勝迷宮頭目，即使強盜出現，我想也不會有問題。」
普通的冒險者竟然持有空間魔法包包？打贏迷宮頭目，你確定你不是S階的冒險者嗎？那為什麼還跑來接這種委託？疑點太多了。雖然疑點很多，但關於前者，利瑟爾看起來就是一副家財萬貫的模樣；至於後者，對於不熟悉冒險者生態的人來說，聽說對方能打倒頭目，也只覺得「這個人一定很強」而已。
既然如此，應該沒問題吧？雖然還有些許疑問，店長仍然道了歉。懷疑對方的實力有失禮數，但這次也無可厚非。至於氣氛問題，這兩位冒險者更是無可挑剔，利瑟爾他們於是順利受到了店家的歡迎。

凡是中心街的居民，當然都聽說過強盜出沒的傳聞，也有些人知道店家必須依規定安排警備人員。結果，聽見店長和利瑟爾的對話，周遭的客人察覺利瑟爾他們居然是冒險者，看向這裡的視線更加密集了。

集女性的目光於一身，實在有點壓迫感。利瑟爾邊想邊環視店內，確認店裡還有空的席位。伊雷文已經準備好大快朵頤了。

「聽說可以在店裡待命？」

利瑟爾問道，眼神示意伊雷文的方向，店長看了爽朗地笑出聲來。他也知道店裡有位常客是大胃王，當然，也知道他們不會以委託為由，要求白吃白喝。

「是的，坐著當然沒有問題，請兩位坐在最靠近門口的位子。」

「謝謝。」

安排在靠近門口，是基於警備上的考量。沒有人認為強盜真的會到這裡來，不過這是在危急時刻方便快速反應的絕佳位置。

同時，店舖外牆設有玻璃大窗，光線明亮，這個位子從外面看得一清二楚。這樣好嗎？雖然利瑟爾這麼想，不過店長心裡打著一點點如意算盤，希望藉此吸引客人上門。有這二人坐在窗邊，平常喜歡甜食、卻沒有勇氣走進店裡的男性顧客，踏入店內應該比較不會有壓力。真是體貼顧客的如意算盤。

「我們在下午三點鐘響時打烊，午餐時間會暫時關門追加商品，二位中午可以外出用餐。」

「關於強盜出現時的應對方式，完全交給我們決定可以嗎？」

「這個嘛，打鬥相關的事情我也不太瞭解……只不過，萬一波及到顧客，或是店內受損嚴重的時候，我們有可能會通報公會進行後續處置。」

「也就是說，希望穩妥處理囉。伊雷文，聽見了嗎？」

「啥？」

「不可以損傷店舖，不可以影響客人的心情。在女性面前，絕對不能釀成流血事件哦。」

「好喔——」

擊退強盜，卻不能流血。店長慌忙表示自己無意提出這麼無理取鬧的要求，但伊雷文卻隨口答應了。

店長雖然有點疑惑，還是接受了這個答案，於是他低頭行個禮，便回廚房去了。反正強盜現身的機會不大，警備人員也只是按照規定配置而已，應該沒什麼問題，這是他的結論。

「隊長，你不吃喔？」

「交給你挑了，我很期待哦。」

「包．在．我．身．上！」

伊雷文只要每種口味各吃十個就解決了，但利瑟爾一口氣吃不下那麼多巧克力。

表面上他答應得輕佻，但正因為明白這一點，伊雷文心裡挑得很認真。利瑟爾見狀微微一笑，坐到店員指引的座位上。外面來往的人群、店內女性顧客的目光仍然匯聚到他身上，但利瑟爾沒有放在心上。只要別注意旁人的視線，也就不會為此感到不快。

「（不過，店裡真的只有女性呢。）」

打擾到她們平穩的休閒時光，真是不好意思。利瑟爾邊想邊等待伊雷文物色甜點，這時，忽然有人從旁端來一杯咖啡。

「打擾了，這是店長招待的。」

「我本來就打算點杯咖啡了，麻煩妳將費用列入他的帳單裡面吧。」

「沒關係的，請別客氣。」

穿著一身古典制服的女店員，露出完美的營業用笑容說道。利瑟爾聽了也回以粲然一笑，感謝地收下咖啡。同時放到桌上的另一杯咖啡上頭，擠滿了甜甜的鮮奶油，伊雷文每次來光顧都喝這個吧。

確認店員離去之後，利瑟爾啜飲了一口香氣濃郁的咖啡。豆子是現磨的，不愧是開在中心街的店舖，雖說是巧克力專賣店，巧克力以外的餐飲也相當講究。

「隊長，你坐在這種店裡也好自然喔。」

「我比較希望沒有那麼自然。」

「不是啦，我不是那個意思。該怎麼說，把你身邊的畫面剪下來，看起來就像一幅畫的感覺？」

伊雷文走回來，在他對面坐了下來。

利瑟爾無意間朝他背後看去。從這個角度，店內一覽無遺，他看見坐在其中一個位子上的少女，一直拚命偷瞄伊雷文的背影。早知道自己應該坐在伊雷文那一側才對，利瑟爾露出苦笑，放下杯子問道：

「你點了什麼呀？」

伊雷文看起來始終相當愉快，也許是利瑟爾待在自己的勢力範圍裡，他很高興吧。

「巧克力熔岩蛋糕。這裡的很好吃喔！……你愛吃嗎？」

「嗯，我很喜歡喲。」

感受到伊雷文探詢的視線，利瑟爾悠然瞇起眼睛，笑著回應。

甜美的笑容、沉穩的嗓音，這下子換成伊雷文在內心碎念：早知道我應該坐在那一邊才對。這個笑容是隊長給我的，你們不要隨便搶走啦——感受到身後略微騷動的氛圍，他在心裡嘀咕。

「伊雷文，你常吃這個嗎？」

「嗯……普通吧。」

他撥開晃動的長髮，吱嘎一聲把全身的體重靠到椅背上。他看起來好像有點不高興，利瑟爾這麼想道，從容旁觀這一幕。伊雷文的情緒多變，要是每次都隨之起舞，根本忙不過來。

不過一直忽視下去，伊雷文會鬧起彆扭，所以還是有必要適當安撫他就是了。

「讓您久等了。」

一陣甜美的香味飄來，接著響起店員的聲音，巧克力熔岩蛋糕上桌了。店裡都是這種甜食，也難怪劫爾沒辦法過來。利瑟爾笑著這麼想道，伸手觸碰溫暖的碟子。

「隊長，你快點吃！」

伊雷文立刻恢復了好心情，利瑟爾在他的敦促之下拿起叉子，切開熔岩蛋糕酥脆的表面。一股熱氣立刻冒了出來，巧克力內餡從蛋糕內部緩緩流出。他將叉子叉入紮實的蛋糕體，連同盤中附上的鮮奶油一起挖起來，送入口中。

「啊，真好吃。」

「對吧！」

伊雷文期待地看著這裡，利瑟爾一回望，他便得意地吊起唇角，自己也吃了一大口蛋糕。

「不過，這工作還真輕鬆欸。」

伊雷文揮了揮手上的叉子。

「要是強盜沒來，我們光坐著就可以領那種報酬了欸。」

「設定報酬必須考量到強盜闖進來的可能性，我想這是沒辦法的事。」

而且……利瑟爾補上一句。

剛才聽過店長的說明，他注意到劫爾排斥這個委託的原因了。討厭甜膩的氣味確實是劫爾的真心話，也是他不接這項委託絕大部分的理由，但原因不僅如此。

「假如強盜真的闖進店裡，冒險者很有可能會吃虧。」

「啊，這是地雷委託喔？」

「你們都這麼形容呀？」

「對啊。」

有時候會出現報酬不錯，但再怎麼努力都沒有好結果的委託，冒險者用語稱之為「地雷」。

以這次的委託來說，假如強盜出現，店內不太可能完全不受損傷。一旦委託人通知公會，冒險者在公會的評價必定會跟著降低，視情況可能連委託報酬都飛了。

但委託人提出委託的時候往往沒有其他意思，所以公會也照樣受理。萬一真的吃虧，冒險者只能怪自己挑選委託的眼光不好，事情就這麼簡單。

「伊雷文，你明明心裡有數，還是接了這個委託？」

「因為這沒什麼難的嘛。隊長，我去挑巧克力，你要嗎？」

「我休息一下。」

即使踩到地雷，利瑟爾他們就是有辦法不讓它爆炸。

「不要拿太多，給店家造成負擔哦，今天你不是客人。」

利瑟爾提醒了他一句，伊雷文發出一聲不滿的抱怨。

看來他果然打算全部都點，還好事先提醒他了。利瑟爾鬆了口氣，悠哉喝了一口咖啡。

「（人家都說，累的時候要吃甜的嘛。）」

伊雷文看著利瑟爾，在心裡喃喃念道，然後泰然自若地踏入滿是禮服和蕾絲的空間。他探頭看了看玻璃櫃，接著瞄了利瑟爾一眼。

那人正以優雅的姿勢欣賞窗外風景，不分男女都忍不住多看他一眼。他整個人的氣質清靜高貴，伊雷文懷著向周遭炫耀的優越感笑了出來。

雖然劫爾以讀書禁令為名，強制利瑟爾休息了幾天，但他後來又接連看了一整個星期的書。聽說吃甜的東西可以恢復疲勞，拿巧克力過去，他應該會吃一點吧。

「不過，可以獨占他一整個星期還真奢侈。」

伊雷文愉悅地低語，低頭看著玻璃櫃中美麗的巧克力，鼓足幹勁準備挑選。

安穩的午後時分，溫暖的陽光照進店裡。執行委託時做私事不太恰當，不過利瑟爾取得了委託人的許可，正在店裡享受閱讀時光。他將落到頰邊的頭髮撥到耳後，緩緩翻過書頁。

伊雷文望著利瑟爾的身影，一口接一口默默吃著巧克力。委託已經來到第四天，他竟然還吃不膩，連店員都看得滿臉錯愕。

除了第一天以外，伊雷文每天都坐在靠店門那一側的位置。聽見門口清脆的鈴聲響起，他一臉「又來了」的表情，捏起幾塊巧克力，噗通噗通丟進咖啡裡。咖啡上擠的鮮奶油早已吃得一乾二淨。

「我昨天就覺得啊，客人好像變多了欸。」

「是嗎？我不太清楚店裡平常的狀況……不過，跟委託第一天比起來，人潮好像真的比較多。」

「第一天就是平常的狀況喲。」

「生意興隆是好事呀。」

利瑟爾沉穩地說道，朝他微微一笑。伊雷文什麼也沒說，拿起美麗的薔薇狀巧克力扔進嘴裡。為什麼顧客從昨天開始會突然增加？他知道原因。

簡單說，就是自己和利瑟爾吸引了顧客上門。人們口耳相傳，到這裡就能一睹「旅店貴族」的隊伍，來客數因此暴增。這也能解釋周遭不斷瞄向這裡的露骨視線。

利瑟爾本人當然沒有這麼自稱，也不知道是誰取了這個稱號，不知不覺間，人們提起利瑟爾的時候總是這麼稱呼他。

「（旅店貴族喔。）」

一方面也是因為利瑟爾他們在冒險者當中特別知名的緣故。這三人組不僅實力超群，充滿話題性，外表又引人注目。上流階級的淑女雖然聽說過他們的傳聞，平常卻無緣見面，再加上平時很少見到他們的群眾，大家都把握這難得的機會聚集過來，成了店家值得高興的負擔。

「（那些人不要過來搭話是沒差啦。）」

不曉得利瑟爾知不知情。即使知道，他的作風也不會改變，所以無所謂吧。伊雷文得出結論，也不再把這件事放在心上，反正他本來就不討厭受人矚目。

「我再過去一趟喔！」

「還要再點嗎，吃太多了吧？」

「我事先叫他們今天要做很多巧克力了，沒問題啦！」

伊雷文說完便離開座位，利瑟爾見狀苦笑。他指的不是店家的負擔，而是他身體的負擔啊。

放著不管他，伊雷文會一直吃下去，難道肚子不會不舒服嗎？利瑟爾想道，暫時放下書本，伸手端起咖啡杯。

他正要將杯子湊到嘴邊，忽然在窗外看見一道熟悉的顏色。利瑟爾露出微笑，出聲呼喚正在點餐的伊雷文。

「伊雷文。」

「怎麼啦？」

為了蓋過店裡銀鈴般的談笑聲，利瑟爾稍微抬高了音量。眾人的目光集中過來，伊雷文也馬上回到桌邊，利瑟爾朝外面指了指。

「我請他今天過來看看我們站崗的樣子。」

「隊長！你最棒啦！」

伊雷文大概已經點完餐了，他揚起奸詐的笑容，動作輕盈地在椅子上坐下，接著探出身子，和利瑟爾一起朝窗外看去。

一道黑色的人影逐漸走近。劫爾一如往常蹙著眉頭，帶著一臉凶神惡煞的表情走在街上。他身上穿的衣服算是高級品，而且只要去掉眉間的皺褶，五官也長得相當端正。拜此所賜，劫爾走在中心街上也不顯得突兀，只是渾身散發著異樣的存在感而已。

「那個人沒跟隊長在一起的時候，看起來真的好兇喔。」

「跟我在一起的時候也差不多呀。」

「是沒錯啦。」

不曉得是不是發現有人說他壞話，劫爾的目光一下子捕捉到了利瑟爾他們。利瑟爾朝他揮揮手，只見劫爾來回看了看利瑟爾和店舖，不悅地皺起臉來。

看見利瑟爾又招了招手，劫爾嘆了口氣，朝這裡走近。走過窗邊的時候，他順勢敲了一下利瑟爾他們眼前的玻璃窗，便離開了。過了幾秒，伊雷文忍不住噴笑出聲。

「大、大哥他、看起來超不爽的啦……！瞪我的眼神超兇的！哈哈！」

「他剛剛一定嘖了一聲。意思是他已經來過了，不准我們再有意見吧？」

看見一刀短暫現身，店內掀起一陣騷動。幸虧如此，伊雷文的爆笑聲沒有響徹室內。利瑟爾也忍俊不禁，目送那道頭也不回的背影走遠。

「你看，就算我開口，他還是不會進店裡來吧。」

「大哥願意跑到這邊已經夠了啦，換作是我絕對會被他無視。」

伊雷文「呼」地吐出一口氣，呼出殘餘的笑意。

確實如此，很少看到劫爾整張臉皺成這樣。帶著那副表情繼續走下去，難保他不會被誤認為強盜。萬一事情演變至此，伊雷文又要大爆笑了。

「不過，沒想到他會這麼不高興。」

「喔——」

只是經過店門口而已，他竟然能擺出這麼不悅的表情。利瑟爾不可思議地喃喃說道，伊雷文聽了，恍然大悟似地出聲應道。

「因為味道很濃嘛，我的鼻子也失靈啦。大哥真的很討厭甜的欸。」

「這麼說來，昨天明明已經沖過澡了，他還說我頭髮上有甜味呢。」

順帶一提，劫爾說這句話的時候滿臉嫌惡。

「我身上味道也好重，暫時沒辦法隱身啦。」

伊雷文撩起一縷鮮艷的紅髮，湊到鼻尖嗅了嗅。利瑟爾見狀也照著聞了聞自己的頭髮，但是味道和周遭的甜香混在一起，聞不太出來，鼻子可能已經麻木了。

「你是獸人，嗅覺靈敏並不奇怪，但劫爾擁有那種嗅覺到底是怎麼回事呀？」

「哎唷，他不是人嘛。」

這時，伊雷文忽然看向外頭。怎麼了嗎？利瑟爾也跟著望過去，有一陣騷動正往這邊接近。

他稍微看了一會兒，發現那正好是劫爾離開的方向。五個男人從大街上跑過來，憲兵們緊追在後，很可能是傳聞中的強盜。

「從那個方向來，表示大哥完全裝作沒看到欸。」

「畢竟劫爾沒有接下這個委託呀。」

話雖如此，假如這群強盜是利瑟爾他們無法應付的強敵，劫爾想必在發現的時候就會將他們一刀斃命。這麼看來，表示這次的強盜沒有多厲害，憲兵應該可以順利將之逮捕。

「看來委託今天就要結束了呢。」

「感覺好像有點開心，又有點捨不得喔？」

幾個女生不清楚發生了什麼事，不知所措地僵在店門口，利瑟爾站起身，敦促她們進到店裡來。站在路邊，萬一被當作人質挾持就糟糕了。

「這裡太危險了，請進來吧。」

沉穩的嗓音，化解了即將蔓延的恐慌。

逃亡中的強盜已經逼近到即將通過店門口的距離。店裡彌漫著一股緊張的氣氛，但沒有人慌張失控。也許是上流階級占了半數的緣故，他們忌諱歇斯底里的舉止，真是幫了大忙。

「憲兵追得上他們嗎？」

「那邊那個十字路口應該有埋伏啦。」

「那麼，我們只要等他們經過就好囉。」

對於店家本身，以及店裡的女性顧客來說，這都是最和平的解決辦法。這麼一來，也不必讓客人看見逮捕強盜的經過，徒增恐慌。

「——是坐滿女人的店！去挾持她們跟憲兵對峙！」

不過，看來有的強盜在逃亡中仍然相當鎮定。

強盜判斷無法全身而退，盯上了只有弱者的店舖。正因為這裡是中心街，有上流階級出沒，人質的價值也相當可觀。很不錯的計畫，利瑟爾佩服地招呼附近愣在原地的女孩子進入店裡。

盜賊們高舉劍刃，帶著搏命的神情朝店門襲來——但他們還來不及踏進店裡，便向後彈飛出去，整群強盜被帶頭的男人撞倒在地。伊雷文站在他們面前，一隻手把玩著其中一名強盜原本拿在手上的劍。

「哈囉，這邊有警衛啦。」

伊雷文揚起意味深長的笑容。男人們目瞪口呆地仰望著他，憲兵隨後趕到，朝強盜們撲了過去。強盜拔出武器，拚死抵抗，但店裡的女性沒有見到這一幕。

窗簾拉下，蓋住了採光良好的整面玻璃窗。利瑟爾放開手中的拉繩，悠然露出微笑。隔著門板傳來微弱的騷動聲響，他張開唇瓣，蓋過那些噪音。

「這種情景不好讓女性看見，我們不妨休息一下，等待風波平息吧。」

聽見他的嗓音，店裡不可思議地恢復了原本的氣氛。

甜美的香氣，平靜的午茶時光。正好伊雷文點的大量巧克力已經準備好了，利瑟爾從店員手中接過其中一個，遞給其中一個女生。

見她茫然伸出雙手，利瑟爾捧著她纖柔的小手，將巧克力放上掌心。那個女生睜大眼睛看向他，利瑟爾偏了偏頭示意，於是她緊緊握住手中的巧克力。

「好嗎？」

聽見利瑟爾溫柔的敦促，女生也不自覺點點頭。

「那個是我點的欸！」

「我之後會再買給你的。」

他一句話打發掉出聲抗議的伊雷文，請店員將盛滿巧克力的托盤放在附近的桌子上，示意大家自由拿取。然後，他就這麼回到原本的座位，拿起放置桌上的書本，若無其事地繼續讀下去。伊雷文見狀，也一邊念著「你老是對女生很好欸」，一邊在他對面坐下。

女性顧客們看著這一幕，面面相覷。看那二人的反應，強盜彷彿只是不值一提的小事，她們的心情也因此輕鬆不少。於是顧客們圍在巧克力四周，慢慢恢復了原本銀鈴般的歡聲笑語。

「隊長，你要買給我喔？」

「是呀，因為你也好好遵守了我們的約定，對吧？」

伊雷文守住了禁止見血的規定。平常他會二話不說砍死對方，這次卻只用腳踢。

聽見利瑟爾的誇獎，伊雷文瞇起眼睛，吊起嘴角，像在說「這當然」。笑容裡隱約帶著諷意，這只是因為在大庭廣眾之下的緣故，其實他是真心感到高興。

「不知道大哥現在在幹嘛。」

「如果他沒有馬上回去，說不定順道去了什麼地方呢。」

直到三十分鐘之後，外面的騷動才終於平靜下來。這段時間，店長急急忙忙跑出來向他們道謝，堅持將發送出去的巧克力費用退還給他們，還說報酬直接支付一個星期的金額沒有關係。就這樣，利瑟爾他們悠悠哉哉完成了委託。

這天晚上，在旅店。

「劫爾，這個給你。店長堅持送我們東西致謝，所以我拜託他做了完全不甜的巧克力。」

「……………口好渴。」

「我想也是。」

46

「日前難得閣下有意邀約，辜負您的期待實在有失禮數，還請……」

「太拘謹啦！」

「不好意思。」

經過一段玩笑般的對話，坐在對面沙發上的雷伊滿意地點點頭。

昨天，利瑟爾再度接到讀書週當中被他擱置的邀請。他才剛答應下來，雷伊便約在隔天見面，可見儘管高居子爵之位，雷伊還是一樣很有行動力。

利瑟爾和劫爾也坐到沙發上，看向雷伊，他那張端整的臉龐上帶著快活的笑容。

「哎呀，你今天沒有帶新人過來？」

「他今天想去別的地方，所以我們分頭行動。」

聽見利瑟爾的答覆，雷伊開懷大笑。

哪有冒險者會拒絕貴族的邀約？一般冒險者把握機會、建立人脈都來不及了。雖然這麼想，但他也不是不能理解。看看那個獸人跟什麼樣的人組隊就知道了：利瑟爾以讀書為優先，劫爾還拒絕過子爵的護衛委託呢。

「那傢伙跑哪去了？」劫爾問。

「好像去參加拍賣會了，他最近很熱中拍賣。」

當然，是黑市拍賣。這點利瑟爾不會在雷伊面前說出口，畢竟他是憲兵的首長。劫爾聽懂了話中的意思，他點點頭，想起昨天伊雷文興高采烈地談起這件事。

他說，「瞄準那種一臉蠢樣的有錢少爺，把他看上的東西全部標下來氣死他，超有趣的啦！」明明不想要那些東西，還把它們標下來，利瑟爾不禁好奇那些商品該怎麼處理。

「話說回來，您這次邀請我們過來，是有事情想問吧？」

利瑟爾切入正題。

「嗯？這麼看來，你不覺得我只是想跟你聊聊囉。」

「在這個時期嗎？」

聳起肩膀的動作相當適合雷伊，利瑟爾邊想邊好笑地回問。

憲兵最近相當忙碌，因為再過幾天就是建國慶典了。那是全國數一數二的盛大活動，國內外形形色色的人們將會湧入城內，憲兵必須動員所有人力加以應對。

此外，雷伊身為貴族，還必須為王城的典禮做準備，本來應該連現在這段時間都不能浪費才是。

「您看起來相當忙碌，所以我本來還打算推辭呢。」

「別擔心，該忙的都忙完了。而且，跟你談話是運用時間最有意義的方式呀！」

「不敢當。」

既然本人說沒問題，利瑟爾就沒什麼好說的了。劫爾在他身旁喝著紅茶，一邊打量掛在牆上的劍，利瑟爾瞥了他一眼，暗自尋思。

雷伊想打聽的事情，肯定與魔物大侵襲有關。但是理論上，沙德提出的報告應該已經將大侵襲交代得一清二楚，關於利瑟爾他們也一樣，至少寫著「冒險者大展身手」這點程度的情報吧。
冒險者趕到現場支援大侵襲是當然的義務，而且只要有最強冒險者「一刀」在場，大部分的事情都可以解釋。這麼一來，雷伊可能的疑問就只有一個。
「您想問的，是不是我們的友人？」
妖精在大眾眼前展現了她們美麗的身影、絕對的力量，不可能不受矚目。
只不過，應該沒有人會斷言她們就是妖精才對。妖精是遙遠的存在，一般甚至認為她們只存在於傳說故事當中。即使有人興奮地加油添醋、私下議論，也沒有人會真的相信。
「沙德伯爵沒有向國家報告嗎？」
「這個嘛，我記得報告上寫的是……突然現身的優秀魔法師。」
雷伊頓了頓，愉快地瞇起眼睛，轉而看向劫爾。
「還寫著，她們也許是一刀認識的幫手。」
劫爾嫌麻煩似地隨便將視線轉到別處，利瑟爾聽了則露出苦笑。
聲名遠播的一刀就算認識實力高強的人物也不奇怪，沙德是打算以強硬的做法合理化這件事。這很符合他的作風，畢竟沙德沒空理睬商業國以外的事情，他避開麻煩事的方法實在太有效率了。
「不過，這麼說的確也沒錯呀。」
「饒了我吧。」
「劫爾，你為什麼這麼不擅長應付她們呀？」
「因為無法溝通。」

他指的絕不是「語言不通」的意思。是這樣嗎？利瑟爾一臉不可思議。
「哎呀，收到沙德那封信的時候，我都到了這個年紀，還是忍不住心跳加速呢。」
雷伊興味盎然地看著他們二人，伸手掩住唇角隱忍不住的笑意。
「沒想到她們真的存在。」
「啊，伯爵通知過子爵閣下了嗎？」
「是呀，而且也交代了她們的真實身分。」
雷伊閃閃發亮的雙眼，彷彿道出了這件事有多麼令他熱血沸騰。利瑟爾見狀，只是微笑以對。
即使是老交情，沙德也不會凡事都跟對方交代得一清二楚，而且他也沒有理由陷害利瑟爾。如果沙德仍然告訴了雷伊，那就是給雷伊的忠告。
「那傢伙的意思是要我替你擋下風浪吧。」
雷伊察覺了沙德的弦外之音，也理所當然地接受了。
「伯爵他是不是擔心我們呀？」
「畢竟你很少主動做出這麼高調的事。」
「哦，是這樣呀？」雷伊問。
「也沒有，只是正面迎擊而已……啊，不過我確實希望賣個明顯的人情給他。」
「別看沙德那樣，那傢伙很會照顧別人哦。你就儘管賣吧！」
向國家提出大侵襲相關報告的時候，一定免不了提及利瑟爾一行人，不論妖精的出現，還是一刀的戰績皆然。雷伊原本就認識利瑟爾他們，這時候眾人一定特別看重他的意見。

只要他肯定沙德的報告沒有錯，利瑟爾他們確實找了認識的魔法師前來支援，那就沒有人會懷疑了。這種說法，遠比妖精現身實際得多。

「但是，子爵閣下，您無所謂嗎？」

「你指的是什麼事呀？」

聽見雷伊從容地敦促他繼續說下去，利瑟爾也保持笑容問道。

「沒有在報告中說出真相，您不會感到遲疑嗎？」

雖然他沒有說謊，但也沒有道出所有事實。

這次的大侵襲撼動國土，幕後黑手的存在也足以嚴重影響鄰國撒路思的外交關係，事態重大，連國王都致力於掌握情勢。

沙德一定不會猶豫吧。他心裡沒有對國家或君王的忠誠，只為了商業國坐上領主的位子，只要麻煩事不要波及自己的城市就好。

但雷伊不一樣，他的家族代代率領憲兵保衛國家，必須對國家宣誓忠義。

「嗯……這個嘛……」

聽見利瑟爾的疑問，雷伊眨了眨眼睛，指尖接著尋思似地撫過下顎。

彷彿在思考晚餐的菜色一樣，他臉上的神情一點也不嚴肅。他的目光轉向利瑟爾，緩緩揚起嘴角，接著打趣地瞇起眼睛，那雙金黃色的眼瞳熠熠生輝。

「完全不會呀？」

雷伊答得乾脆，同時又隱含一點言外之意。利瑟爾什麼也沒說，默默接受了他的答覆。

雷伊見狀，心滿意足地笑了。好了，自己是否滿足了這人的期待，這又是不是他想要的答案呢？既然利瑟爾沒有異議，表示這一次他可以隨心所欲行動吧。

現在，只要這樣就夠了——那道魅惑的笑容，彷彿傳達出這樣的訊息。

「好了，現在還有時間，我一定要聽聽你們的冒險事蹟！」

雷伊瞬間換上快活的笑容說道。看見劫爾一臉狐疑，毫不掩飾地蹙起眉頭，雷伊一笑置之，只覺得他保護過度。他又緊接著問：

「特別是你們和傳說相遇的經過！是不是像神話一樣，充滿神祕色彩呀？」

利瑟爾和劫爾聽了面面相覷，然後不著痕跡地別開目光。

那時候，他們發現迷宮地圖上示意的地點，就位於魔礦國卡瓦納當中。

「來隊長，地圖給你。比例尺也對好囉！」

「謝謝你。」

利瑟爾他們站在霧氣彌漫的魔力點前方，準備進入內部。

不同於普通的霧，這片霧氣由肉眼可見的魔力構成，隱隱約約散發出七彩光輝。儘管美不勝收，但是在眼前見證如此壓倒性的魔力濃度，自然而然勾起了他們心中的敬畏之情。

只要踏進去一步，肯定逃不過魔力中毒的命運。利瑟爾比另外二人更容易受到魔力影響，已經出現中毒症狀了。

「隊長，你還好嗎？」

「勉強還可以。」

稍微動一下，衣料便在摩擦之下刺痛肌膚。利瑟爾盡可能以輕柔的動作接過地圖。伊雷文關心地湊過來，打量他的臉色。

「你呢？」

「腦袋昏昏沉沉的，這就是症狀喔？那大哥咧？」

「現在就想揮刀砍東西。」

好恐怖。利瑟爾和伊雷文不由得看向劫爾。

但是魔力中毒的症狀因人而異，這也沒有辦法。要是就這樣衝進魔力聚積地，劇痛會使得利瑟爾寸步難行，伊雷文會在恍惚狀態下失去意識。至於劫爾，或許會不分對象無差別攻擊，甚至朝著自己揮劍吧。

「我已經盡可能做好了充足的準備，但如果情況有困難，我們就立刻撤退。」

「那當然。」

「好喔！」

「那麼……來，戴上這個吧。」

無人能夠靠近，謎團籠罩、人跡未至的大地，內部的情景真令人期待。利瑟爾這麼想道，取出事先準備好的東西，那是特別委託技術頂尖的魔礦國匠人製作的魔道具。

「布？上面好像掛著叮鈴噹啷的東西？」

「先把它這樣圍起來……」

魔道具是一塊頭巾狀的布，上面裝飾著許多魔石。利瑟爾拿自己的那一條方巾蓋住口部，拉起縫在上面的繩子，緊緊繫在後腦杓。

「然後這樣綁好。」

利瑟爾放開雙手，得意洋洋地展示給他們看，劫爾他們卻露出一言難盡的表情。

「不適合你。」

「啊，你好過分。這東西來頭不小呢，我還是第一次見到能夠將魔石紡成絲線的匠人，這頭巾就是拜託他做的。挑選魔力容量龐大的魔石製成布料，仔細織入吸收、排出魔力的術式，然後再將魔法式刻在看起來像是裝飾的那些魔石——」

「皮膚還痛嗎？」

「是沒感覺了……」

「那就好。」劫爾也將方巾圍在嘴上。

說明遭到打斷，利瑟爾看起來有點不滿。「這可是珍貴的魔道具耶，運用最高級的素材，發揮最頂尖的技術才做得出來……」他在布料底下念道。

「有這種東西，以後大家都可以隨便進出魔力聚積地了喔？」

「伊雷文，你圍起來好適合喲。」

「像地痞。」

「大哥哪有資格說我啊，你看起來超兇惡。」

每次一開口，魔石便碰撞出細微聲響，隔著布料搔過肌膚。還不習慣的時候可能會有點介意，利瑟爾捏起嘴邊的魔石。

「我想它不太可能在市面上流通，這可是投入很可觀的素材才做出來的。」

「隊長，這個用的素材有那麼好喔？」

「那當然呀。」

他使用的是遠超過最上級的最特級素材，方巾上面隨便一顆魔石，都是市面上找不到的珍品。即使願意花大錢收購，這類素材也稀有到不會在外流通，甚至難以見到實品，利瑟爾卻毫不吝惜地使用在這些方巾上。

有些素材多虧了劫爾和伊雷文積極挑戰頭目才得以入手，有些則是在賈吉店裡看見稀有素材的時候買下來的。珍品錯過不再，利瑟爾不會放過任何機會。

「雖然不是不可能，但是除非成功雇用一刀，否則很難做出相同的東西。」

「那不就等於不可能？」

「為了收集素材得一直待在迷宮，這也太煩了吧……」

「對吧？」

即使是把迷宮當作興趣一樣時常造訪的劫爾，也不喜歡單調乏味的攻略過程。他想自由選擇什麼時候進出迷宮。

「不過，降低成本應該可以做出劣化版，大概可以抵擋流進城市裡的魔力吧。」

「喔，工匠要發財啦？」

「有這個需求的話。」劫爾說。

三人邊聊邊走向魔力聚積地。他們放慢步調，慎重接近，不過完全沒有感受到魔力的影響。

「太好了，感覺沒有問題。」

「我頭腦很清醒！」

「症狀消失了。你呢？」劫爾問。

「皮膚還有點刺刺的，不過比早上還要輕微。」

就連容易受到魔力影響的利瑟爾也完全沒有問題，效果超乎預期。

當然，劫爾他們沒有任何感覺，二人的呆滯感和攻擊衝動都消失了。擁有大量魔力也不輕鬆，他們重新體認到這一點。那種感覺光靠意志力是無法抵抗的。

「你撐不下去的時候，我們立刻出去。」

「好的。」

言下之意是叫他難受時說一聲吧。利瑟爾點頭承諾，一行人終於踏入魔力構成的霧氣當中。

「喔，沒想到視野這麼好欸。」

伊雷文說得沒錯，魔力聚積地當中的視野，遠比外面看起來還要清晰。

霧氣不時在風中搖蕩，閃耀著七彩光輝，竟然將周遭的景色襯托得更加鮮明。也許是因為植物在富含魔力的環境中生長，生命力比一般常見的花草更加充沛的緣故。

反射日光的葉片特別鮮綠，美麗的花朵香氣濃郁，每一粒土壤都像結晶一樣閃爍著鮮明的光輝。再搭配映著七彩光芒的霧氣，形成了一幅夢幻的風景。

「這個地方真美。」

「也不只有好看而已。」

下一秒，魔物無聲無息從背後撲來，隨即被劫爾斬倒在地。

伊雷文也拔出雙劍準備迎戰，表情愉快得不得了，如實表達他心中與強化魔物交手的期待。看來比起欣賞風景，這二人對戰鬥比較感興趣。

「真不解風雅。」

「囉嗦。」

開了幾句玩笑之後，利瑟爾也喚出魔銃，對準魔物。

牠們的速度和力量遠超出一般魔物。原來如此，看來只靠自己一個人果然無法安然踏入這裡，利瑟爾在心裡點頭。他將槍口對準空中急襲過來的魔鳥，像平常一樣，操作魔力扣下扳機。

下一秒，魔銃卻「砰」地發出爆炸聲，猛力撞向地面。

「唔……」

「隊長?!」

利瑟爾眨了眨眼睛，看著這一幕，伊雷文立刻斬殺了附近的魔物朝他跑來。「我沒事。」利瑟爾朝他點點頭，四下尋找襲來的那隻魔鳥，看見一堆羽毛大範圍從半空中飄落下來。

他稍微思考一會兒，動了動指尖，掉落地上的魔銃便順利飄浮起來。看來操作上沒有問題。

「怎麼了？」

劫爾收拾掉魔物，詫異地走了過來。利瑟爾抱歉地垂下眉頭，露出苦笑。

「衝擊力道太強了，我控制不住。嚇我一跳。」

「我才嚇了一大跳咧，真是的！」

使用魔銃需要細膩的魔力操縱技術，一點誤差就足以造成致命傷害。

利瑟爾平常早已習慣抵銷衝擊力道，但這次大概是灌注太多魔力，結果將魔物打成了砲灰。才剛踏進來沒多久，他馬上受到了魔力聚積地的洗禮。

「魔法靠的不是自己的魔力量？」劫爾問。

「我本來也這麼想……」

利瑟爾也沒料到會發生這種事。他凝視著魔銃，繼續說下去。

「這只是我的猜測……平常我會將魔力轉移到這個位置，與這個裝有子彈的部分完全重合。這次我轉移的魔力量和平常相同，結果……」

「灌了一大堆進去喔？」

「是的。這麼看來，傳送魔術的作用對象不是質量，而是體積。」

自從使用魔銃以來已經過了這麼多年，竟然還有這種意外發現。尤其利瑟爾只能傳送魔力，若不是進到魔力聚積地當中，也許一輩子都不會發現這件事。

「在意想不到的地方有了新發現呢。」

「你的新發現離開這裡就沒用了。你要是無法攻擊就退後。」

「沒關係，再嘗試幾次應該就沒問題了。」

利瑟爾說到做到，在後續幾次戰鬥當中完美完成了調整。畢竟魔物襲來的頻率跟迷宮裡差不多，多得是調節的機會。

「這裡魔物真的很多欸。」

「因為食物充足，人類也不會進來吧。啊，你們看，這裡的水好清澈哦。」

魔物緊湊的攻勢告一段落，一行人來到清淺的河邊。河床裡鋪著雪白的碎石，河水澄澈透明，帶著不可思議的青色，在陽光下反射出粼粼波光。

水裡是不是也含有大量魔力呢？利瑟爾乾脆取出瓶子，蹲在河畔舀了一瓶。不解風雅的到底是誰啊？劫爾無奈地低頭看著這一幕。

「啊，好像有什麼聲音欸。」

「咦？」

「離這裡越來越近了。」

利瑟爾蓋起瓶蓋，一邊站起身來，轉向劫爾他們視線的方向。過了幾秒，終於有道聲音不知從哪裡傳入利瑟爾耳中，是人的聲音。

聲音隱隱約約傳來，那是優美的哼歌聲，美得甚至教人忘記現在的狀況，不由得聽得入迷。

「禁止動用武器哦。」

眼見劫爾他們撫上劍柄，利瑟爾出聲制止。

確實有必要保持警戒，但姑且不論人類有沒有辦法定居，這裡也可能存在與世隔絕的聚落。如果真是如此，侵入別人領地的是自己這一方，初次接觸就亮出武器太蠻不講理，而且來人還是女性，那就更不必說了。

「要是對方攻過來？」

「如果是魔物，就按照之前的方式處理。如果是人，我想跟他們對話。」

確認二人點頭說好，利瑟爾又重新轉向歌聲接近的方向。

沒多久，現身的是一位美麗的女子。她美得令人啞口無言，不可思議的霧氣映著她耀眼奪目的美貌，教人以為自己誤闖異界，一時間忘了這裡還是人間。利瑟爾發出感嘆的嘆息，有如看見了絕美的藝術品。為什麼會有女人獨自待在魔力聚積地？劫爾加強戒備，伊雷文則愣愣地張大嘴巴。

這時，女子注意到他們了。她掩蓋於布條底下的雙眼確實捕捉到三人的身影，口中哼唱的歌聲戛然而止。還來不及惋惜，女子已經張開那雙動人的唇瓣。

「──……──√…」

「……唱歌喔？」

女子臉上綻出花朵般的微笑，同時一陣音色傳來，伊雷文忍不住問出聲。

對方毫不介意，一步步走向河流，一隻手上提著的籃子晃呀晃。她皮製的涼鞋一踏上水面，腳底便散出光輝，波紋在水面上漾開。景象如夢似幻，宛如神話中女神橫渡大河的情景。

女子踏上這一岸，毫不猶豫地朝利瑟爾他們走來。

「──……──……」

然後，就這麼與他們三人擦肩而過，彷彿跟鄰居打聲招呼一樣，吟唱著一串音色走遠了。

「……」

「…………」

「…………那啥？」

一行人目送那道優美的背影走遠。直到再也聽不見她哼歌的聲音，伊雷文才放開劍柄，勉強擠出一句話。

「那女的超正的，但兩隻眼睛遮起來也太詭異了吧，而且看著我們的臉唱歌是怎樣？很嗨喔？」

「誰知道。」

但是……劫爾說完又補了一句。

「她太沒有戒心了。」

「啊，沒錯！」

伊雷文也同意。

在魔力聚積地，必須警戒魔物從四面八方來襲，在這種地方遇見陌生人也應該有所提防，她卻沒有這種必要的戒心。

這是怎麼回事？劫爾才剛這麼想，無意間低頭看向利瑟爾。看見他什麼也沒說，靜靜凝視著美麗女子離去的方向，劫爾詫異地蹙起眉頭。

「怎麼了？」

「我總覺得有印象……那好像是……」

「喂。」

「嗯……」

利瑟爾只比了「等一下」的手勢回答他，輕聲重複女子剛剛唱出的音色。如果這只是一小段陌生曲子，那這種似曾相識的感覺是怎麼回事？

她哼出那些音色的方式，感覺就像與人攀談一樣。她唱出的歌聲為什麼聽起來帶點回音？為什麼意識受到她的嗓音吸引？擁有強大的魔力抵抗力，足以在魔力聚積地安居，也就代表她擁有豐富的魔力。如果她將魔力灌注到聲音當中，如果她不是在唱歌，真的是在跟我們攀談的話……

「『——……√』……好像不太對，所以這是……」

從前，利瑟爾曾經見過一張不可思議的樂譜。

那是一首奇妙的曲子，唱出聲來卻帶有不可思議的美感。人們在祭典儀式上吟唱那首歌，據說歌曲本身是過去利瑟爾的國家與某個種族締結友誼的證明。

鮮少有人知道，那不是歌曲，而是語言。利瑟爾得知這件事之後，花費漫長的年月加以解讀，發現那張樂譜其實是一封書信，寫著友好的詞句。

這些詞句獻給一個種族，她們的名字是——

「妖精。」

「啊？」

「地圖上標示的是妖精的聚落。」

利瑟爾感動地說完，無視於另外二人莫名其妙的目光，興沖沖拿出地圖。距離目的地只有一步之遙。

「要是隊長以外的人這樣講，我會說他腦子有問題啦，可是……」

「而且那張地圖還是迷宮品。」

迷宮就是這樣，沒有辦法。每次遇上迷宮引發的莫名現象，冒險者都在心中默念這句話保持冷靜，但是再怎麼默念，這次也有點勉強。

「那隊長，她唱的是什麼歌啊？」

「那個歌聲是她們使用的語言，也就是古代語……啊，在這邊也是這麼稱呼的嗎？」

「很久很久以前的語言？」

「對，沒有錯。」

曾經在久遠的古代使用，現在已經失傳的語言，全部統稱為古代語言。

原來連這種有點馬虎的地方都和原本的世界一樣呀。利瑟爾佩服地想道，將地圖捲起來，收進腰包。路線他本來就已經記得了。

「從來沒有聽過別人實際發出聲音講古代語言，所以我一時之間還沒有發現。」

「你聽得懂她說什麼？」

「這個嘛……」

利瑟爾尋思似地別開視線。

他必須對照腦中的知識才能解讀，所以需要重複一次音色，將之一一轉換成平時的語言。能做到這件事已經很不尋常了。

「第一句是『哎呀，你們出門散步嗎？今天的霧真美！』下一句是『我要去採樹果，如果收穫豐盛再分給你們喲。』」

「太悠哉啦！」

「這個嘛，邂逅的瞬間確實充滿了神祕色彩。」

「那是一定的！」

利瑟爾說得有點含糊。

實在不忍心破壞他的夢想。看雷伊那副興高采烈的模樣，這決定應該沒有錯，利瑟爾點點頭。

「她們的生活方式聽起來相當封閉，你們卻能夠締結友好關係，真不愧是利瑟爾閣下！」

「不，沒想到她們的態度還滿友善的哦。」

妖精還招呼他們進入聚落之中呢。看見雷伊一臉好奇，探出身子的模樣，利瑟爾回想著當時發生的事情，繼續說下去。

來到目的地那座聚落，最先映入眼簾的是一棵樹齡不知有幾千年的巨木。

眾多住家依偎在巨木周遭，房屋彷彿是由樹木自己將枝幹編織而成。不可思議的是那裡也沒有霧氣，陽光透過葉隙，靜靜灑落在帶有神祕光輝的屋頂上。

三人往前走去，感受得到霧氣越發淡薄。

「嘴巴上的布可不可以拿掉了啊？」

「村落裡面看起來沒有問題，但擅自闖入不太……」

「來了。」

聞言，二人轉向劫爾視線的方向，看見一位女子從村落中緩緩朝這裡走來。

那是位美麗的女性，留著一頭清淺透明的金髮。衣服寬鬆的布料在空中輕飄飄舞動，她在三人面前停下腳步。

「（哎呀，初次見面，你們好。這時候該說什麼呢，『歡迎來訪』對嗎？）」

她輕觸臉頰，偏了偏頭，模樣宛如純潔的少女。口中唱出的歌聲流暢、清澈而透明，音色沉穩，像平靜的海面。

利瑟爾也把這段話轉達給劫爾他們。從女子所言聽得出村子裡不曾有外人來訪，不過她對於一行人的到訪似乎並不忌諱。

「（祖母說過，外界人的語言跟我們不一樣。語言不通，嘴巴也遮著，這樣還有辦法做朋友嗎？）」

她這句話並非出於警戒，而是發自內心的疑問。女子蒙著雙眼，表情純真無邪，模糊了她成熟女性的美感，平添幾分魅力。

如果可以，利瑟爾希望她們毫無疑慮地歡迎自己；既然如此，他就應該真誠以對。利瑟爾伸手準備摘下嘴邊的方巾，不顧身邊仍然飄著薄霧。

「喂。」

「沒問題的。」

他運用傳送魔術，不斷將自己身邊的魔力轉移到別處，同時摘下方巾。

只要失手一步，他會因為嚴重的魔力中毒而發狂，但利瑟爾毫不在意肌膚上略微傳來的刺痛，朝著觀望這裡的美麗女子微微一笑，接著開口。

「（我們是來見妳們一面的。能不能接受我們的拜訪呢？）」

聽見利瑟爾吐露的音色，女子露出了再怎麼美麗的花朵都無法匹敵的笑靨。

「（當然，請讓我們好好招待你們。）」

利瑟爾他們就這麼被迎進聚落當中，順利得令人錯愕。

這應該是妖精特有的，對惡意與敵意敏感的特質使然。她們感受到利瑟爾一行人真的只是來見自己一面而已，因此才願意二話不說接納他們。

「你怎麼沒被拒絕？」

「大哥好過分！」

「應該是惡意沒有朝向她們就沒有問題吧。」

雖然覺得妖精疏於防備，但這也不難理解。她們生活在沒有敵人的魔力聚積地，唯有魔物對她們懷有殺意，但就連那些魔物也無法構成任何危險。這種生活持續了數百年，毫無用武之地的戒心只會不斷退化而已。

「（哎呀，有客人？）」

「（哇，第一次有客人來呢。）」

一行人被帶到一座設有桌椅的廣場上，身後跟著從村落各處聚集過來的妖精們。三人各自在雕工精細的美麗木椅上一坐下，立刻被妖精們又是好奇又是嬉笑地包圍起來。

她們不打算到外面的世界生活，不過對於外界還是有興趣的。她們接二連三拋來疑問，利瑟爾則一個個仔細回答她們的問題。

「（發音拙劣，讓各位見笑了。）」

「（你願意為了我們使用同一種語言，我們很高興呀，別介意哦？）」

「（對呀，好高興。而且發音非常可愛喲！）」

但利瑟爾滿在意的。得多練習才行，他邊想邊看向另一個位子上，被妖精包圍的伊雷文。

「怎樣，很稀罕喔？啊，妳說衣服？這個？要我脫掉？等……不要摸我鱗片啦。」

雖然伊雷文被她們戳臉頰、掀衣服，為所欲為，但身邊圍繞著絕世美女，看來他心情還不壞。他發揮了高超的社交能力，雖然語言不通，還是勉強能溝通。

劫爾正好相反，妖精特有的那種過於沉穩，換個說法就是悠哉過頭的氣質，好像跟他合不來。從剛才開始他就站在利瑟爾身邊，不發一語。妖精倒是稀罕地戳了戳他的佩劍。

「劫爾，你也享受一下不就好了嗎？」

「跟不能上的女人還有什麼好享受？」

「你真是無法享受跟女性互動的人耶。」

利瑟爾露出苦笑，接著忽然想到什麼似地抬起臉。

「既然如此，要不要做些你感興趣的事？」

什麼意思？劫爾聽了皺起臉來，利瑟爾自顧自地朝剛才興高采烈詢問外界事情的妖精們開口。

「（他說，他想體驗看看妳們的魔法。）」

「（哎呀，外面的人不會用魔法嗎？）」

「（跟妳們比起來，就像不會用一樣，只能做到很小很小的事情。）」

妖精們偏了偏頭。她們生來與魔法、魔力共存，這對她們來說或許難以理解。

「（我們也只能做到一些微不足道的事情而已呀？）」妖精們一副不可思議的模樣，利瑟爾微笑以對，沒再多說什麼。就連一行人來到這裡之前，見過的那種橫渡水面的魔法，都是耗費龐大魔力的高等技術。那已經無異於迷宮的魔法，無法以常理解釋。

「（體驗，該做什麼才好呢？幫他倒茶？）」

「（幫他蓋一間可以休息的房子如何呀？）」

「（不，他希望妳們發動攻擊。）」

攻擊？妖精們異口同聲地複述一次，接著——

「（像這樣？）」

「啊——」

利瑟爾還來不及喊出聲，光柱便從四面八方貫穿了劫爾原本站立的位置。

魔法無聲無息，也沒有預備動作，但它的威力之大，即使利瑟爾動用全力也完全無法匹敵。那是至高無上的魔法，強大到荒唐的地步。

利瑟爾看了也嚇了一跳，眨了眨眼睛，妖精們則輕笑出聲。

「（哎呀，外界的人速度很快呢！）」

「……你跟她們說了什麼？」

消失的光柱後頭，劫爾站在那裡，正甩著一隻手。

仔細凝神一看，他的手套尖端燒焦了。換言之，要是剛才沒有躲過那一擊，即使身穿最上級裝備一樣會被燒得連灰都不剩。

接招的是劫爾真是太好了，利瑟爾由衷感到慶幸。換作是自己的話已經沒命了。

「不好意思，我想你可能喜歡這方面的交流，所以才試著提議……是我太莽撞了。」

「不會，正好。」

劫爾褪下手套，拋給利瑟爾。那雙眼睛亮起了刀身般的鋒芒，裸露的手握緊了劍柄。看來這麼提議並沒有錯，利瑟爾於是請妖精再次發動攻勢。

雖然劫爾手握劍柄，但也許是他沒有敵意、也沒有惡意的緣故，妖精們也高興地喊著「好厲害喲！」「速度好快！」儘管不清楚這是在做什麼，但好像很有趣，她們接二連三開始發動魔法。利瑟爾也補充說明，這只是練習，以不讓對手死亡、不造成致命傷為前提。

「（比起閃躲，還是展開魔力護盾比較輕鬆吧？）」

「（外界沒有人能夠施展那麼強力的護盾，沒有辦法擋下妳們的魔法喲。）」

「（是這樣呀？）」

妖精眨眨眼睛，接著笑了開來。

「（不過，外界的人很厲害呢，不使用魔法，就擁有這麼高超的實力！）」

萬一她們以為普通唯人都和劫爾一樣就傷腦筋了，利瑟爾不著痕跡地出言指正。

「大哥也真不簡單，太猛了吧，他是不是能打贏妖精啊？」

利瑟爾的目光追著那道看不見動作的漆黑身影，這時終於重獲自由的伊雷文站到他身邊。

聽見他語帶詫異地這麼說，利瑟爾也點點頭。確實如此。

那柄大劍接連斬斷、彈開了魔力，不愧是最頂級的迷宮品。看來劫爾打得很盡興，真是太好了。應該還有一些時間，利瑟爾想道，重新轉向坐在他正前方的金髮妖精。

「（也請跟我說說妳們的事情吧。）」

「（不知道有什麼好說的呢……）」

眼見妖精偏著頭望著這裡，利瑟爾朝著那張美麗容顏客氣地回道：

「（如果不想說的話，我也不會強人所難的。）」

「（哎呀哎呀，不是不想說的意思喲。聽你這麼說很高興，想問什麼儘管問吧！）」

歌聲裡帶著幾分慈愛，吟唱出憐愛孩子般溫柔的音色。

但是，她的話想必不能以表面的方式理解。利瑟爾任憑伸來的柔美指尖撫摸自己的臉頰，將自己的手疊在她手上說道：

「（我想知道美麗的妳們最真實的模樣。）」

掌中觸碰到的那隻手，和自己的同樣溫暖。

利瑟爾他們搭上雷伊準備的馬車，坐在搖晃的車廂內，望著染滿紅霞的天空踏上歸途。

雷伊完全沒有盤問的意思，只是基於好奇心敦促他們說下去，回答他的問題不知不覺就過了好一段時間。途中二人一度想告辭，還是雷伊主動挽留他們的。

「劫爾，你覺得呢？」

利瑟爾望著車窗外喃喃問道，劫爾聽了略微蹙起眉頭。

「啊？」

「你覺得我們是不是獨占了她們的力量？」

望過來的那雙紫水晶眼瞳裡映著茜色。旁人也許會這麼覺得吧，劫爾漫不經心地想道。這麼說沒有錯，但他同時也覺得並非如此。

妖精沒有危機意識，也沒有戒心，態度相當友善。即使到訪的不是利瑟爾一行人，一樣會受到她們歡迎，所以才容易引人誤解。他們和妖精絕不是對等的關係。

對於妖精而言，這就像迷途的蝴蝶飛進村裡一樣。她們欣賞這些新奇的過客，度過一段愉快時光，等到他們離開村子，也只是輕笑著說句「哎呀不見了」而已。這段邂逅不會帶給她們一絲一毫的影響，她們滿足於現狀，仍然一如往常過著自己的生活。

「你不是希望那些傢伙保持原樣？」

「是呀。」

「那就算不上獨占吧。」

面對這樣的妖精，利瑟爾卻取得了對等的地位。他希望妖精維持優美的存在方式，因此沒有改變她們的本質，只改變了她們的認知。

為了做到這點，劫爾和伊雷文都吃了不少苦頭。過程就不多說了，實在發生了太多事。

「但我還是借重了她們的力量，很任性吧？」

「那只是為了答謝你送的伴手禮吧。」

妖精們為什麼願意幫忙解決魔物大侵襲？

在魔礦國，利瑟爾拜託劫爾採購的那些東西，都是假設魔力聚積地有人居住的情況下用以餽贈的禮物。幸好妖精們看見這些禮物也相當開心。

「是她們主動說要答謝的啊。」

對於她們來說，施行拯救整個城市的大魔法，也不過是禮尚往來的回禮而已。稍微出個遠門散散步，稍微施展一點魔法，還能跟小孩子互動，倒不如說是幸運，只是這樣而已。

「真難得，你還會在意外人的看法？」

「我在意的是她們的地位。說她們被我獨占，這種評價實在太虧待她們了。」

「她們也不住在聽得見評價的地方。」

「是我不樂見如此。」

「是喔。」劫爾嫌麻煩似地點點頭。

利瑟爾讚嘆妖精的美，就像珍愛藝術品一樣，他不願見到她們沾惹上多餘的附加價值，原本大概也不願意帶她們到大侵襲的戰場上露面吧。但是一行人從魔礦國出發之際，妖精們遣來鳥兒送信，高興地說「這是我們回禮的好機會」。經她們這麼一說，利瑟爾也沒有理由拒絕。

聽見別人的請求從不吝於幫忙，這點倒是很有利瑟爾的風格。劫爾輕聲笑了，喃喃說道：

「能被你獨占，別人的評價一點也不值得在乎啊。」

這句低語無意說給誰聽，就這麼消散在車廂的空氣裡。利瑟爾投來納悶的目光，彷彿問他是不是說了什麼，劫爾則揮揮手示意「沒什麼」。

47

「委託也開始出現變化了耶。」

「慶典快到了啊。」

徵求銷售人員、徵求搭建人員、徵求搬運工，最近的委託總是激起人們對慶典的期待。

不愧是賺錢的好時機，委託單上記載的報酬也比平常更優渥。

看著委託單一張張被冒險者撕下，利瑟爾他們走向公會裡設置的桌椅，打算等人潮散去再慢慢挑選。高階的委託沒有太大變化，也沒有他們特別偏好的委託。

「劫爾，你見識過建國慶典嗎？」

「走到哪都在慶祝，不可能沒看過吧。」

「聽你的說法，應該沒有參加過慶典囉？」

「大哥會跑去參加我還比較驚訝咧。」

利瑟爾坐在椅子上，優閒望著冒險者們你推我擠地爭搶委託，你一言我一語地說「那是我的！」「是我的才對！」

出現划算委託的時候常常見到這幅光景。委託完全是先搶先贏，不問階級高低，只要有資格接取即可。換言之，也會有人動用蠻力。

「規模好像比我聽說的還要盛大。」

「可能因為今年是建國四百年，所以氣氛更熱鬧吧！」

「不愧是年輕的國家，特別有活力呢。」

利瑟爾露出溫煦的笑容，讚賞地說道。至於這句話背後透露的訊息，看劫爾和伊雷文沉默望向他的反應就知道了。他們從來不覺得利瑟爾出身的國家會是什麼小國，但這也太誇張了，二人忍不住想。

「這是王都最盛大的慶典對吧？」

「算是吧。一年一度，而且由國家主辦。」

據說慶典規模之盛大，其他活動都無法匹敵。

這段期間，街上會擠滿身穿慶典服飾的民眾，無數的慶祝活動教人沉迷其中，無暇休息，現在正在準備的裝飾也會掛滿全城，看得人們目不暇給。

其他國家的使者也會在這時候來訪，參加王城舉辦的紀念典禮。聽說使者們會向民眾揮著手，從城門走向王宮，一路演示華麗的遊行。唯有在這時候，群眾不必下跪，而是歡呼目送使者進城。

「現在還在準備期間，就已經感受得到慶典騷動的氣氛了，真好奇慶典期間的情形。」

「好奇就去看看啊！……咦，我本來就打算跟隊長一起去逛了說！」

「伊雷文，你也沒有逛過嗎？」

「有逛過就不能跟你一起逛喔？」

伊雷文露骨地露出不滿的表情。只是忽然想問問而已呀，利瑟爾露出苦笑，伸手幫他梳理蓋住眼睛的瀏海以示安撫。髮絲底下露出的眼眸彷彿在訴說什麼似的，目不轉睛地凝視過來。

「謝謝你的邀約。」

利瑟爾瞇起眼睛一笑，伊雷文便心滿意足地吊起唇角。真會撒嬌，利瑟爾見狀笑了，收回那隻撫摸額頭的手，輕輕掠過他頰邊的鱗片。

「啊，不過之前女主人告訴我，慶典的時候男人總是拚命尋找女性搭檔耶。」

和所有王都居民一樣，旅店女主人也興高采烈地把建國慶典的事情說給利瑟爾聽。利瑟爾原本以為有什麼必須男女結伴參加的規矩，不過看劫爾他們心照不宣地點頭，也許不是這麼回事。

「啊，好像說是那啥……應該是初代的國王吧，在慶典的時候跟民女來了一發──」

「只是初代國王在慶典時微服出遊與平民女子相知相戀這種常見的故事而已，因為這個典故的關係，一個人參加慶典會顯得不太自在。」

霎時間，一根筆尖毫不猶豫地朝伊雷文的頸動脈襲來，被他滿臉嫌惡地躲開了。史塔德強制鎮壓了一旁冒險者的亂鬥，不知何時已經站在伊雷文身邊，正以不負「絕對零度」之名的眼神睥睨著他。

「那是真實故事嗎？」

一如往常，伊雷文和史塔德在看不見的角度進行無聲攻防，利瑟爾完全沒有注意到。他看向劫爾這麼問道，只見劫爾嫌麻煩似地聳了聳肩。

「誰知道，也沒證據。」

「說得也是。」

「慶典嘛，開心就好啦！」

伊雷文輕浮地衝著他一笑，笑容裡一點也看不出三人殺氣四伏的交鋒。利瑟爾雖然覺得他笑得別有深意，不過只要不造成危害，他也不介意。

「所以咧，真的會有那種事嗎？」

「嗯？」

「國王愛上平民啊。」

看見史塔德轉身走回櫃檯，利瑟爾揮揮手要他加油，然後稍微想了一下。

「我沒有聽說過耶。」

「表示那種事不太可能發生吧。」劫爾說。

「那這個故事根本就是掰出來的嘛？」

「啊，不過發生關係倒是有可能哦。在慶典之夜，被一時的熱情沖昏頭……」

「就來了一發？」

「你講得太煞風景啦。」劫爾說。

站在附近的冒險者聽見三人的對話，紛紛尷尬地仰頭望天。

他們尋找搭檔一起參加慶典，其實是在模仿一位被慶典沖昏頭、在外亂搞的國王？他們找搭檔並不是想要來一發，但說完全沒有期待是騙人的。人人都想陶醉在慶典氣氛當中，創造一段難忘的回憶。

這段戀愛故事令少女心嚮神往，希望背後的真相不要傳開，所有人都帶著一言難盡的表情這麼祈禱。

「出身不同果然就沒辦法在一起喔……」

「從教育層面來說，也許真的是這樣沒錯。除了教養、人脈之外，還有許多東西是必須從小一點一滴培養起來的。」

「貴族的女兒也很辛苦欸。」伊雷文散漫地趴在桌子上，劫爾看向利瑟爾的眼神中則帶著狐疑。這傢伙腦子裡想的該不會是自家國王的新娘吧，你是婆婆在挑媳婦喔？

「劫爾，你是不是在想什麼失禮的事情？」

「沒啊。」

但他不會說出口。

「唉，真是太幻滅啦。」

「正因為不可能發生，所以這種故事才膾炙人口呀。伊雷文，沒有女孩子邀請你嗎？」

「我都推掉啦，說我要跟你們一起逛。」

他剛剛才鬧著彆扭問能不能一起逛，事實上已經都安排妥當了。利瑟爾有趣地笑了，劫爾聽了則皺起臉。我也要一起逛？

聊到一個段落，正好委託告示板前面也空了，於是三人站起身來。建國慶典相關的委託肯定已經一掃而空，這次接的應該會是尋常的委託吧。

利瑟爾他們結束了「取得石像鬼的心臟」這個不知該算是採集還是討伐的礦石採集委託，回到城裡的同時稍微歇息片刻。一行人來到現磨咖啡的攤位，站在高腳桌子邊喝飲料，他們在這裡快要變成熟客了。

畢竟口也渴了，這裡的老闆還會招待點心，其中一人的咖啡還會加上滿滿的鮮奶油。今天招待的點心是偏鹹的餅乾，大部分都被伊雷文津津有味地吃進了肚子。

「街上也越來越有慶典氣氛了。」

眼前的街道顯得特別朝氣蓬勃，宏亮的吆喝聲隨處可聞。

「一堆興奮過頭的傢伙，麻煩事也要變多了。」

「這種時候就該盡情放鬆慶祝呀。」

「有酒的話我會好好放鬆的。」

劫爾哼笑一聲。能喝酒真好，利瑟爾羨慕地嘆了口氣。

順帶一提，聽說這個攤子在慶典期間打算將冰咖啡擠上鮮奶油，販賣「漂浮咖啡」。慶典上暑氣蒸騰，再加上難得看到現磨咖啡的攤位，應該會賣得不錯。

三人正聊著這些瑣事，這時忽然傳來一道聲音。

「那、那個……」

細小的嗓音顯得相當客氣。利瑟爾周遭的人都是不怎麼客氣的類型，他差點以為對方叫的不是自己。

朝那邊一看，一位女性帶著心意已決的表情望著這裡。發現利瑟爾注意到她，女子鬆了一口氣，緊握著雙手朝這張桌子走近了一步。看見那雙眼睛筆直望著自己，利瑟爾溫柔地開口。

「有什麼事嗎？」

伊雷文好像察覺了什麼，傾斜上半身將肩膀靠了過來。怎麼了嗎？利瑟爾邊想，又看向眼前稍微低下頭，觀望著這裡的女子。

她的視線自然呈現仰望的角度，她緋紅的臉頰、遲遲難以開口的那種惹人憐愛的姿態，都因此顯得更有魅力。女子緊握的手微微顫抖，聲音由於緊張而飄搖不定。

「那個、我有話想跟你說……」

「慢慢來沒關係喲。別擔心，我會好好聽妳說的。」

聽見他沉穩的聲音，女子緊繃的手掌放鬆了下來。

「想請問一下，建國慶典那段時間，你有什麼計畫……」

女子開口這麼說，聽起來有點害羞，又有一點高興。這時響起伊雷文大力攪拌杯中冰塊的聲音，一副蓄意蓋過她說話聲的樣子。

「你在公會問的問題原來跟這件事有關？」

「對啊。」

伊雷文的咖啡被利瑟爾沒收，交到滿臉無奈的劫爾手中，隨後又被他搶了回去。他將咖啡連著冰塊猛地往嘴裡倒，喀啦喀啦咬碎冰塊的模樣看起來不滿到了極點。

「因為初代國王和平民少女那個禁斷之戀的故事嘛，所以慶典期間不講身分，平常很難鼓起勇氣跟隊長搭話的人，在這時候也會覺得可以邀請他吧？」

「你跟那傢伙越來越像了。」

「你說跟隊長？真假？耶！」

看見伊雷文得意洋洋的笑容，劫爾嘆了口氣。饒了我吧。

對伊雷文而言，早上那個話題是確認意味。平民有沒有可能成為王妃，換言之，利瑟爾有沒有可能認真追求平民女子？

利瑟爾這個人基本上重視效率，不太可能自討苦吃。如果擇偶不考慮平民女子，即使有女生邀請他一起參加慶典，只要有其他優先事項，他應該就會拒絕。所以伊雷文才先跟他約好了。

「你為什麼那麼排斥？」

「我就不想要他把別人排得比我前面啊。」

「那傢伙之前還說過，他不排除在這邊找結婚對象……雖然不知道是不是認真的。」

「嗄?!」

伊雷文忍不住大叫，利瑟爾聽了回過頭來，問他發生什麼事。看見他面前那位女性也一臉驚訝，伊雷文擺出親切討喜的表情，擺擺手示意「沒什麼」，於是那二人又繼續開始談話。

女子正努力從無關緊要的閒聊當中，問出他慶典期間的計畫。伊雷文確認那二人的注意力已經不在自己身上，便湊過去逼問劫爾，後者嫌麻煩的態度全寫在臉上，一副「早知道不該多說這些」的樣子。

「為什麼！」

「為什麼？那傢伙早就過了婚期，再怎麼說他也是貴族啊。」

「我不允許！」

「還需要你批准？」

「需要！」

伊雷文一臉嚴肅。

「倒不如說為什麼隊長還單身啊！他怎麼可能不受歡迎！」

「你到底想要他結婚還是不想？」

看見伊雷文心有不甘地碎碎念，劫爾不想管他了。

「他說原因有點複雜。」

「複雜喔……」

貴族社會裡也會發生這種情況吧，伊雷文不由得接受了這個說法。

話雖如此，利瑟爾還不知道該如何回到原本的世界。即使娶了妻子，也無法保證能一起回去，這麼想來他的討老婆發言應該也不是認真的。但不能掉以輕心，以利瑟爾的作風，他已經預測到所有可能狀況了……大概吧。

伊雷文的思緒就這麼被利瑟爾耍得團團轉。劫爾仍然帶著一副無奈到極點的表情啜飲著咖啡，望著他那一臉嚴肅的表情。這時候——

「所以，如果你願意的話，能不能跟我一起參加建國慶典呢……！」

旁邊那二人的談話終於進入正題。

女子下定決心般抬起頭來，利瑟爾微微偏了偏頭，正打算回答。看見這一幕，伊雷文依然撐著臉頰，伸出了一隻手。

「啊，我差點忘了。這位姊姊，抱歉啦。」

他拉住利瑟爾的衣服，看向那位女性。眼見女子眨了眨眼睛，伊雷文朝她露出燦爛的笑容，望向毫不抗拒地回過頭來的那雙紫晶色眼瞳。

「賈吉和那個冰棒啊，都說他們想邀你一起逛喔，隊長。」

他說出這句話的同時放出了些微殺氣，只有極少數人注意到。

只有殺氣指向的二位精銳盜賊，再加上劫爾，一共三個人而已。劫爾事不關己地裝作沒發現，意識追逐著不自然消失的那二道氣息。這種命令方式真嚇人，他同情那些被當作傳令兵使喚的精銳盜賊。

「是嗎？」

「是呀！」

聽見利瑟爾回問，伊雷文泰然自若地點頭。

那雙甜美的眼瞳彷彿看透一切，但應該沒被他發現才對。隱藏企圖對伊雷文來說是家常便飯，他露出再尋常不過的笑容。利瑟爾見狀，也好像什麼事都沒發生似地重新面向女子。

「不好意思。很高興妳願意邀請我，但這次請容我優先陪伴朋友。」

「不、不會的，請別這麼說……！」

看見利瑟爾抱歉地垂下眉頭，女子紅著臉頰，拚命搖頭請他別放在心上，她柔軟的髮絲稍微亂了，落在頰邊。

利瑟爾注意到了，於是伸出手，以指尖溫柔地撥起凌亂的頭髮。顧慮到陌生男人的觸碰也許會令她不快，他緩緩伸出手，以她能夠避開的速度，絕不碰觸到她的肌膚。

「謝謝妳的邀約。」

利瑟爾微微一笑。女子瞠大眼睛僵在原地，輕輕點了點頭。

劫爾覺得這傢伙太寵女人了，伊雷文則覺得他服務做過頭了。但利瑟爾只覺得，不讓鼓起勇氣邀請自己的女性丟臉，是身為男人應有的體貼。

「我才是……那個、謝謝你！」

拒絕得毫不拖泥帶水，不讓對方有所期待，同時又充分顧慮到對方的感受。女子想必感受到了利瑟爾的用心，她含羞的微笑惹人憐愛，表情看起來清爽多了，她低頭行了個禮，便離開了。

「隊長，你要這樣接待每個跑來邀請你的女人喔？」

伊雷文問道，從利瑟爾看不見的角度吐了吐舌頭。利瑟爾啜飲了一口被融冰稀釋的咖啡。

「有那麼多人會邀請冒險者嗎？」

「別傻了，你不算在冒險者之內。」劫爾說。

「欸，但是高階的冒險者在慶典的時候也很受歡迎喔！」

「那劫爾……」

任由伊雷文從旁奪走他的玻璃杯，利瑟爾看向一臉嫌惡的劫爾。儘管階級只有B，但他的知名度相當高。他的身材高䠷，相貌更無需多言，又一向受到後街的女性歡迎……才剛這麼想，利瑟爾和伊雷文就遲疑了，畢竟劫爾凶神惡煞的氣質實在太過致命。

「啊，不過之前在馬凱德的時候，有兩位女性跟他搭訕哦。」

「原來有那麼勇猛的女人喔，第一次見面就敢跟大哥搭訕。」

「對於經驗豐富的人來說，反而是一種刺激也不一定。」

「也是喔，喜歡刺激的人滿多的嘛。」

任憑他們說得毫無顧忌，劫爾只是蹙了蹙眉頭，沒有多說什麼。

差不多該走了，三人將玻璃杯留在桌上，邁開步伐。雖然利瑟爾沒有講明是否有意接受邀約，但明天以後，恐怕也不會再有人來邀請利瑟爾了。畢竟愛講八卦的婆婆媽媽剛才都在攤子裡觀望著這裡，毫不掩飾好奇的目光。

「想勾搭壞男人也不該找我啊。」劫爾說。

「啊，說得也是，我們這裡有本行呀。」

「我金盆洗手了啦。」

期間長達數天的帕魯特達爾最大慶典，正準備揭開序幕。

建國慶典即將開始，宣告開幕的地點是「幻象劇團」也曾經舉行公演的那座廣場。為了這一天所搭建的豪華舞臺，接下來想必會一刻也不停息地展開熱鬧表演。

為了見證慶典揭幕的瞬間，國民早已紛紛聚集在清晨的廣場上。群眾身穿五顏六色的衣裳，這本來是為了模仿初代國王變裝出城的打扮，但到了現在，個性豐富的華麗裝扮，已經完全成為營造慶典氣氛的要素之一。

「在此宣布，建國四百年紀念慶典開始舉行！」

一句宏亮的宣言之後，色彩鮮艷的花瓣緊接著飛舞到空中，如雷的歡呼聲響徹廣場。

建國慶典第一天，熱鬧的樂聲傳遍全城，人群的歡聲笑語隨處可聞。

慶典開幕的那個瞬間，利瑟爾根本還沒有睡醒。即使在慶典前一晚，他還是照樣看書，所以昨晚也很晚才睡。

待在房間裡，一樣能感受到慶典前夜特有的浮躁氣氛。但利瑟爾仍然平靜地享受閱讀時光，然後沉沉睡去，表示他神經很大條吧。

現在，利瑟爾剛吃完稍遲的早餐，在餐廳裡這麼開口。房客已經全部外出了，伊雷文站在他眼前，劫爾則坐在對面，一副準備看好戲的模樣。

「我拒絕。」

「咦，這是我很認真幫你挑的欸！」

「你有這份心意我很高興，但是……」

伊雷文高舉著手上那套衣服，露出狡黠的笑容。

那正是建國慶典用的衣裳，伊雷文也已經換上慶典服飾了。即使是一般看來太過花俏的鮮艷色彩，穿在他身上也相當適合。每一次伊雷文不滿地搖晃手中那套衣裳，身上穿戴的裝飾品便叮鈴噹啷地發出聲響。

那身打扮露出腹部，他肚臍附近的鱗片也看得一清二楚，完美展現出慶典的熱鬧氛圍。

「整個肚子都要露出來耶。」

但利瑟爾排斥的正是這一點。伊雷文準備的那套衣服，腹部也是整個挖空的。

「慶典的衣服幾乎沒有不露出肌膚的欸。」

「你都敢全裸衝進浴場了，還有什麼好排斥？」

「在外面裸露肌膚實在不太……」

利瑟爾平常的打扮，除了臉和手腕以外的地方都裹得緊緊的，就連襯衫鈕釦也牢牢扣到第一顆。他從小就習慣這麼穿，所以一點也不覺得拘束，不這麼穿反而覺得渾身不對勁。

「不好意思，這對我來說實在太困難了。」

若是非穿不可，他會面不改色地穿上去，但如果有選擇的餘地，他會選擇其他衣服。當然，以平常的打扮參加慶典本來就沒有問題。

「拿去給劫爾穿呀，他的腹肌很驚人哦。」

「我不穿。」

「我剛剛拿給大哥啦，結果被他扔回來了。」

順帶一提，交給劫爾的衣服是全黑的。他二話不說立刻扔回去了。

「劫爾體格這麼好，穿起來應該很好看才對，真可惜。」

「你就這麼想看我穿上這種衣服狂歡？」

「還滿想看的。」

難以捉摸的利瑟爾說得大言不慚。這傢伙還是老樣子，劫爾嘆了口氣。

不論如何，劫爾本來就不打算換上慶典服飾，他和利瑟爾一樣不喜歡暴露的穿著。看見二人興趣缺缺，伊雷文賭氣似地將手上的衣服扔進空間魔法包包裡。

「那這件咧！」

但他是不會放棄的。伊雷文立刻取出另一套色調穩重，卻不失華麗的衣服，與剛才那套決定性的差別在於裸露部分比較少。

「很好看呢。」

「喜歡嗎？」

伊雷文在這方面絕不妥協。為了取得滿意的衣服，他甚至跑到中心街，逛了好多家店，才找到這套襯托利瑟爾魅力的服飾。簡直就像特別為他量身打造的一樣，就連劫爾都不禁佩服。

「哎喲，感覺很適合利瑟爾先生哦！」

「你看吧！」

來收拾碗盤的女主人也掛保證。

「領子還是比較鬆一點啦，這種你也不能接受嗎？」

「不會，這樣沒有問題。」

看見利瑟爾露出開心的微笑，伊雷文在內心擺出勝利姿勢。

剛才那套當然也是他認真挑選的，情況允許的話也想讓他穿穿看，不過伊雷文真正的目的是現在這一套。第一套被打回票在他預料之中。

「給你！快點換上去，我們快點出門吧，隊長！」

「好，我會加緊腳步的。」

利瑟爾接過衣服，有趣地笑了。他一邊偏著頭思考這要怎麼穿，一邊走出餐廳，伊雷文聽著他的腳步聲走遠，坐到空下來的椅子上。

「大哥，你那套我也挑得滿認真的欸。」

「只感受到你的惡意。」

伊雷文咯咯笑了，劫爾則哼笑一聲。

顏色完全是在拿他取樂，但劫爾也注意到那套衣服不僅如此。假如真的穿上去，大概會適合到令人嘆為觀止吧。儘管這一點值得肯定，但一想到伊雷文看見他換上那套衣服肯定還是會大爆笑，劫爾就完全沒心情感謝他。

「真虧你找得到那套衣服。」

「你說隊長的？對吧，我超拚命的！但老實說，我還是覺得量身訂製比較好啦。」

伊雷文說得理所當然，劫爾聽了覺得他有點嚇人。

「我在中心街找了好久欸，昂貴的衣服真是太適合隊長啦！」

「這也沒什麼好意外。」

「那你覺得我這套怎樣？」

「花俏。」

大概是不滿他就這麼一語帶過，伊雷文開始說起他挑選衣服有多講究，劫爾全都聽得左耳進、右耳出。劫爾穿著全身黑衣也無所謂，足見他對服裝沒什麼講究。只要活動方便、裝備性能優秀，設計別太奇怪，隨便穿什麼都好，就這麼簡單。

「大哥，你有沒有在聽啊?!」

「沒。」

這段單方面的對話持續了一會兒，二人忽然聽見走下階梯的腳步聲。是利瑟爾的步伐，他們不會聽錯，二人的視線於是轉向餐廳門口。

「沒想到穿起來還滿涼快的。」

「喔，好適合！不愧是我挑的！」

伊雷文愉快地說道，踏著輕快的腳步走近利瑟爾。

目光忍不住停留在他露出的頸子，大概是因為難得看到這種畫面吧。即使剛泡完溫泉，

利瑟爾只要踏出房門一步，就連第一顆鈕釦都會牢牢扣好。他這種打扮真是太稀有了。

「尺寸咧？」

「沒有問題。話說回來，換了一套衣服，也更有參加慶典的愉快心情了呢。」

「換上這套衣服開心嗎？」

「嗯，謝謝你。」

表面上看不出利瑟爾哪裡興奮，不過伊雷文聽了還是心滿意足，一臉「你看我就說吧」的表情，再度把衣服塞給劫爾。利瑟爾也加入戰局，劫爾卻不為所動地站起身來。不論他們說什麼，劫爾都不打算更衣。

「要走就快走。」

「太可惜了。」

「小氣鬼——」

「囉嗦。」

誰理你。劫爾逕自走向旅店門口，忽然低頭看向利瑟爾。

「話說回來，你不是跟人約好了？」

「你說賈吉他們嗎？我們是約明天一起逛。」

先前伊雷文提起這件事之後，當天二人就來邀請利瑟爾了。印象深刻的是，二人都帶著非常認真的表情說，「我們約好了！一定哦！」

『那個、我本來擔心會給利瑟爾大哥添麻煩，但實在無論如何都想跟你一起逛……不可以嗎？』

『我對慶典沒有興趣但聽說可以跟你一起出門。捎來消息的雖然是相當令人不快的害蟲但沒有關係，我來邀請你了一起參加慶典吧。』

沒想到賈吉展現了高超的邀約手腕，畢竟他再怎麼說都是個商人。史塔德正好相反，完全沒有掩飾的意思。利瑟爾也高興地接受了他們的邀約，三人約好明天一起出門。

即使連續參加兩天，建國慶典的樂趣也不會消滅。利瑟爾一行人邁開步伐，走入歡騰的氣氛當中。

正欣賞著熱鬧街景的時候，一行人遇上了意料之外的人物。

「啊，這不是知性小哥嗎！好久不見啊，你都沒變嘛，一樣是我的天菜！」

「喂，妳眼睛給我收斂一點。」

「是藥士小姐呀，好久不見。」

「都叫妳不要一直盯著隊長看了啦，喂！」

「從那次之後你都不接我的委託，我真是太寂寞啦，只好每天都用你留下來的眼鏡……」

「妳用那種下流的眼神是在看哪裡啦！聽人說話啊癡女！」

在打招呼的時候，梅狄也顧著凝視利瑟爾的頸子，把伊雷文氣到發飆。他沒動手，只是因為劫爾抓住了他的領子。

這段期間，梅狄也一臉嚴肅地端詳著利瑟爾，不放過任何一瞬間，偶爾還品頭論足似地點點頭，實在令人無言以對。她也一點都沒變，利瑟爾露出苦笑。

明明是個相當適合工作服的美女，性格卻像伊雷文說的，是位肉慾系女子。

「頸子這麼纖細，卻保有男人味，脖子到肩膀那種平緩的線條，誘人的鎖骨，隨著沉穩的嗓音上下移動的喉結……女人絕對沒有的那種性感魅力，和知性臉龐形成的反差實在難以言喻……」

「很多人不只露出頸子，甚至還露出上半身呢。」

「平常遮住的部位若隱若現，這種誘惑才難以抗拒啊！不，假如我喜歡的知性美男脫光的話我當然也會看啦！」

梅狄砰一聲拍響肩上扛著的貨物如此宣告，充滿男子氣概。

看來她正在運送貨物，這樣逗留沒有問題嗎？利瑟爾邊想邊將落到頰邊的頭髮撥到耳後，結果梅狄看了開始激烈扭動，好像有什麼命中了她的癖好。

「那種毫無防備的感覺實在是……！」

下一秒，她的動作卻猛然靜止。

三人紛紛看向她，一人帶著不可思議的眼神，另一人的目光中帶著詫異，還有一人則是厭惡。沐浴在三人份的目光當中，梅狄開始往工作服裡翻找什麼東西，然後又把她不知道從哪裡掏出來的鑷子扔到地上，帶著正經八百的表情看著利瑟爾。

「哎呀我東西掉啦，不好意思你能不能幫我撿一下啊？可以的話麻煩一邊看著這裡一邊彎下上半身——」

語氣平板，演得很爛。

「去死啦臭女人!!」

「瞻仰絕景之前我是不會死的！」

「伊雷文，說話太難聽囉。」

劫爾放開了壓制伊雷文的那隻手，這人太噁心了。

伊雷文一邊大吼大叫一邊擋到利瑟爾身前，他不甘心自己遭到指正，於是氣急敗壞地跟利瑟爾申訴了一番，然後在利瑟爾的安撫之中看向梅狄。那女人嘖了一聲，正撿起地上的鑷子。

只能把這女的除掉了。正當這危險的想法浮現在他腦海的時候——

「妳是晃到哪去啦，臭丫頭！」

一聲怒吼響徹熙來攘往的街道，宛如野獸的咆哮。「怎麼啦？」「什麼事啊？」路人的目光紛紛好奇地聚集過來，梅狄頓時僵住，接著緩緩看向背後，動作僵硬得像關節沒上油的人偶。

「妳送個貨是要送多久！」

「吵死啦臭老頭！難得的慶典嘛，老娘繞個路逛逛又沒關係！」

「沒關係個屁！快給我工作！」

工房師傅晃著巨大身軀逼近，表情氣勢洶洶，梅狄一點也不怕，反而怒吼回去，但最後還是被拎起領子強制遣返了。伊雷文在心裡為師傅熱烈加油。

「欸，等……老娘都還沒品味夠咧，臭老頭！」

正如她所說，梅狄的視線一刻也不曾離開利瑟爾的頸子，一邊大呼小叫一邊被拖走了。

「看見女人裸露的肌膚尷尬得只好不著痕跡別開視線的知性沉穩系男子一定存在於王都

的某個角落啊——！」

「那傢伙有夠低級……」

逐漸遠離的聲音完全走漏了梅狄的妄想，劫爾聽了忍不住嘀咕。

那女人之前是那副德性嗎？不，毫無疑問本來就是這樣沒錯。這是參加慶典之後遇見的第一個熟面孔，但對話一點也沒有慶典氣氛。她最後拋下的那句話勉強跟祭典有關，但利瑟爾一行人決定當作沒聽見。

「不愧是建國慶典，各種人都有呢。」

「不對啦隊長，你怎麼把那種人講得像慶典節目一樣……」

「也差不多吧。」劫爾附和。

他們此刻的感受彷彿已經克服了一連串重大難關，不過建國慶典才剛剛揭開序幕。

48

建國慶典第二天，氣氛又比第一天更加熱絡。

來自其他國家的參加者也與日俱增，大街上擠滿了人潮。群眾的衣著打扮、城鎮中的裝飾，將整條大街染上繽紛的色彩。

利瑟爾避開人聲鼎沸的大街，獨自走在小路上。他穿著伊雷文準備的服飾，怎麼看都不像普通的參加民眾，而是像初代國王那樣微服出遊的貴人。注意到他的人都不由得倏地回過頭多看一眼，但那身影立刻混在人群中看不見了。行人偏了偏頭，納悶是不是自己看錯了。

「啊。」

然後，利瑟爾來到了熟悉的店舖門口。

那面小看板依舊在招牌底下搖晃，缺乏自信的筆跡寫著「本店對鑑定技術有信心」。店門上貼著「今天營業至十二點鐘響為止」的布告，下方則掛著「休息中」的牌子，實在很少見。

利瑟爾微微一笑，敲了敲門。過了幾秒，店裡傳來一陣腳步聲。

「不、不好意思，讓你過來接我……！」

門板猛地打了開來，賈吉身穿建國慶典服飾，從門後現身。

「我是不是太早過來了？」

「不、完全不會！……啊，你換了衣服！」

賈吉高興地露出軟綿綿的笑容，看見利瑟爾那身打扮，整張臉忽然亮了起來。

看來過了賈吉這一關，利瑟爾在心裡稱讚伊雷文的眼光。要是隨便穿，賈吉恐怕會泫然欲泣地幫他準備新衣服。他真的會這麼做。

「賈吉，你那身打扮也很適合哦。」

「謝、謝謝。這是爺爺以前穿過的衣服……」

聽見利瑟爾誇獎，賈吉害羞地笑了。他那身服裝是典型的復古風格，飾品的色彩鮮艷古典，隱約帶著彩繪玻璃般的光澤，將整套穿搭襯托得更有氣氛。

「修長的身材，果然很能彰顯衣著的色彩呢。」

「太好了……我會不會無法駕馭它呀？」

「完全不會喲。」

這本來是因薩伊爺爺的衣服，但老實說，利瑟爾以為因薩伊挑選的服飾應該會更華麗才對。即使年事已高，他不論外表或內心都依然年輕，一定能完美駕馭華貴的衣裳。

話雖如此，這套服裝穿在賈吉身上卻相當適合。而且，露出肌膚的慶典服飾果然比較常見，賈吉平常遮住的上臂現在完全裸露在外。利瑟爾見狀點了個頭。

「我是不是也應該露一下肚子？」

「咦?!」

「不，這難度果然還是太高了哦。」

賈吉嚇得一瞬間僵在原地，聽見利瑟爾隨後自行打消了念頭，他都脫力了。

接著，利瑟爾說差不多該出發了，於是賈吉急忙點點頭，衝進店裡拿行李。

一打開冒險者公會的門，史塔德已經雙手扠腰站在門口，大剌剌等在那裡了。
「好了我們快出發吧。」
「史塔德……你比想像中更興奮耶。」賈吉說。
「有什麼問題嗎？」
假如進門的不是利瑟爾他們怎麼辦？不過以史塔德的作風，他應該很肯定來人是誰。他已經換下平時的公會制服，穿著建國慶典的服飾，準備萬無一失。
「白色也很適合你呢，我差點以為是哪裡的神官大人。」
「謝謝。」
臉上依然漠無表情，卻看得出他心情極好，幾乎看得見他背後飛出小花。
以白色為基調的服裝相當適合他，不過這套衣服並不是史塔德自己選的。開始和利瑟爾一起外出之前，史塔德除了制服以外沒有其他衣服，所以完全無法判斷服裝的好壞。這套衣服都要歸功於史塔德身後，正全力擺出勝利姿勢的某職員。
「嗯？不過今天完全沒有冒險者到公會來耶。」利瑟爾說。
「建國慶典期間每天都是這種情況。」
「這麼說來，好像常常在慶典節目上看到冒險者耶……像大胃王比賽、拚酒大會之類的……他們很醒目哦。」賈吉說。
冒險者的興致基本上都相當高昂，在這種時節總會全力放鬆歡鬧，也常常玩過頭，反遭絕對零度肅清。

「多虧如此才能跟你一起出門，真要感謝建國慶典呢。」

「我也這麼覺得。」

史塔德抬起那雙玻璃珠般的眼瞳，筆直望著這裡，利瑟爾見狀露出柔和的微笑。

「你們還沒吃午餐吧，有什麼想吃的東西嗎？」

「我都可以……史塔德呢？」

「交給你決定。」

不像伊雷文總是毫不遲疑地說想吃這個、想吃那個，這兩位年輕人還真客氣。路上的小吃攤販多不勝數，逛一逛總會看見想吃的東西吧。

三人於是走出了公會。一位公會職員目送他們的背影離開，帶著悟道般虛渺的眼神，筋疲力盡地趴到桌上。

「他們明明是三個男人結伴參加，卻沒有敗犬感到底是為什麼啊……太猛啦……」

想邀請的女性拒絕了他，職員只能孤單地發憤工作，拚命把快要流出來的眼淚往肚子裡吞。

三人在街上隨處設置的其中一張桌子坐下，桌上擺著逛攤位買到的戰利品。慶典期間站著吃、邊走邊吃都無所謂，不過他們運氣很好，找到了空位。

「可、可以分我一口嗎……？」

「來，請用。小心燙哦。」

「謝謝你那我就不客氣了。」

史塔德抓住利瑟爾伸向賈吉的手臂，毫不客氣地咬向叉子前端。那是一口大小的果實，經過水煮漂亮地剝下外皮，露出鮮美的果肉。滋味酸甜有嚼勁，是一道美味的小吃。

「……史塔德。」

「有什麼事嗎？」

這是隨手跟路邊攤買的，看來買對了，利瑟爾悠哉地這麼想道。在他身邊，史塔德面無表情地嚼著果實，賈吉看出他表情底下的滿足，軟弱地垂下眉毛。

滿足又怎樣？這已經是他今天第三次碰到這種事了。

「你不要來攪局啦。」

「誰叫你動作遲鈍又愛耍小心機勾引人。」

「什麼勾引……?!」

夾在左右二人的對話之間，利瑟爾露出苦笑，重新遞給賈吉一顆果實。賈吉馬上忘了要吵架，害羞地吃了起來，沒想到他也是很我行我素的人。正因如此，這二人才合得來吧。

飽餐一頓之後，三人再次走在熱鬧的大街上，沿途觀賞賣藝人的偶戲、吃美味的點心解饞，還逛了精美工藝品引人注目的攤販。

「啊，利瑟爾大哥，有射飛鏢的攤位拿迷宮品當獎品耶！」

「嗯，還真少見。」

賈吉從頭到尾都一副滿心期待、樂在其中的模樣，這時他看到了攤位上的慶典活動。參加費用稍微貴了一些，考量到獎品是迷宮品，還算在合理範圍之內，雖然那都是些淺層開出來的東西。

「那些都是真貨嗎？」

「……有三成是……那個……」

史塔德淡漠地問道，賈吉則難以啟齒地別開視線。

換言之，那些「號稱」迷宮品當中，有三成只是普通的東西吧。只有賈吉能一眼辨別真偽，大部分的客人應該都分不清真假。

不曉得店主知不知情？但無論如何，這件事都與他們三人無關。

「對了，昨天伊雷文也玩過射飛鏢哦。」

利瑟爾忽然想起在另一家攤販，伊雷文連續射中靶心、興高采烈的模樣，而且射中的還是紅心內側的黑心。

凡是遊戲、賭博，伊雷文幾乎都有所涉獵，不論走到哪一家遊戲類攤販，他都擁有弄哭店主的實力。伊雷文明明不是為了贏得獎項才玩，卻總是毫不留情地取走最高檔的獎品，完全沒有一點慈悲心。

「竟然有辦法一直射中標靶正中心，真是太厲害了。」

「我要射五支。」

一回神，史塔德已經付出銀幣，從老闆手中接過飛鏢了。

利瑟爾和賈吉還愣愣地眨著眼睛，史塔德已經淡漠地舉起飛鏢，看起來也沒有多認真瞄準，便迅速將飛鏢射了出去。每一支都落在二十分的三倍區。他沒有瞄準黑心，也許是出於對伊雷文的對抗心態吧。

看見他連續奪得高分，二人在一旁鼓掌，老闆則看傻了眼。

「史塔德，原來你會射飛鏢呀。」
「我知道規則，但只實際玩過一次。」
這是他從前練就的實力吧，技術沒有退步真不簡單。
史塔德邊聊邊將最後一支飛鏢射進正中央，接著轉過身來，視線緊盯著利瑟爾不放。利瑟爾見狀露出微笑，誇獎似地撫摸他柔順的髮絲。
「分數很高，所以所有獎品都可以選哦。」賈吉說。
「隨便選什麼都好。」
二人的目光轉向利瑟爾。
意思是叫他選吧。該怎麼辦呢，利瑟爾無視於老闆心灰意冷的模樣，望著獎品偏了偏頭。
「那就請賈吉來選吧，選最好的五個。」
「咦，我來嗎……？」
「我都無所謂。」
兩個年輕人從此刻的利瑟爾身上看見了伊雷文的影響，作風真不留情面。
「嗯……」賈吉猶豫不決地掃視擺放在攤位上的迷宮品。最好的，指的是價值最高的東西吧？這些迷宮品的實用性看起來都微乎其微。
「那就……這個、和這個。再來是旁邊的那一個，還有最邊邊的那個。最後是……這個……」
聽見賈吉的聲音，老闆終於回過神來，看見他挑選的獎品，老闆臉上浮現出驚愕的表情。
該說不意外嗎，看來他知道哪些東西不是迷宮品。眼見賈吉挑的獎品完美避開了贗品，老闆垂死掙扎般向他推薦起了其他迷宮品來。不過賈吉意外地有魄力，從頭到尾都沒有點頭，而史塔德知道他的鑑定眼光有多優秀，自然也一樣。沒有被當場拆穿，老闆應該要心懷感激才對。

「太好了，史塔德。」

「……」

史塔德抱著贏得的迷宮品，低頭看向懷裡的東西。

他並不是為了贏得獎品才玩的，只是聽到利瑟爾誇獎伊雷文不高興而已。最後，他決定將所有戰利品都貢獻給他。

「送給你。」

「這樣好嗎？」

看見史塔德點頭，利瑟爾於是道了謝，接過他遞來的獎品。

雖然不知道這些東西該用在哪，不過史塔德沒有惡意，只是出於善意才這麼做。就連原本不知道有什麼用處的「精準計時三分鐘的沙漏」，都能在大侵襲的時候派上用場了。

利瑟爾沒有寶箱運，對於迷宮品的標準很低。

「那我要是拿到什麼東西，也送給你吧。」

「麻煩你了。」

史塔德立刻點頭，旁邊的賈吉則一副坐立難安欲言又止的樣子。

「當然，我也會送給賈吉的。不過你很有眼光，送禮物給你有點緊張呢。」

「怎、怎麼會……！我……那個……只要是利瑟爾大哥送的東西，我都……好痛！史塔德你幹嘛啦！」

二人再度打鬧了起來。感情真好，利瑟爾露出溫煦的笑容。

三人順著人潮走在街上，背後突然傳來一陣歡聲，他們聽了停下腳步。怎麼了嗎？利瑟爾不明所以，賈吉他們卻沒有特別驚訝，只是看向歡聲的方向。周遭人們也紛紛停下腳步，開始往路邊靠攏。

「發生什麼事了嗎？」

「應該是外國的使者到了吧，會有像遊行一樣的表演。」史塔德解釋道。

「王城的典禮應該是……嗯，後天吧？使者是配合典禮的時間過來，所以今天應該也會看到不少使者哦。」

一年一度的建國慶典，周邊的國家也會派遣使者前來祝賀。

今年是建國四百年紀念，招待的國家似乎也特別多，一定會是場豪華絢爛的典禮吧。主辦國真是辛苦，利瑟爾深有所感地想道。他想起了敬愛的國王那場加冕儀式，事前準備忙得他們焦頭爛額。

「不好意思，使者即將通行！」

「請顧好小孩，不要讓小朋友跑到路上！」

逐漸接近的歡呼聲、憲兵引導民眾的聲音傳來，接著是越發響亮的鼓聲。

路過的憲兵看見利瑟爾，一瞬間嚇了一跳，不過立刻又鬆了一口氣，繼續引導民眾。希望他們早日習慣，利瑟爾露出苦笑，看向街道另一端。

「鼓聲真有異國風情，這是哪個國家呀？」
賈吉運用高人一等的身高為他們保留空間，利瑟爾和史塔德也不客氣地站到空位當中，望向空出通道的大街。
「是南方的阿斯塔尼亞王國吧。民族性開朗樂觀，是大海和叢林圍繞的豐饒國度。」
「距離這邊滿遠的，聽說搭馬車要花兩個星期左右，但他們每年都會來哦！雖然主要目的好像不是參加典禮，而是來觀光的……」
道路另一端，一開始出現的是敲著大鼓，踏著輕快步伐的樂隊。褐色的肌膚上戴著叮噹作響、熠熠生輝的飾品，朝氣蓬勃地隨著節拍踏步，觀眾的情緒也為之歡騰。
「你說『像是』遊行，還真的是遊行隊伍耶。」
「每年的使者都會帶來充滿各國特色的表演。」
「表示不論主辦國還是貴賓，都想顧好自家的面子囉。」
不曉得是誰先起的頭，現在這場表演已經成為一種傳統，在建國慶典中也有許多人引頸期盼。這也不奇怪，利瑟爾欣賞著鼓聲，微微一笑。
「不過，今年感覺又比往年更加盛大了耶。啊，來了……！」
叮鈴鈴，鈴鐺聲響徹大街。
一群美麗的女子緊接在樂隊之後現身。她們舞動著帶有魔力的布料，揮灑出五顏六色的光芒，看得孩子們興奮地歡呼出聲。下一瞬間，歡聲更響亮了。
咚、咚，沉重的足音撼動五臟六腑，在光芒的餘韻帶領之下，兩匹巨大的馬兒朝這裡走來。牠們巨大的身軀足足高過兩層樓以上，渾身披戴著燦爛奪目的裝飾，甚至予人神聖的印象。

「他就是阿斯塔尼亞的使者。」

那兩匹巨馬，牽引著一座高塔般的樓臺。

抬頭一看，塔頂站著一個年輕男子。他毫不掩飾樂在其中的表情，同時也泰然自若地舉手回應群眾的歡呼。

「是負責外交的官員嗎……看起來好年輕。」

「那應該是不知道排行第幾的王子。阿斯塔尼亞的王族人數很多，一位王子離開國家也不會造成任何影響。」

能力足以負責外交，出國卻不會造成影響，表示他有很多兄長吧。沒有王位繼承權的王子大多都是如此，利瑟爾聽了明白過來。

這時，使者的視線似乎看向了這裡。他眨了眨眼睛，接著胸有成竹地吊起唇角，從高臺上稍微探出身子，輕聲說了些什麼。最後還豎起一隻手指擺到唇上，拋了個媚眼，看得周遭的女生尖聲歡呼。

「咦，剛剛那是……」

確認那位王子隨即又開始向周遭的群眾愉快地揮起手來，賈吉戰戰兢兢地低頭看向利瑟爾。

「不知道他說了什麼？」

「他說，我們後天見。」

那句話完全淹沒在鼓聲、舞者的鈴鐺聲、群眾的歡聲之中，史塔德卻捕捉到了。「後天」這個詞令人聯想到王宮舉辦的典禮，這就表示……

「看來誤會大了。」

利瑟爾完全被誤認為微服出遊的貴族了。

全國貴族都會出席在王宮舉行的那場典禮，假如利瑟爾真的是貴族，他後天一定會與那位王子再會。但毫無疑問，這種事是不會發生的。看過王子盡情耍帥的英姿之後，推論出這項事實實在令人無言以對。

「對他好像有點不好意思。」

「這完全不是你的過失，我想還是忘了這件事比較好。」

「說得也是，到了後天，對方大概也忘得差不多了。」

「這、這個嘛……」

不太可能忘記吧。賈吉雖然這麼想，不過看見利瑟爾溫煦的笑容，他閉上了嘴。只要利瑟爾不介意就好。即使到了後天，某王子再怎麼錯愕地驚呼，那也跟他沒有關係。怎麼了？看見利瑟爾朝他微微一笑，賈吉放棄思考，回了他一個軟綿綿的笑容。

「話說回來……」

望著那座高臺逐漸遠去，利瑟爾忽然開口。

「撒路思的使者什麼時候會來呀？」

「好像第一天就抵達了。」

「他們每次都在最後才趕到，這一次卻很早過來……」

由於撒路思地緣鄰近的關係，他們即使在時限之前趕到也來得及參加典禮。為什麼只有這次提前呢？聽二人聊著這件事，利瑟爾心領神會地點點頭。

發生在商業國的那場魔物大侵襲當中，暗中指揮攻勢的「異形支配者」正是隸屬於帕魯特達爾的鄰國，魔法都市撒路思。看來大侵襲一事只是主謀自作主張的行為，真的不是國家的意旨。

聽雷伊說，對方已經為了維持邦交，數度派遣使者來往了。這次及早抵達王都，也是為了搶先派遣使者送上祝賀之詞，更進一步釋出善意吧。

「（看來事情可以順利落幕，真是太好了。）」

萬一雙方真的因此開戰，利瑟爾也會坐立難安的，他很喜歡王都這個城市。

「利瑟爾大哥，接下來要去哪裡呢？」

「我想想……我們到廣場看看吧？」

隨著使者的隊伍離開視野，人潮也開始流動。利瑟爾向兩位年輕人這麼提議，確認他們同意之後，便順著人潮邁開步伐。

一路上有吃有玩，利瑟爾走著走著，忽然在眼前的巷子口停下腳步。稍微從大街拐進巷子的地方，有人在地上鋪了毯子擺地攤。攤位的旗幟上寫著「書攤」，一旁擺著大木箱，老闆也優閒地翻著一本書。

「利瑟爾大哥，你要去看看嗎？」

「可以嗎？」

賈吉探頭過來問道。聽見利瑟爾的疑問，他點點頭，史塔德也跟著點頭。利瑟爾心懷感激地決定去逛逛，於是向他們道了謝，走進巷子。他走近地攤，在羅列的書籍前方蹲下身來。

「歡迎——呃呼……」

「（呃呼？）你好。請問那個木箱裡裝的也是書嗎？」

行走各地的商人之中，時常見到賣書的攤販，這個地攤的老闆也不例外。他們往來於各國之間，販售該國無法取得的書籍，對於書店和愛書人來說都是不可或缺的存在。

利瑟爾不會放過這次機會，聚精會神地挑起了書籍來。在他身後，賈吉正拚命告訴地攤老闆「不用擔心，他不是貴族」。老闆雖然半信半疑，還是接受了他的說法。

「果然很少有貴族會變裝出遊嗎……老闆馬上就相信了呢。」

「一般來說都是這樣吧。」

這麼一來，利瑟爾就能慢慢挑選書籍了。賈吉鬆了一口氣，肩膀也跟著放鬆下來，史塔德則淡漠地回道。若只是普通慶典也就罷了，現在可是重大典禮前夕，怎麼可能有貴族在這種時候跑到外頭閒晃……不，如果沒有就好了。史塔德依然面無表情，卻轉而站到另一個位置。

「包在我身上！我每年都來玩，打靶的技術很好哦！」

「您打中有什麼意義啊！還有每年是什麼意思啊！」

聽見那道快活的聲音，他心裡湧起殺意。

「史塔德？」

「閉嘴蠢材。」

這裡距離慶典的喧囂稍微有段距離，賈吉納悶的問句在巷子裡迴響，但一定立刻就會被群眾的歡聲蓋過了。理應如此才對。

他正等待那道氣息離開，卻發現對方停下了腳步，史塔德露骨地表現出不服氣的氛圍。任誰看來他都是一副漠無感情的模樣，但賈吉察覺了這層變化。自己是不是做錯了什麼？當他正要開口的時候——

「哎呀，果然是你！」

一個人影背對著太陽站在巷口，二人回頭望去。順帶一提，利瑟爾還在默默挑著書。

「聽見你的名字，我本來還懷疑了一下，看來你也在享受這場慶典嘛！」

「現在非值班時間請不要跟我說話。」

「哎呀，你有沒有看見剛剛的遊行隊伍？真是的，那個國家總是這麼懂得炒熱氣氛！」

「現在非值班時間請不要跟我說話。」

面對史塔德冰冷的眼神，戴著面具遮住半張臉的雷伊毫不喪氣，兀自露出快活的笑容。晚一步追上來的某正經八百憲兵長見狀，氣憤難當地罵他無禮，反應恰好與雷伊相反。但雷伊勸住他，說在慶典上是不講身分的。

「史塔德……那個人是公會的相關人士嗎？」

如果是公會的人，史塔德未免太冷淡了……不過他平常的態度就是這樣嘛。賈吉覺得合情合理，於是悄悄問史塔德。看他刻意站在擋住利瑟爾的位置，賈吉有點在意。

「他是憲兵的頂頭上司。」

「哦……那就是憲兵總長囉，原來你認識這麼厲害的人呀。」

「我說他是憲兵總長上面的人蠢材。」
「上面……？」
賈吉納悶地咕噥道。憲兵裡頭應該沒有比憲兵總長更高的位階才對。
如果有，那指的就是全權負責管轄憲兵的貴族——
「……、……、……」
好可怕。
賈吉縮起修長的身子，跑到利瑟爾身邊蹲了下來。他勉強把聲音憋在嘴裡沒有求救，是因為不想打擾利瑟爾挑書，也因為他知道史塔德不想讓對方發現利瑟爾的身影。
看樣子那位貴族應該不是敵人，但假如情況允許，賈吉也不想讓他們見面。現在，利瑟爾是在陪他們逛慶典呀。
「啊……咦……」
一隻手撫上賈吉的臉頰。利瑟爾的視線牢牢盯著書本，下意識將手伸了過來。
指背安撫似地撫過他的下巴，指尖輕觸臉龐像要將他拉近自己，溫柔地沿著臉頰撫摸。
雖然害羞，但賈吉沒有避開，只覺得看不見平時筆直望著自己的甜美眼瞳有點落寞。
「哎呀，真令人羨慕！」
「——！」
下一秒，賈吉的肩膀猛力抖了一下。他戒慎恐懼地抬頭一看，只見雷伊站在史塔德身前，探頭看著這裡。看來還是藏不住利瑟爾。
史塔德睥睨著他，彷彿在說「你長那麼高到底是做什麼用的？」但自己怎麼可能光明正大擋在貴族面前呢，拜託別強人所難了。那雙眼睛冷得像冰，恐怕帶有遷怒的成分。

「嗯，我就買這六本。」

這時，利瑟爾心滿意足的嗓音在巷子裡響起。

他接過書本，收進腰包，然後站起身來。利瑟爾面帶微笑，低頭看向賈吉，摸了摸那頭難得位於視線下方的蓬鬆頭髮。賈吉本來不知所措地來回看著利瑟爾和雷伊，在利瑟爾的指尖敦促之下，也終於站起身來。

「久等了，子爵閣下。」

「不會，沒關係的！」

看見史塔德走過來，利瑟爾也褒獎似地摸摸他的臉頰，然後才對上雷伊的眼神。動作明確表示出他以身邊的二人為優先，更勝於身為貴族的雷伊。

雷伊有趣地笑著回應他的暗示。

「我是不是打擾到你們了？」

「請別介意。」

利瑟爾自己不覺得打擾，但同行的史塔德他們一定不這麼想。既然如此，他就不會隨便回答「一點也不打擾」，利瑟爾絕不會看輕與他們共度的時間。

雷伊正確理解了他的意思，於是點點頭說了句「那就好」。

「我們該走了快走吧。」

「哎呀，別這麼說嘛。其實我有一點事情想拜託利瑟爾閣下。」

史塔德露骨地催促利瑟爾離開，雷伊卻出言挽留。聽見他這麼說，兩位年輕人都投以警戒的目光，雷伊則舉起雙手，說不是什麼要緊的事。

利瑟爾也直率地接受了他的說法。雷伊不可能為了拜託他一件事，就喬裝來到市井之間，想必只是因為難得在微服出遊的時候碰面，所以才一時興起吧。在他身後待命的憲兵長此刻正不敢置信地看著雷伊，一副「我沒聽說過這件事」的表情，就是最好的佐證。

「是什麼事情呢？」

「直截了當地說，就是希望各位讓我炫耀你們的隊伍！」

雷伊告訴他，典禮結束之後，在建國慶典的最後一天，王宮裡將會舉辦一場宴會。

帕魯特達爾的貴族，都會帶著自己賞識的冒險者與宴。同行的冒險者全都是S或A階級的人物，換句話說，這就是貴族炫耀「我身邊有這麼多實力高強的戰士」的場合。對於許多貴族而言，冒險者和寶石沒有兩樣，不過是點綴自己的裝飾而已。

冒險者也只把貴族當作出手闊綽的好金主，所以彼此彼此。

「是這樣呀，史塔德？」

「是的。參加宴會具有提升冒險者公會地位的作用，冒險者也有機會與其他貴族建立人脈，又能加深高階隊伍之間的合作關係，能帶來許多益處。」

雖然拒絕上流階級加入冒險者的行列，但對於冒險者公會而言，貴族可是大主顧。也許是公會長善於經營人脈的緣故，貴族與冒險者公會之間的關係絕對不算差。

原來如此。利瑟爾點點頭，露出惋惜的苦笑。

「但是很可惜，我們要參加可能有點困難。」

「咦，我看你不像是不擅長應付那種場合的人呀？」

「我的階級只有D而已呀，出席高階隊伍雲集的場合實在太惶恐了。」

對耶，利瑟爾大哥是D階，賈吉眨眨眼睛。咦，我還以為早就升上A階了呢，雷伊偏了偏頭。憲兵長也帶著晴天霹靂的表情，口中忙著確認：「D階？咦，你說D階？」嘀咕完他才忽然回過神來，假咳幾聲掩飾。

而史塔德知道所有內情，當然淡漠地看著這一幕。

「我倒是覺得差不多可以升上C階了。」

「咦，不會太早嗎？」

「升階本來就沒有固定的標準，都是由公會職員自行判斷。升階的前提當然是要有成績，不過你完成的委託類型平均，數量也足夠，我認為沒有問題。」

大家都知道史塔德和利瑟爾交好，升階速度太快一定難免啟人疑竇。只是，史塔德不會在這種判斷中夾雜私情也是事實，沒有必要在這時候看準這一點來找碴。

「那個……我也在公會聽其他職員說過，說利瑟爾大哥不知道什麼時候才要脫離低階級……」

「我也聽說，冒險者從階級C才真正開始哦。」

是這樣呀？利瑟爾聽了點點頭，雷伊見狀哈哈笑出聲來。接著，他閉上嘴，挑釁地揚起嘴角。

「如果我說D階也無所謂呢？」

利瑟爾卻果斷地搖了搖頭。

「不好意思……感覺劫爾不太喜歡那種場合。」

「嗯，一刀呀……太可惜了，看來我只好放棄囉。不過，還是請你幫我轉達一聲吧。我可不打算帶著你們以外的隊伍出席宴會！」

他露出快活的笑容，揮揮手轉身離開。

「他看起來完全沒有放棄呀……」賈吉朝著那道背影小聲咕噥道，低頭看向利瑟爾。

「（只要利瑟爾大哥出面拜託，劫爾大哥應該願意出席吧……）」

即使撇開這點不談，利瑟爾要說服他也是輕而易舉。既然如此，就表示利瑟爾對宴會不感興趣，或者利瑟爾自己不願意出席。他不可能真的對那種場合感到惶恐，大概是興趣缺缺吧，賈吉做出這個結論。

「不好意思，耽擱到你們的時間了。」

「不、不會的……！」

「請別介意。」

確認那頭金髮已經隱沒在人潮當中，利瑟爾回頭看向賈吉他們。

「我們出發前往廣場吧。」

「好的。」

「我一直想看看舞臺節目，好期待哦！」

「昨天我稍微看了一下，那時舉辦的是大胃王比賽哦。伊雷文半途闖入，奪得了優勝呢。」

他一根接一根啃著帶骨肉，看起來快樂得不得了，劫爾也不禁無奈地說他真會吃。

「我、我還想逛逛平常比較少見的攤販……」

「好呀，看到有興趣的攤子要告訴我哦。」

「好、好的！」

不愧是道具商人。利瑟爾露出愉快的微笑，賈吉也用力點點頭。時間還非常充裕，之後應該還會看見幾位使者的遊行隊伍，看來觀眾不會有空嫌無聊的。看到什麼好東西的話我應該會買吧，這麼說來廚具也有點舊了……賈吉正笑咪咪地這麼說著，史塔德卻在這時突然插嘴。

「你的錢包在剛剛那個攤位前面被摸走了，這樣還有辦法買東西嗎蠢材？」

「你早點跟我講啦！」

三人就這麼玩了一整天。那天晚上，利瑟爾坐在劫爾房間的椅子上休息。

「後來找回來沒？」

「賈吉用的好像是迷宮品，『被偷走會自動回到主人身邊的錢包』。」

利瑟爾也從寶箱裡開到過同樣的東西。當時他想，這種功能真的有必要嗎？沒想到，這一次它立下了大功。尤其在慶典期間扒手也會變多，賈吉事先準備好這個錢包，可說是完美奏效。

利瑟爾有趣地笑了，劫爾一邊擦拭濡濕的頭髮，回了他一句「那就好」。不過，還真虧利瑟爾沒被扒手盯上，他坐到床鋪上這麼想道。想必是史塔德出手阻止了。

「所以呢，你覺得如何？子爵的邀約。」

「沒興趣。」

利瑟爾在晚上專程跑來劫爾房間，並不只是為了分享今天的趣事而已。

他按照雷伊的請求，來轉達他的宴會邀約——美其名是冒險者交流宴會，實則是炫耀大會。聽見劫爾拒絕得斬釘截鐵，利瑟爾一點也不意外。

「你呢？」

「我也還好，只是有點想見識一下高階隊伍而已。」

大侵襲的時候雖然見過階級A的隊伍，不過他們恐怕還不足以接到貴族個人的委託。現在正值建國慶典，各地的人們紛紛聚集於此，也許可以見到從沒見過的高階隊伍。利瑟爾也只有這點程度的興趣而已。

豪華絢爛的會場、極致奢華的餐點，對於利瑟爾來說都不稀奇。

「只不過，讓我意外的是……」

但他還是繼續說下去，接下來的話聽得劫爾滿臉不悅地皺起眉頭。

「伊雷文說他想去。」

「為什麼……」

「他好像想見識一下宮廷料理，參觀看看王宮內部之類的。」

「他自己潛進去不就得了？」

又不是辦不到。劫爾邊說邊把毛巾扔到一邊，用力嘆了口氣。

怎麼說這麼駭人聽聞的話呢，利瑟爾面帶微笑，凝神觀察劫爾的神態。他果然很排斥……不，是嫌麻煩嗎？他的反應和平時略有不同，是發自內心覺得麻煩。

「他說，最主要的原因是『想把那群蠢貴族引以為傲的冒險者全宰到半死不活，踐踏過後再好好嘲弄一番』。」

「那不是別去比較好？」

他不會真的說到做到，但感覺伊雷文還是會帶著親切討喜的笑臉打斷對方的鼻梁。

劫爾邊想邊撥亂自己的頭髮，散去水氣。「那就這樣囉。」利瑟爾站起身來，面向他這麼說道。雷伊希望他轉達邀約，這下已經轉達完畢，他要快點去讀今天買到的新書了。利瑟爾走向門口。

「我去不去都好，請你和伊雷文討論決定吧。」

利瑟爾沒有特別想出席，但也不至於無論如何都不想去。

最後，他決定採取中立的立場。目送利瑟爾泰然自若地走出房間，劫爾響亮地咋舌一聲。貴族太麻煩了。一刀的名氣過於響亮，一想到那種觀看珍禽異獸的視線將會集中在自己身上，他就由衷感到厭煩。

他也不贊成利瑟爾出席。那傢伙不可能不受人矚目，他以前明明說不打算特別經營貴族的人脈，真是太寵年輕人了。利瑟爾這麼說也不是討厭貴族，只是因為沒有什麼新鮮感而已。

「啊……麻煩死了。」

最重要的是，不知道會不會有人莫名其妙跑來找碴。

但是讓利瑟爾知道這件事，又有點令他惱火。伊雷文明天一定會露骨地吵著說「我想去、我想去」，劫爾開始思考明天該怎麼打發他了。

49

伊雷文穿上慶典服飾，戴上平常不戴的面具，輕鬆自在地坐到舒適的高級座椅上。這裡為什麼會設置這種高級得足以匹敵王宮的椅子？因為聚集在此的人們，都是平時習於使用高級品的身分。

黑市拍賣會。這些拍賣會在王都的暗處揭幕，帶動的金流遠超過檯面上的交易。這裡是入夜之後紳士淑女的社交場所，光是進場就必須繳交龐大的費用，伊雷文坐在這裡無聊地打了個呵欠。

「下一件拍賣品是迷宮畫作，鮮明描繪了迷宮內發生悲劇的瞬間……畫中人殺死的不是魔物，而是另一個人。我們從金幣十五枚起標。」

「二十枚。」

「二十三枚！」

建國慶典乃是國家的重大活動，對於黑市拍賣會也造成了影響。這時候出現在舞臺上的商品比平時更加珍貴，來自其他國家的競標者也不少。平常在寂靜中進行的拍賣會，只有這段時間充滿了興奮浮躁的氛圍。

伊雷文靠在扶手上撐著臉頰，望著眾人爭相競標的模樣，又打了個大呵欠。

「大哥也真頑固。」

他回想起昨天的事。那可是絕大多數冒險者從來沒想過要拒絕的宴會，劫爾卻果斷回絕了。伊雷文嘗試吵著說「我要去、我要去」，但只是白費工夫。

他為什麼這麼不想參加？不對，理由根本無所謂。即使是自己能接受的理由，伊雷文也不會為此打消參加宴會的念頭。

「不管威逼利誘還是操弄情報都沒法控制的人，真的是很麻煩欸。」

「哎，首領就是為了控制他才到這裡來的嘛。」

在伊雷文身邊，被強制與他同行的一位精銳盜賊興味索然地這麼回道。

平時遮住眼睛的瀏海往上梳攏，但他和伊雷文一樣戴著面具，遮住了理應露出的雙眼。要是過度忽視伊雷文的抱怨，胸口恐怕會慘遭肘擊，所以為了自保，他不會忘記適時給予答覆。

「下一件拍賣品，是以獨一無二聞名的迷宮書。這是一本對話集，記錄了冒險者們失去性命的瞬間……恐懼、慘叫、絕望，又或者懷著無法放棄的希望，請各位嘉賓好好品味他們命運凋零的過程吧。」

「太弱啦。」

書籍登場了，這是他此行的目標，伊雷文的不滿卻溢於言表。

沒錯，控制劫爾只需要一本書，一本極品的書。歸根究柢，從劫爾下手根本搞錯了對象。伊雷文對付他的有效手段太少，而且他心意已決，無論旁人怎麼說都不會妥協。

既然如此，只要找個能讓他妥協的人，說服那人幫忙就好。世界上只有唯一一人可以辦到這件事。

「首領去撒嬌求情一下就好了吧？」

「他很清楚宣告中立了啊，而且如果有人真的不想去，他也不會強迫，老實說大哥沒有利用這一點真是幫大忙啦。」

假如劫爾搬出「嫌麻煩」以外的理由，說他真的不想去，利瑟爾會二話不說放棄參加宴會。不過既然劫爾沒有這麼做，只要伊雷文主張參加，天秤兩端的平衡就得以成立。

「拿書利誘他一定是馬上奏效啦，但隨隨便便的書應該也沒法打動他……」

要怎麼讓利瑟爾向參加派靠攏呢？理論上很簡單，如果他選擇中立是因為去不去都無所謂，那麼只要為他準備參加宴會可以獲得的明確利益就解決了。

「呃，他看起來確實是很喜歡書啦……但有到可以拿來當王牌的程度嗎？」

「有。」

伊雷文說得斬釘截鐵。

這無疑是一種賄賂，但也是他現在想得到最有效的方法了。既然如此，伊雷文做事從來不在乎手段。當天他就取得了黑市拍賣會上推出珍稀典籍的情報，毫不猶豫地趕了過來。敏捷的行動力算是他的特長吧。

「只是，什麼書才足以打動中立的隊長啊……書的價值我又不懂。」

伊雷文對書沒興趣。他偶爾會探頭看看利瑟爾在讀什麼，但從來不覺得有趣。而且利瑟爾偏好的書籍種類廣泛，難以推斷他的喜好。

「只要稀有不就夠了？」

「要是那麼簡單，我就不用這麼辛苦啦。」

各種性質惡劣、另有隱情的拍賣品，在伊雷文眼前一樣接一樣售出。

得標者當中，也有個被伊雷文耍弄過一番的貴族少爺。看他意氣風發參加競標的樣子，還真不懂得記取教訓，伊雷文百無聊賴地看著那副模樣。這次也出價挑釁他一下吧？這念頭一瞬間閃過伊雷文腦海，但他現在沒那個心情。

「收藏家感覺很方便喔。」

伊雷文掃視了那些不斷抬高價碼的競標者一圈，冷笑一聲。

「要是到最後都沒適合的，去拿他們的書來用也是可行。」

「帕魯特達這邊沒聽說過專門收藏書籍的人欸。」

「只要收藏了幾件，裡面也會有好貨吧。」

在場的競標者當中，又有多少真正熱愛珍品的人？

像雷伊那樣知道收藏品真正的價值，發自內心欣賞它的人想必屬於少數。大多數人只能以標示金額衡量拍賣品的價值，他們自豪的不是珍品本身，而是覺得花費的那些金幣提升了自己的價值。

雖然也要看運氣，但這些人的宅邸一定充滿了珍稀商品吧。

「不是啦，這樣不會被罵嗎？」

「只要說是你們擅自幹的就好啦，我只是偶然發現。」

這段對話已經習以為常，精銳盜賊乾脆地接受了他的說法。他在意的只有一點：這種藉口對利瑟爾管用嗎？

伊雷文認為沒有問題。在原本的世界，利瑟爾擁有貴族身分，不太可能染指不正當行為。但是來到這個世界生活的時候，他對自己的欲望頗為坦白，只要與自己和身邊的人無關，無論不法行為還是犯罪他都會一笑置之，想要的東西也會不擇手段弄到手。

「他大概會裝作沒注意到吧。」

換句話說，一點問題也沒有。在伊雷文心目中，只要不被他罵就無所謂。

「而且，你們不是還收到獎賞了嗎？」

「……是啦。」

魔物大侵襲的時候，精銳盜賊們在暗處中奔走，大顯身手，利瑟爾不可能不給予任何回報。

正當的成果，就應該獲得正當的報酬。在回到王都的路上，利瑟爾找了個時機，向精銳們提出兩種獎勵供他們選擇。

第一個是休假。只要伊雷文心血來潮，總是唐突地使喚精銳盜賊，又唐突地丟下他們不管，休假的獎勵就是給予他們一段自由受到保障的時間。雖然普通，但還滿令人高興的。另一個則是——

『只限一次，不論你們做出多麼罪大惡極的壞事，我都會允許。』

利瑟爾口中說出這種話，整個人看起來卻高潔一如既往，笑意不禁湧上他的喉頭。

精銳盜賊隸屬於伊雷文，並不是利瑟爾的手下。但是，只要伊雷文還追隨著利瑟爾，精銳們就不能像從前一樣明目張膽地為所欲為。萬一傳出覆滅的佛剋燙盜賊團重出江湖的謠言，先前費盡苦心清算的一切都會化為泡影。

「我們是沒什麼不滿啦。」

精銳盜賊們並沒有因此感到綁手綁腳。他們只是不再以組織身分集體行動，個人仍然像從前一樣，愛做什麼就做什麼。

「只是，嗯……過這麼久，感覺終於能放鬆一下啦。」

精銳掩住面具底下露出來的嘴角，發自內心笑了。

「真期待。」

對於他們而言，那就像建國慶典一樣。

他們對平常的日子沒什麼不滿，但那就像一大節慶一樣，是一種娛樂。一群沒有社會性可言的人物集體引發的一齣慘劇，而利瑟爾會允許這場災殃發生，視情況還會幫忙安排相關事宜。

「話是這樣講，不過還真想不到……」

「啊？」

精銳突然抬起頭這麼說，剛才他臉上扭曲的笑容沒有留下半點餘韻。伊雷文看也沒看他一眼。

「首領，你不覺得嗎？那種人竟然有辦法理解我們想要什麼東西……」

「畢竟你們都是群瘋子嘛。」

「太過分啦。」

但精銳盜賊沒有否認。

聽了這句話，精銳之中也有些人會否認吧。他們也許會發自內心感到納悶，會說自己只是正常人。他們奪取他人的東西會感到喜悅，朝著慘叫竄逃的人們背後砍上一刀會感到愉悅，無法理解正當金錢往來的意義。有如和煦日光般的和平，看在他們眼中只是舞臺上的喜劇，但他們仍然會光明正大地堅稱自己是正常人。

「大侵襲的時候我們也只在背後行動嘛，來幹一票大的也不錯。」

「之前你們不是在拷問抓來的傢伙嗎，那是怎樣？」

「喔，那個喔。我們看他好像是情報販子，在打聽首領你們的情報，所以保險起見啦。結果只是個想靠那些消息撈一筆的雜碎。」

「是喔。」伊雷文點點頭，他完全不感興趣。

即使哪個精銳盜賊做出什麼喪心病狂的事，也不可能隨隨便便被人抓到狐狸尾巴，那種弱者在這個圈子早就死透了。萬一狀況可能危害到自己，把罪魁禍首殺了就一了百了；要是精銳盜賊做的事情對自己有利，那就放任他們為所欲為也無妨。

「不過，書還是在這裡標到最省事啦。」伊雷文說。

「是啊。」

二人就這麼看著拍賣會進行下去。

如果可以，最好能找到利瑟爾特別想要的那種書。市面上鮮少出現，別處也無法取得，不能用其他東西取代，現在沒到手就再也無緣的書籍最理想了。

真的有那種書嗎？就連伊雷文自己也半信半疑。隨著拍賣會逐漸接近尾聲，他也開始思考其他手段了。就在這時——

「這本書籍的內容，就連是文字還是繪畫都無法判斷。某位商人留下這是古代民族文字的說法之後，就斷絕了音信。有個學者說這是失傳的禁忌魔法，隨後卻發狂自殺。也有人說，這些錯綜複雜的文字列其實是暗號……流出這個說法的人，現在恐怕也已經不在人世了。」

一本黑色裝幀的書籍出現了。

「這是一本誰也無法解讀的典籍，可以保證的只有它數百、數千年的歷史……如果不愛惜自己的小命，不妨標下這本書試試看吧。我們從金幣三十枚起標。」

「賓果！我出兩百枚！」

伊雷文確信自己的勝利，響徹會場的嗓音中飽含愉悅。看來約好的獎賞要往後延了，精銳聳聳肩。

建國慶典第四天，這是王城中舉辦慶祝典禮的日子。

城堡散發出魔力的光輝，莊嚴卻明朗的音樂響徹整個王都，勾起群眾歡快的氣氛。即使無法參加光彩奪目的典禮，國民慶祝的情緒仍然相當高昂。

這一天還待在房間裡默默讀書的人，大概只有利瑟爾了。趁著這次的慶典，他一口氣增加了手邊的藏書量，此時正笑逐顏開地翻閱書本。在全然寂靜的環境裡讀書自然很好，不過外頭傳來的熱鬧喧囂也不錯，反而能集中注意力。

「為什麼不行啦——」

這房間裡還待著另一個人，他面朝椅背，坐在拖來的椅子上，嘟著嘴這麼說道。

「不是說過了嗎，我保持中立呀。」

「說是說過沒錯啦……」

「我不會只偏袒你一個人的。」

伊雷文賭氣似地將下巴擱到椅背上。

在他眼中，利瑟爾平時大都會聽從他任性的要求，儘管劫爾總是說利瑟爾太寵他，利瑟爾還是一樣容許他的行為。當然，身為隊伍一員該糾正的地方還是會被糾正，但實在糾正得太不著痕跡，伊雷文從來不覺得反感。

換言之，他總覺得自己的意見永遠都會獲得採納，這次利瑟爾卻回絕了，所以他才鬧起了彆扭。

「那就不要管大哥了嘛，我跟隊長自己去不就好了？」

「那我們就只是『普通的C階隊伍』而已了，會讓子爵蒙羞喲。」

老實說，即使只有他們倆出席，雷伊應該也會熱烈歡迎。但一刀在場與否，意義還是截然不同，周遭想必也會懷疑利瑟爾他們巴結一刀、其實跟一刀不合，或是質問他們為什麼一刀沒有出席吧。

他們和雷伊都不會真的為了這點小事動怒，但麻煩事還是盡量避免比較好。

「啊，假如成功說服劫爾的話，你們兩人自己去也不錯呀？」

「哇靠，尷尬欸……」

「那樣比較能營造出戰士的氛圍吧。」

看見伊雷文臉頰抽筋，利瑟爾被逗笑了。劫爾和伊雷文處得並不差，除了利瑟爾以外，他們應該是彼此說過最多話的人吧。

「劫爾應該會負責好好應對的。」

「我才不要咧……隊長，你是認真不想去喔？」

「如果你們要參加的話，我也會一起去呀。請你努力說服他吧。」

「我就是無法說服他嘛。」看著那道沉穩的微笑，伊雷文垂下肩膀。

先前，他還在跟劫爾比試的時候提出交易條件，只要伊雷文打中他一擊就要參加，劫爾勉強點了頭。結果，不論是精銳盜賊們團團包圍的弓箭，還是伊雷文趁隙發動的斬擊，全都被他擋了下來。

「如果想吃宮廷料理的話，拜託賈吉做給你吃就好了呀。」

話中透露這次八成無法成行的意味，利瑟爾的視線又落到手中的書本上。儘管伊雷文平時總是任性地將周遭耍得團團轉，這次也明白情勢對自己不利。

這個話題本來就要這麼結束了。

「下次我會幫你拜託他的，到時候——」

「鏘鏘！」

伊雷文秀出一本書，打斷了利瑟爾的話。

利瑟爾閉上嘴，目光掃過那本書。封面上的幾何學圖樣看起來像是書名，書本看起來相當老舊，但是一點也沒有風化。確認了這一點，利瑟爾「啪搭」一聲闔上手邊攤開的書本。

「（上鉤啦！）」

伊雷文正中下懷地吊起唇角。剛才利瑟爾斬釘截鐵地說不會偏心，本來還擔心拿書誘惑他是自己想得太美了，不過看來相當有效，有效到令人驚艷的地步。書痴萬歲，伊雷文在心裡比了個勝利姿勢。

「我已經找賈吉鑑定過囉，這個絕對是超級久遠的古代書。我是不知道裡面寫什麼啦，但它的宣傳標語是『禁忌的魔法』喔。」

賈吉鑑定過了，所以一定不會錯。以它的年代，這本書應該已經風化到看了都不敢貿然拿起來的地步才對，現在卻還保存得如此完整，可見那個宣傳一定也不假。效果持續數百、數千年的魔法，以現今的魔法技術不可能辦到。

「怎麼樣啊？」

伊雷文偏了偏頭，將古書翻到背面，他那一頭鮮艷的紅髮隨之擺動。封底的右下角草草畫著某種像是簽名的圖樣，看起來不像圖形也不像文字。

利瑟爾盯著它凝視了幾秒。果然還是不行嗎……伊雷文才剛這麼想——

「身為冒險者，拒絕貴族大人的邀約實在不是上策。」

「對吧對吧——！」

大獲全勝。書痴萬歲，書痴最棒了，哪天這個人說不定會為書毀了一個國家咧。伊雷文邊想著這種駭人聽聞的事情，指尖極其愉快地滴溜溜轉著那本書。

「那麼……」

「不行喲！」

利瑟爾才剛迫不及待地伸出手，伊雷文手一晃，靈巧地移開那本書。順利參加宴會之前，他是不會把書交給他的。雖然不覺得利瑟爾會反悔，但還得讓他加把勁說服那個難以攻陷的傢伙才行。

看見利瑟爾惋惜的模樣，他總覺得心裡湧起了一股原本沒有的罪惡感，不過這時候他沒有妥協。

「話雖如此，要說動那個狀態下的劫爾感覺很困難呢。」

「咦——隊長出馬的話易如反掌啦！」

「也不能這麼說吧。」利瑟爾的指尖撫過手邊那本書，好像要斬斷自己對古書的留戀一樣。

從相遇到正式組隊足足花了一個月，劫爾是他慎重經營這麼長一段時間才留下來的人。反過來說，假如沒有做到這個地步，他是不可能跟劫爾組成隊伍的。

竟然說自己能輕易改變劫爾的意願，講得還真輕鬆，利瑟爾露出苦笑。

「既然想要那本書，我會努力看看的。」

「期待你的好消息啦！我想看看城堡裡面長什麼樣子，好期待喔——」

伊雷文比任何參加宴會的冒險者都還要陰險狠毒，卻說出了比誰都單純天真的話，利瑟爾聽了微微一笑。想打斷冒險者的鼻梁、想吃宮廷料理都是他的真心話，不過說到底，伊雷文想參加宴會只是單純因為好奇吧。

「反正最糟的狀況，只要說我打算和伊雷文兩個人參加，劫爾就會跟來了吧。」

「隊長，你這方法好暴力喔。」

「所以這是不得已才用的最後手段呀。」

看見利瑟爾沉穩的態度，雖然自己是始作俑者，伊雷文還是忍不住有點同情劫爾。

持續一週的建國慶典，也只剩下明天最後一天了。

王宮的典禮是在慶典期間正好過半的第四天舉行，冒險者招待宴會則是在最後一天，第七天。今天是慶典第六天，伊雷文算準時間差不多了，於是來到利瑟爾他們下榻的旅店。在房客三三兩兩的旅店餐廳，他看見了陌生的情景。

「所以說，各位為什麼把這麼重要的事情拖到最後才講！」

以前差點在旅店跟伊雷文打起來的那位正經八百憲兵長，不曉得為什麼帶著一臉沉痛的表情，正跟利瑟爾他們抱怨著什麼。你以為你哪根蔥啊？伊雷文看了雖然不爽，但利瑟爾他們不著痕跡地裝作什麼事也沒發生，看在二人的分上，伊雷文也沒跟他鬥，只是走過他身邊的時候順便賞了他後膝窩一擊。

「——你做什麼！」

「吵死了。不說這個了啦，隊長，結果如……」

劫爾凶神惡煞的臉擺出更加兇惡的表情，一張活脫是犯罪者的臉轉向這裡。

「啊，伊雷文。我順利說服他囉。」

「你確定？」

劫爾內心的不悅和不甘願全部寫在臉上，被說服的人怎麼可能這副表情啊，伊雷文不由得仔細確認了一下。按照利瑟爾的說法，他應該沒有使用最後手段才對。

不過劫爾沒有抱怨，只是閉著嘴不說話，看來他確實答應要參加宴會了。那就好，伊雷文露出心滿意足的笑容。

「……你竟敢收買他。」

「哎呀，這就是所謂最理想的手段吧？你都說我越來越像隊長啦，當然要用點腦子嘛！」
「手法真卑鄙。」
劫爾嘆了口氣說道。伊雷文嘴上跟他道了聲歉，接著瞄了憲兵長一眼。
看來關於出席宴會一事，這傢伙帶來了雷伊的答覆。聽說利瑟爾是在昨天表達參加意願的，這就是憲兵長像老媽子一樣碎碎念的原因吧。
「不過，子爵閣下的邀約本身也滿突然的呀。」
「這、這真是不好意思……」
「我也花了一些時間努力說服劫爾嘛。」
「謝謝隊長！」
雷伊提出希望利瑟爾參加宴會的時候，憲兵長也在場。「說得也是，這確實不是立刻能夠隨口答覆的問題……」看來他勉強接受了這個說法。憲兵長就這麼帶著無法釋懷的表情，轉達了必要事項，達成這項原本的目的之後便離開了旅店。
「口信的內容比我想像中還要簡單呢。」
這樣好嗎？利瑟爾目送憲兵長離開，偏著頭說道。
雷伊帶來的口信中，只提到兩件事：一是明天他會派人前來迎接，二是他們會先抵達雷伊的宅邸，然後在那裡換乘另一輛馬車前往王城，就這樣。只有階級A以上的高階冒險者，才能在公會指導下學習應對權貴的禮儀規矩，雷伊不可能不知道這點。

「是說啊，最危險的應該就我了吧？」

伊雷文導出和利瑟爾同樣的疑問，只見他一屁股坐到空下來的椅子上，若無其事地開口。

「隊長這方面根本不用擔心啊，大哥也算是……嗯，雖然看起來很兇，但動作又不粗魯。這種事我沒啥自信欸。」

「我想，只要雷伊子爵不介意，你也不需要太在乎禮儀問題。不過……」

說起來，貴族們是為了一睹冒險者的英姿，才參與這場宴會的。

即使禮儀不夠完備，那也很有冒險者的風格，貴族們也不會期待冒險者展現完美的應對禮儀吧。只要別太粗魯難看，應該沒有大礙。

「嗯……」利瑟爾沉吟著看向劫爾，感覺他不太需要擔心。眼見劫爾轉向他的眼神中帶著幾分詫異，利瑟爾回以一笑，又重新轉向伊雷文。

「我想，你應該維持原樣就好。」

「也是啦，叫我改我也改不掉。」

「雖然罕見的態度難免引人注目，但是臨時惡補出來的禮儀，反而會顯得更加笨拙……而且你很有親和力，一定可以吸引女性寵愛的。」

「女人？」

為什麼提到這個？伊雷文一臉納悶，利瑟爾露出惡作劇般的微笑，像說悄悄話似地說道：

「會場上一定有渴望刺激的淑女，請好好拉攏她們替你撐腰吧。」

伊雷文聽了吊起唇角，利瑟爾則不忘補上一句：「禁止帶出場哦。」「那是要怎樣玩啦？」伊雷文一臉掃興。

「說是這麼說，但我也不忍心讓雷伊子爵丟臉。伊雷文，你的食量很大，我就稍微指導你一些飲食相關的規矩吧。」

「嘎！」

「自作孽。」

劫爾嗤笑一聲，目送利瑟爾將伊雷文強制帶回房間。

餐廳裡剩下他一個人，劫爾開始思索明天的事。他想盡可能迴避的人物究竟會不會現身？與其說想迴避，倒不如說是不想讓他們見到那個人。利瑟爾和伊雷文知道內情會作何反應，實在太容易想像了。

想到屆時的情形，劫爾咋舌一聲，站起身來。累積的怨氣還是透過打鬥發洩最好，他盤算著該去狩獵哪一座迷宮的頭目，穿過餐廳的門扉。

「要是被那兩個傢伙知道了，他們絕對——」

他口中低喃的話語，消散在建國慶典的喧囂當中。

50

建國慶典進入最後一天，熱鬧的氣氛當中摻雜了一點寂寥。

但人們為了揮去這股寂寥，反而更努力炒熱氣氛也是事實。在這樣的慶典氛圍當中，利瑟爾一行人按照憲兵長的口信，搭上來到旅店迎接的馬車，往雷伊的宅邸進發。為了避開人潮，路途花費的時間比平常多了一些，最後順利抵達了雷伊的宅邸。

「嗨，你們來得正好，這樣也不枉費我特地邀請了！」

出來迎接他們的，是身穿正式禮服的雷伊本人。

「感謝子爵閣下邀約。我們只是C階隊伍，您帶我們與會真的好嗎？」

「不帶你們參加就沒有意義了。」

從利瑟爾的態度，完全看不出他原本覺得去不去都無所謂。真不簡單，劫爾無奈地嘆了口氣。既然都決定出席了，表現得再怎麼不悅都沒用。已經答應的事情他不會反悔，所以過去的事他也不放在心上。

「哇喔，閃亮亮欸……」

利瑟爾正在和雷伊談話，站在劫爾身邊的伊雷文忽然小聲說道。看見他盯著雷伊瞧，劫爾也點頭附和。

該說真不愧是貴族的打扮嗎？雷伊這個人本身的氣質十分華貴，穿著平時的服裝已經足夠耀眼了，但他今天的光彩又遠比平時更燦爛奪目。即使如此，他的光芒並不刺眼，姿態顯得優雅高貴，這正是為他量身打造的衣著所帶來的效果。

「話說回來，我們穿這樣就可以了喔？」

「誰知道。」

三人和平常一樣，穿著一身冒險者裝備。反正我們是以冒險者的身分參加，這種打扮正好呀，利瑟爾帶著溫煦的笑容這麼主張。

他們本來猜測，萬一有必要換裝，雷伊應該會準備才對。結果究竟如何呢？二人邊說邊看向那裡。聽見他們的對話，雷伊也望過來打量他們，然後點了點頭。

「嗯，也有些貴族會幫冒險者打扮，不過我可拿不出比你們那身衣服還要高級的服飾。」

「你……您看得出來喔？」

「我好歹也算是懂得鑑別珍品的人，這是當然！」

雷伊快活地笑了，不愧是眾人公認的迷宮品收集家。

順帶一提，伊雷文的半套敬語是昨天利瑟爾的禮儀指導成果。劫爾也完全不打算用敬語說話，不過他很清楚哪些場合必須表示敬意。非不得已的時候，他會選擇堅守沉默，用簡單暴力的方式避免開口。

「不過，我們的衣著實在沒有什麼宴會氣氛。」

「還有個全身黑的嘛。」

「囉嗦。」

「不會呀，有很多冒險者會以平時的打扮出席，也有貴族想看這種打扮。啊，不過……」

雷伊想起什麼似地補充道：

「武器還是只能請你們放棄帶進場囉。」

會場再怎麼說都是王宮內部，不太可能開放一般人帶武器進城。另一方面的原因，則是讓淑女看見殺戮用的武器太血腥了。利瑟爾他們對此已有心理準備，因此沒有抗議。

但是，不服氣的事還是不服氣。劫爾一臉嫌惡，伊雷文則開始思考偷藏武器帶進場的方法，雷伊見狀，朝著他們意有所指地一笑。

「沒錯，越高階的冒險者越不願意放下武器。所以有個不成文的規矩，放在空間魔法裡就沒問題……哎呀，這只是我的自言自語而已。」

雷伊只說到這裡，便轉過身去。「話說回來，利瑟爾閣下，我有沒有跟你介紹過那幅畫呀？」言下之意，是叫他們趁現在把武器藏好吧。利瑟爾一邊回話，一邊瞄向二人，看見他們手腳俐落地將熟悉的武器收進各自的腰包裡。

「對了，時間上沒問題嗎？」

「哦，當然沒問題！這場宴會是特例，不論爵位高低，與冒險者共同出席的貴族都會安排在最後才介紹。」

雷伊轉身望向這裡，打趣地笑了，態度毫不心虛。

「不過，昨天一說我要帶你們參加，果然被他們抱怨怎麼不早點講了！」

這可是國家主辦的宴會，招待的貴賓早在建國慶典開始之前就已經拍板定案。之所以能夠臨時改變安排，靠的是雷伊的面子，還有一刀的名氣吧。

孤高的B階冒險者，連S階的高手都被他踩在腳下，凡是通曉冒險者生態的人，無不聽過一刀的名號。聽說這號人物要首度在公開場合現身，什麼強人所難的要求自然都能夠通融。雖然大多數人還是半信半疑，認為傳聞都經過誇大就是了。

「……怎麼了？」

「沒什麼呀。」

視線的另一端，劫爾詫異地蹙起眉頭，利瑟爾朝他粲然一笑。

在他身邊，雷伊和伊雷文正在進行表面上友好的對話。雷伊還是老樣子，站得離別人很近。伊雷文和他一樣，個人空間比較狹窄，此刻卻稍微和他保持一段距離，應該是不擅長應付雷伊的關係。初次見面的時候，伊雷文看見了雷伊對迷宮品熱烈過頭的愛，現在好像還沒有忘記當時那一幕的衝擊。

「對了，有件事我忘了問你們。」

「什麼事？」

雷伊忽然轉向利瑟爾。

「進入會場的時候，司儀會向全場介紹參加者的名字，慣例上冒險者是以隊伍名稱介紹。」

他說，因為提及利瑟爾一行人的時候不說隊伍名稱也知道是誰，所以他忘了這件事。

「能不能告訴我你們的隊名呀？」

聽見這句話，利瑟爾眨眨眼睛看向劫爾，劫爾則不悅地皺起臉，抬了抬下顎催促伊雷文回答。伊雷文愣愣地張大嘴巴，目光就這麼飄向斜上方，想了幾秒。

「……『隊長和紅紅黑黑的夥伴們』？」
「爛透了。」
「這實在有點……」
「還不是你們把難題丟給我！」
這隊名隱約帶著一種喪屍系的血腥味。
想起伊雷文原本打算將盜賊團取名為「Forked Tongue（雙岔蛇信）」，確實看得出他不擅長取名字。雖然是隨便想的，這名字也未免太直接了。
「我本來以為伊雷文是我們之中最擅長取名的人呢，真意外。」
「那隊長你自己取啊！」
「話是這麼說，但我也是第一次聽說有隊伍名稱這種東西……」
老實說，他還以為只有故事裡才會出現這種隊名。
回想起來，在公會裡好像也偶爾聽過類似隊名的詞彙，他一直以為那是裝備名稱或人名。劫爾說，隊名雖然不是必須，但是組成固定隊伍的人有個名稱比較方便。
「這種名稱還是簡明易懂最好吧？」
利瑟爾認真思考。為了識別人數眾多的冒險者，取個隊伍名稱確實有助於提升效率，尤其指名委託的時候更是如此。既然如此，就以這個隊伍目前最廣為人知的特徵為主，取個簡單的稱呼，又能與其他隊伍區別……
「『一刀＋其他』之類的？」
「隊長，你看書都沒在看詩集的喔？」

「啊，這個名稱太長了嗎？」
「重點不是那個。」劫爾也說。
利瑟爾的取名品味也半斤八兩。伊雷文知道自己取的名稱不怎麼樣，但利瑟爾卻隱約散發出一股自信，實在沒救了。隊名可是冒險者的浪漫，一味崇尚效率就會造成這種悲劇。
「那劫爾有什麼想法嗎？」
我還覺得這個隊名不錯呢，利瑟爾一副有點納悶的樣子，和伊雷文一起看向最後的希望。他們的隊名還有救嗎？順帶一提，雷伊在旁邊聽著這段對話，毫不掩飾臉上看好戲的表情。
「嗯……」
「『某某隊』之類的名稱應該不錯吧？」
「啥，太古板了吧！但是耍帥耍過頭也有點那個喔……」
劫爾凶神惡煞的臉板起一副更加兇惡的表情，雙臂環胸，沒想到他想得還滿認真的。聽見利瑟爾和伊雷文從旁插嘴，他隨便點點頭回應，接著靈光乍現似地抬起臉。
「『三人隊』。」
太爛了。劫爾才剛說完，便冷靜否決了自己的提案，另外二人聽了也點點頭。
三人乾脆放棄取隊名了，繼續想下去也看不見光明的未來。
「哎呀，隊伍名稱也不是非取不可，各位不必介意！」
雷伊帶著閃亮耀眼的笑容幫他們緩頰。有這麼慘嗎？他們在心裡喃喃自語。不，應該就是這麼慘吧。

「這方面沙德說不定很擅長哦。聽說很多商人為了討個吉利，會請他幫忙取店名，而且他好像也滿認真取名字的。」

「這麼說來，伯爵不會出席這場宴會呀……不過，感覺他確實不喜歡這種場合。」

「他看起來不像是覺得這種宴會有必要的人啊。」劫爾說。

「你們說得沒錯，那傢伙只說了一句『我沒空』，豈止是宴會，就連典禮都沒有參加呢。」

建國紀念典禮是國家最重要的活動之一，身為貴族竟然不出席，弄個不好是會遭到嚴懲的。

只不過沙德的情況特殊，他本來就不在領民面前露面，因此至今一直都允許他不必出席這種場合。畢竟商業國領主的定位相當特殊，必須負責管理全國大部分的物流運輸，如果出席會妨礙到物流相關的業務，那就不必勉強了。因此，沙德的作風雖然招致旁人反感，但從來不曾受罰。

「但是先前大侵襲的時候，他在民眾面前現身的消息，也已經傳到王都這裡來了。」雷伊說。

「那他這次不就一定得參加？」

「那傢伙當然說他忙著處理大侵襲的善後事宜，沒空參加囉。」

上次大侵襲造成的混亂，確實還沒有完全平息。

以國家的立場，也希望商業國盡速恢復運作，因此允許他這次不必到場。話雖如此，按照沙德的作風，下一次他還是會找到其他缺席的藉口，以商業國的工作為優先吧。

「該怎麼說呢，伯爵就像是貴族界的壞孩子呢。」
「那傢伙都已經是平民出身了，還招惹更多反感做什麼……」
「明明超愛工作卻是壞孩子喔，太好笑啦！」
「他也差不多該找個結婚對象了，一味熱中工作也是個問題呀！」
四個人趁著本人不在大肆說著閒話，沙德現在是不是在打噴嚏呢？不對，折斷了筆尖、正在咋舌還比較有可能。
「雷伊大人，時間差不多了。」
「啊，說得也是。好，那我們出發吧！」
站在玄關聊得正起興的四個人，在年邁執事的引導下搭上馬車。這是貨真價實的貴族馬車，豪華絢爛，完全不是為了長途旅行而打造。
馬車的目的地，是他們平常不可能涉足的王城，只有在這一天允許冒險者踏入。難得有這個機會，不如好好享受吧，利瑟爾踏上車廂的階梯。

此刻，宴會會場已經冠蓋雲集。
但其中一位冒險者也沒有，因為他們接下來才要與同行的貴族一同進入會場。實際上帶著冒險者隨行的貴族不到一成，因此在場的大多數貴族都只是來看熱鬧的。
第一次見到冒險者的人滿心好奇，習慣與冒險者打交道的人開始猜測與會的新面孔是誰，想要建立人脈的貴族，則期待找到優秀的戰士。眾人各有目的，與身邊的人各自交談。
他們的對話當中，免不了要提到一刀。明明前一天才確定參加，一刀的消息卻已經傳了開來，畢竟不是特別保密的情報，這也難怪。提到一刀之後，話題往往會接著聊到雷伊究竟是透過什麼管道跟一刀搭上線的。

接著，冒險者開始進入會場了。

司儀會先宣布同行貴族的名字，接著念出冒險者的隊伍名稱和階級。踏進會場的冒險者幾乎都是階級A，A可以說是實質上的最高階級。階級S實屬鳳毛麟角，一個國家裡有一組S階冒險者落腳就算相當幸運了。

能夠升上階級S的人數就是如此稀少。他們是萬中選一的冒險者，即使完美達成委託也不足以達到那種境界。正因如此，宣布階級S冒險者進場的時候，會場甚至響起一片歡呼聲。已經進場的冒險者們也不知道竟然有S階前來，稀罕地盯著他們看。看這時間點，S階的隊伍應該是配合建國慶典或宴會來到王都的吧。

「下一組貴賓是……」

貴族們原本目不轉睛地看著S階冒險者的英姿，聽見這句話，人人不約而同看向門口。司儀朗聲念出雷伊的名字——這場宴會最受期待的人物要登場了。

不過，會場的貴族們剛剛才親眼見到階級S的冒險者，實在不相信有什麼人可以單槍匹馬壓過他們的氣場，於是半信半疑地等待他們入場的瞬間。

叩、叩，堅硬的靴底踩在光潔的地板上，在這略顯吵雜的空間當中，那道腳步聲卻響亮得不可思議。

首先現身的，當然是身為代表人的雷伊了。儘管已經有點年紀，他快活的笑容仍然毫不褪色，洋溢著親切自信的色彩，難怪想嫁給他當繼室的女性多不勝數。雷伊的爵位絕不算特別高，但由於他的人格特質使然，在場對他表示歡迎的人相當多。

「雷伊！」

「你好呀，三天不見了！」

這次是比較輕鬆的宴會，不必按照固定順序向貴賓致意，因此雷伊一聽見熟人的招呼，便揚起一隻手走向對方。

隨著腳步前進，他身後出現的那三位冒險者，牢牢攫住了所有人的目光。

「哇，食物看起來好好吃喔！那些東西我們也可以吃吧？」

那是個有著一頭鮮艷紅髮，相貌醒目的獸人，假如脫下裝備，他看起來就像個普通的年輕人。

但是他瞇細的眼睛裡映著愉悅的色彩，勾勒出笑容的雙唇醞釀出一股游刃有餘的氛圍。輕盈的步伐理論上不會給人威嚴的印象，但配上他這個人，卻為他添上一股獨特的、有如掠食者一般的氣質。

正因為本質上帶有扭曲的部分，他的存在感才更引人矚目。他並不孤高，但那種奔放的特質就像在宣示他不可能服從於任何人。獸人環視周遭，視線像一條蛇滑過地面，沒有注意到那道目光的人，只能在不知不覺間遭到毒液侵蝕。

「誰知道。」

伴隨著低沉的嗓音，一道漆黑的人影緊接著現身，一股絕對的威壓感奪去了眾人的目光。

無須多言，他們一瞬間都明白過來：這就是一刀，一揮劍就能斬除一切的絕對強者。僅憑他散發出來的氣勢，這實力高強的戰士便足以將剛才浮現在眾人腦海的懷疑一掃而空。

有些人曾經聽說一刀組了隊伍，見過這個人之後，他們反而不敢相信這個傳聞了，即使親眼看見紅髮獸人站在他身邊也一樣。這無疑是個孤高不群的人，滿場嘉賓在這股氣勢之下全都備感震撼。

這男人沒有必要跟任何人聯手，為什麼會組隊？握有答案的人，也許是帶領二人走在雷伊身後，未曾謀面的那位陌生貴族吧。

「先等子爵打過招呼吧，他一定會向眾人介紹我們的。」

沉穩的微笑，清靜的氣質。這位舉止柔美高雅的男子開口說道，眾人卻紛紛看向身邊的人，以為自己聽錯了。這種說法，豈不是好像他也是受到招待的冒險者一樣嗎？但誰也無從否認剛才的話，人們這才領悟到那是事實。

那人舉手投足間沒有緊張，沒有期待，也沒有亢奮，比誰都還要自然地融入這富麗堂皇的空間當中，表現得如此穩重。如果說他不是貴族，還有什麼其他可能？答案所有人都心知肚明，卻過了一段時間才終於接受。

男子將滑落頰邊的頭髮撥到耳後，看見一位擦身而過的女性，他悠然瞇起眼笑了。甜美的眼神化解了紫水晶眼瞳冰冷的印象，雙眸深處，連貴族都為之傾倒的高貴色彩若隱若現。

「那是誰？」

「我們不是接了巧克力專賣店的委託嗎？是那時候見過的女孩。」

「哦？」

從他身上感受不到任何武人氣質，與一刀交談的身影卻顯得如此自然。等到一行人通過，眾人才終於呼出下意識屏住的氣息，興奮地交頭接耳，會場頓時一陣騷然。

接下來，聽見司儀介紹那群冒險者的階級，他們開始跑去確認：這一定是哪裡搞錯了吧？

「我果然有點格格不入呢。」

會場恢復了熱絡的氣氛，利瑟爾面帶苦笑，小聲說道。

從眾人的眼光，不難發覺大家沒有把他當成冒險者看。我明明變得比較有冒險者的樣子了……利瑟爾看起來有點失望，劫爾在一旁看著他，嘆了口氣。這也沒辦法，在討論他像不像冒險者之前，這傢伙有一股絕對的貴族氣場啊。

「沒問題啦，你反而融入得很好咧。」

「那才更教我耿耿於懷呀。」

伊雷文這句話半開玩笑、半帶安慰，利瑟爾聽了卻搖搖頭。他從小以貴族身分生活至今，看起來像貴族也是沒辦法的事。但即使如此，現在的自己仍然是以冒險者的身分站在這裡。

「你們雖然只有中等階級，但是論實力絕對配得上這個場合，對吧？但我沒有那麼高強的實力，就像是借助你們的幫忙才得以出席一樣。」

簡言之，教他自卑的不是紙醉金迷的會場，也不是冠蓋雲集的貴族，而是劫爾他們。之所以輕聲低語，是顧慮到雷伊的心情。自己帶來的冒險者說出這種話，實在太不給面子了。

這想法很符合利瑟爾一貫的風格，劫爾他們毫不介意地揚起一笑。

「論實力你也沒問題吧。」
「可是，像迷宮頭目，我一個人絕對打不贏呀……」
「不是啦，A階五個人去打頭目，勝率也是有五成就不錯了欸。」
基本上，隊伍階級顯示的是隊伍整體的實力。
即使每位隊員個別作戰只有階級C的實力，如果成員合作無間，隊伍階級也有可能提升至B階。當然，這時候個人階級也會隨之提升，這是因為一般沒有人會單獨接取高階的委託。
「即使我們只有A階，你也沒問題啊。」
聽見劫爾這麼說，利瑟爾高興地笑了開來。
言下之意是，不僅三人以隊伍的身分待在這裡沒有人會有意見，即使劫爾他們只發揮一般階級A的實力，憑著利瑟爾的能力也足以升上A階，與其他受邀參加宴會的冒險者平起平坐。
「那我就不在意了。」
「好乾脆喔！」
既然劫爾他們這麼說，那一定不會錯，利瑟爾毫不存疑。伊雷文哈哈笑出聲來，一邊心想：就是因為這樣，有時候利瑟爾的判斷標準才會這麼奇怪。不過他是不會說出口的。
「嗨，典禮隔天你沒有宿醉吧？」
這時，雷伊走到了友人身邊，率先跟對方攀談。
看來二人相處起來相當自在，年紀也差不多，若不是同為王都的貴族，應該就是雷伊從前的舊識了。

「還好啦。早就知道跟你喝起酒來沒完沒了，幸虧我及早撤退，所以還不至於宿醉。不說這個了，你好像帶了大人物來呀？」

「是呀。那麼就遵從這場宴會的宗旨，快點讓我炫耀一番吧！」

雷伊像演員一樣將手擺在胸口，那位男性友人看了，笑著說他還是老樣子。不愧是雷伊的朋友，他也一樣予人直率爽朗的印象，正帶著毫無惡意的表情，興味盎然地打量利瑟爾他們。

同一時間，周遭人群的目光也匯聚過來。眾人肯定豎起耳朵聽著他們的對話，但雷伊一點也不介意，他挺起胸膛，一隻手比向利瑟爾一行人示意。

「說是我在委託上往來密切的冒險者，聽起來好像有點語病呢。應該說，他們是深深吸引我的冒險者隊伍！」

順著雷伊的手勢，男人的目光轉向這裡，利瑟爾微微一笑。

「您好，我是隊長，名叫利瑟爾。」

「隊長……竟然不是一刀？」

他一方面驚訝這人真的是冒險者，同時也訝異他竟然是這個隊伍的隊長。

看見他意外的表情、直截了當的說話方式，伊雷文不悅地挑了一下眉毛，不過沒有出言挑釁。這種反應也是理所當然，他瞄了劫爾一眼，發現被點名的當事人看起來興趣缺缺，板著一如往常凶神惡煞的表情。

「真是抱歉，沒能滿足您的期待。」

「啊，別這麼說。是我失禮了。」

利瑟爾的語氣帶點玩笑意味，男人微微瞠大眼睛。

面對無禮的提問，利瑟爾以穩當的方式回應。看樣子這傢伙是想考驗他一下，卻被利瑟爾輕易躲開了。貴族真是麻煩，劫爾邊想邊瞥了他們一眼。

「好了，既然招呼也打過了，就請你們自由享受這場宴會吧！」

「可以嗎？」

「我確實是想炫耀，但可不打算叫你們跟在我背後一路招搖哦。」

雷伊笑吟吟地說道。

雖然只是簡單打過招呼，但在這個場合也已經足夠了。利瑟爾他們沒有特別想攀附的人脈，在剛才豎起耳朵的人們口耳相傳之下，隊伍的情報也很快就會傳遍全場。

「那麼，伊雷文，好好去玩吧。」

「耶！」

「昨天教過你的要點還記得嗎？」

「不發出聲音，不盛太多，不占用椅子，常換餐盤，不拒絕交談！」

「沒錯，答得很好。」

伊雷文興高采烈地走向擺滿豪華餐盤的桌子去了，利瑟爾面帶微笑目送他走遠。他只教了伊雷文最基本的餐桌禮儀，與其笨手笨腳地遵守禮儀，吃得津津有味反而能留下比較好的印象。說到底，伊雷文食量驚人，再怎麼努力也不太可能維持完美儀態。

「劫爾，你不去嗎？到了這個時間，也差不多餓了吧。」

「你要我在這種注目底下吃東西？」
「公會裡看你的視線還比這邊露骨呢。」
也許是身為貴族的驕矜與禮貌使然，周遭大多數人都只是不著痕跡地偷看他們，沒有人表露出一副興致勃勃的樣子直盯著人看。利瑟爾調侃似地笑著說道，劫爾聽了咋舌一聲，但沒有行動。
利瑟爾也一樣站在原地，雷伊不可思議地看著他們二人。
「你們不去嗎？」
「一開始，本來就是那孩子說想要參加宴會的。如果離開比較好的話，我們會與您保持距離的。」
「不，如果你們願意待在我身邊，那真是無上的喜悅！而且有劫爾在身邊，我可是輕鬆不少呢。」
雷伊一臉享受著惡作劇的表情，利瑟爾看了露出苦笑。真不愧是雷伊子爵。
儘管這場宴會的主角是冒險者，這仍然是貴族的社交場合。彼此交談、交換情報，與平時見不到的人物維繫關係，都是宴會中重要的一環。其中當然也包含了婚齡男女最重要的人生大事，尋找伴侶。
「畢竟子爵很有個人魅力呀。」
「哎呀，沒想到能聽見你這麼說，我真是備感榮幸！」
利瑟爾也聽說過傳聞，知道雷伊的夫人早逝。
順帶一提，告訴他這件事的是旅店女主人的朋友，是位常在街頭巷尾聊八卦的主婦。當時她說，「還這麼健壯的好男人竟然單身，太可惜了啦！」

現在，多虧了難以親近的劫爾，沒有人來向雷伊推銷女兒或姊妹，只是偶爾有人投來期待的目光。

「所以我才叫你快點娶個繼室嘛。」

「哎呀，現在這樣也沒什麼不好！」

雷伊快活地笑道，男性友人則聳聳肩膀。這大概是他們平時習以為常的對話吧。

那位男性友人，無意間瞧見了伊雷文火速吞食料理的模樣。看他體型那麼瘦削，那些食物究竟都吃進哪裡去了？他吃東西的速度完全沒有減緩跡象，實在有點嚇人。

「你們的同伴還真會吃呀。」

「這才剛開始而已呢。」

「是嗎……才剛開始……」

利瑟爾露出溫煦的微笑，在一旁看著伊雷文大快朵頤。

看見有女性走近，伊雷文用餐的手停了下來，迅速露出親切的笑容回應。這方面的應對技巧，他比劫爾高明太多了。雖然他還想繼續吃，不過搭話的畢竟是位身材姣好的美女，伊雷文的興致也不至於急遽冷卻。

「剛才，那邊那位冒險者說了個很刺激的故事喲，罪大惡極的故事。」

那雙嬌艷欲滴的唇瓣，耳語似地輕聲問道。

「你是不是也有這種故事可以說呀？」

「我最喜歡這種話題了，也說給我聽聽吧？」

伊雷文裝乖的時候看起來很容易親近，只見他眨眼間便被淑女們團團包圍。渴求刺激的淑女對這一類話題特別感興趣。剛才跟這群少女講述事蹟的那位冒險者，帶著挑釁的眼神看向伊雷文。儘管是一刀的隊友，眼前的紅髮獸人不過是個比自己年輕的小鬼，怎麼可能有什麼故事好說？

「那位是？」

「A階。」

利瑟爾小聲問劫爾，後者拋來簡潔的答覆。既然是受邀與會的冒險者，他的實力肯定無庸置疑，不過也許是在異性面前容易得意忘形的類型。

「嗯，你不去叮嚀他別理會挑釁嗎？」

雷伊也望著同個方向，愉快地說道。在他個人看來，伊雷文接下這張戰帖，事情反而比較有趣。

但是，正因為隱約察覺了伊雷文的背景，所以雷伊不會無條件放任他為所欲為。他看起來不像會光明正大炫耀盜賊經歷的傻子，但弄個不好還是可能把狀況搞砸。

「他沒問題的。」

「真是這樣就好了。」

利瑟爾不以為意地否決了雷伊的擔憂，劫爾則狐疑地看著他。

「伊雷文是個好孩子，他會巧妙避開挑釁的。」

伊雷文輕輕晃了晃空空如也的餐盤，仰頭望著挑高的天花板，作勢沉思。天花板彷彿天天擦拭一樣雪白晶亮，將水晶吊燈反射的無數光彩映得美不勝收。

「這個嘛……」

看見他裝腔作勢的動作，少女們滿心期待，不知道他會怎麼出招。眼見他不爭取時間思考就說不出來，男性冒險者確信自己贏定了。

下一秒，伊雷文忽然低頭看向那些淑女。他微微彎下身，湊近站在正前方的那位女性，雙唇勾起笑容，露出銳利的毒牙。

「罪大惡極的故事喔，我可能說不出來欸。」

瞇起的雙眼染上魅惑色彩，那句低沉嘶啞的耳語緊緊捆住對方，不允許獵物脫逃。

「能說給別人聽的壞事，只是扮家家酒而已啦。我還想繼續吃東西，所以——不告訴妳們。」

少女們呀地發出一陣歡呼，聽得男性冒險者整張臉都皺了起來。

笑對方只是打腫臉充胖子很簡單，但獸人的語氣如此理所當然，整個人散發的氛圍也不允許他一笑置之。那位冒險者丟了面子，心不甘情不願回到隊友身邊，友伴則悄悄往他背後揍了一拳以示安慰。

「……他『避開』的方式很有攻擊性呢。」

「伊雷文是懂得將討淑女歡心放在第一位的好孩子。」

「呃……這樣啊。」

利瑟爾是以讚美鼓勵別人成長的類型。雷伊的朋友點了點頭，但誰也不知道他是否真的接受了利瑟爾的說法。

在那之後，利瑟爾他們沐浴在周遭的視線當中，仍然悠然自得地享受了宴會的樂趣。偶爾有人前來攀談，這時由雷伊出面應對，利瑟爾只負責稍微打個招呼。

過一段時間，伊雷文把感興趣的料理大致吃過一輪之後，也跑回來跟他們會合了。劫爾偶然間看了餐桌一眼，發現大量減少的料理都集中在特定幾盤，看得他相當無奈。這傢伙有夠挑食。

「今天這場宴會結束之後，我們會在隔壁的大廳舉辦一場舞會。」

宴會逐漸接近尾聲，雷伊於是這麼向他們說明。

這場宴會的流程不同於一般宴會，想必是為了冒險者設想。大多數冒險者在餐會結束之後就會離場，畢竟他們參加舞會也沒有事情做，這也是當然的。

反之，貴族則是一邊談論剛才那些日常生活中見不到的戰士，一邊轉移陣地展開舞會，繼續度過一段愉快時光。

「子爵閣下，您也打算參加舞會嗎？」

「不，我會跟你們一起打道回……嗯？」

話說到一半，雷伊滿臉意外地看向空間中的一點。

利瑟爾追著他的視線看去，只見一個男人正筆直朝這裡走來。男人的打扮與現在守衛著會場的騎士們類似，但又比一般騎士華貴一些。年紀比利瑟爾和劫爾稍長，看起來應該是騎士團長的輔佐或副官。

「真難得看見你來到這種場合露面。侯爵閣下呢？」

男人在一行人眼前停下腳步，雷伊率先開了口。

「團長正忙於處理分內職務。您才是，看起來真有閒情逸致。」

「現在可是難得的建國慶典呢，令尊還是一樣拘謹！」

對方說話帶刺，雷伊卻樂在其中，回以快活的笑容，看得那男人忿忿地皺起臉來。

「（啊。）」

利瑟爾眨了眨眼，心裡低喃了句「原來如此」。聽說在這個王都，有一個素有名望的侯爵世家，負責全權管理為國效命的騎士。既然認識雷伊，想必他就是那個侯爵家的嫡長子了。

他聽說過憲兵與騎士很難融洽相處，不過看現在的狀況，眼前這男人和雷伊簡直是水火不容。一看就知道男人的個性一板一眼，也許是遺傳自父親吧。雷伊的個性則是懂得變通、思考靈活，考量到立場問題，再加上薑是老的辣，雷伊這一方略勝一籌。

「差不多該進入正題了，今天我要找的人並不是您。」

男人端正姿勢，叩一聲敲響鞋跟，聲響彷彿透露出些微的惱火。已經到了舞會的時間，人們一個個離開了宴會大廳。

眾人偶爾看向這裡，但利瑟爾沒有回應他們的目光，逕自看向站在身邊的劫爾。他臉上的表情雖然冰冷，卻散發出一股嫌麻煩的氛圍，瞥了那個轉向他的男人一眼。看見這情景，利瑟爾確信不疑。

「（他就是，劫爾的……）」

今天能見到他真是太好了，利瑟爾綻開笑容。

「好久不見了，劫爾貝魯特。」

下一秒，那張笑臉伴著顫抖的肩膀轉到一邊去，在他身旁，伊雷文噴笑的聲音響徹了整間大廳。

51

「劫爾貝魯特……！長得那麼兇惡，竟然叫做劫爾貝魯特！哇哈哈哈哈！」

「伊雷文，笑得太過火囉，噗……劫爾……噗哧，原來你是因為這樣才覺得不好意思呀？」

「哈哈哈！真假？所以大哥才這麼不想來喔？因為劫爾貝魯特？劫爾貝魯特就這麼害臊喔？啊哈哈哈哈！」

「別看他那個樣子，那時候他可是難為情到了極點呢。厭惡跟難為情其實也差不了多少……咳咳。」

為時已晚，不過利瑟爾還是假咳了一聲，不曉得是想掩飾笑意，還是想讓自己冷靜下來。伊雷文幾乎笑到嗆到，劫爾不悅地低頭看著他們二人。

跟他想的一模一樣。這二人聽了一定會笑，不帶一點嘲諷意味，只顧著笑，全力爆笑。當然，他也討厭麻煩事，但最討厭的莫過於他們為此捧腹大笑了。借用利瑟爾的說法，就是太難為情了。

「這麼說來，先前找你們來欣賞畫作的時候，劫爾也是一臉厭惡的表情呢！」

「那時候他也非常害羞哦。」

「聞名天下的一刀原來這麼可愛！」

「吵死了……」

雷伊看準了時機幫忙補刀，聽得劫爾忍不住咋舌一聲。

「大哥好靦腆喔……！明明長那樣！明明長那樣!!」

「再不閉嘴我就把你那根馬尾扯掉。」

感受到劫爾渾身散發的壓迫感，伊雷文的笑聲終於戛然而止，但那雙肩膀還是憋笑憋到顫抖個不停。

雷伊的朋友不想被波及，已經早一步到舞會會場去了，這裡只剩下雷伊和利瑟爾他們，還有那個騎士打扮的男人。笑聲平息之後，大廳恢復寂靜。剛才突如其來的大爆笑使得男人僵在原地，看來氣勢有點受挫。

「子爵閣下。不好意思，能不能麻煩您引見？」

總覺得對他有點不好意思。利瑟爾邊想邊代替瞧也不瞧男人一眼的劫爾，開口這麼問雷伊。

「哎呀，不好意思。這位是歐洛德閣下，出身於統領全國騎士的侯爵家，是下一任爵位繼承人，現在則是擔任師團長兼團長輔佐。」

「您好，請多指教。」

「……你好，也請多指教。」

利瑟爾朝著他微微一笑，對方雖然一臉詫異，仍然回以一句招呼，有點令他意想不到。這人未來肯定能繼承家業，態度卻不夠從容，這是利瑟爾對他的第一印象。他夠沉著，卻不曉得是沒有自信，還是心中藏著什麼焦慮。看得出他身為嫡長子的責任感，這種態度應該不是因為不願繼承爵位使然。

「歐洛德閣下，這幾位是我自豪的冒險者，這次由我邀請他們參加宴會！」
「冒險者……？」
既然如此，原因顯而易見。利瑟爾了然於心，獨自點點頭。一切說不上如他所料，反而有一些出乎意料的部分。
「劫爾，原來你是老么呀？看你這麼會照顧人，我還滿意外的。」
「我們幾乎沒扯上關係，也無所謂排行吧。」
「啊？啥？你們在講什麼啊？是說老么……噗……！」
跟不上話題的伊雷文邊笑邊問。他現在的笑點極低，動不動就發作，什麼話都可以戳中他的笑穴。不過劫爾整把抓住了他像蛇一樣擺動的長髮，他立刻閉上嘴。劫爾說到真的會做到。
「你什麼時候注意到的？」劫爾問。
「最近才開始確信，從你拒絕參加宴會的時候開始。」
不論是嫌麻煩還是其他原因，劫爾鮮少主動拒絕提議。平時，他總是把事情全部丟給利瑟爾決定，一種「想怎樣隨你高興」的態度。這次劫爾卻不願出席，利瑟爾只想得到一個可能原因。
「我確實覺得，你看起來好像受過滿嚴謹的教育。」
「啊，所以你才會說大哥不用接受禮儀指導喔？這樣講也是啦，大哥雖然看起來很兇，但感覺確實不太粗魯……嗯？」
伊雷文忽然偏了偏頭。這男人知道劫爾的本名，利瑟爾說他是老么，還受過嚴謹的教育，這些訊息指出……

「意思是說，大哥是這傢伙的……」

伊雷文滿臉好奇地來回打量著劫爾和歐洛德。

聽見伊雷文稱自己為「這傢伙」，歐洛德滿臉不悅，劫爾則嫌惡地別開視線。這二人一點也不像，唯一的共通點只有身材高䠷而已。

「劫爾貝魯特原本是我的弟弟，不過這也是過去式了。」

「長得這麼兇惡，竟然是貴族……靠痛痛痛痛抱歉啦大哥對不起啦我真的不會再笑了！再拉我頭髮要掉了！真的要掉了啦！」

伊雷文整個身體大幅向後仰，保護自己的秀髮。柔軟度真好，利瑟爾露出溫煦的微笑看著這一幕。順帶一提，利瑟爾覺得他們兄弟倆有時候神韻有點相像，不過感覺劫爾聽了會不高興，所以他不會說出口。

「隊長！你最喜歡的頭髮！要掉光啦！」

「別擔心，劫爾很懂得控制力道的。」

「不是那個問題!!」

伊雷文實在是笑過頭了，所以利瑟爾只在一旁替他加油。

他瞥了劫爾一眼。儘管不願意參加宴會，劫爾面對這位從前的兄長，情緒卻平靜無波，漠不關心。看他的態度，只像是有個棘手的傢伙跑來找碴而已，不帶什麼特別的感情，看來真的只是不希望他們得知本名和從前的貴族身分，因此嘲笑他罷了。

「（不過，並不代表這個人完全與他無關。）」

劫爾之所以停留在階級B，沒有再往上晉升，原因確實出在這裡。

他是真的不想接受麻煩的禮儀指導，而且不論階級高低都能夠挑戰頭目，B階沒有什麼不足之處——這確實是他的真心話。但是，只要他升上S階，遭到其他冒險者糾纏的麻煩事一定也會減少才對。對於沒有見識過他實力的人而言，劫爾如同表面上的記號只是個階級B，也有許多人因此瞧不起他。

「（也許他把這兩件事放在天秤兩端衡量過後，還是覺得這一邊比較麻煩？）」

看起來劫爾已經完全與對方斷絕了關係，但對方不一定也是如此，畢竟現在的局面正顯示出這一點。

「……回到正題。我叫人準備一點喝的吧。」

歐洛德說話的同時，剛才負責會場警備的一名騎士朝這裡走來，一手端著盛滿高腳杯的托盤。搶在對方行動之前，伊雷文靈巧地端起其中一個杯子，仰頭灌了一口。

「全都是香檳。」

聽見這句話，利瑟爾打消了伸手拿杯子的念頭，反正他不能喝酒。

伊雷文笑過頭了，口好像很渴，只見他毫不客氣地喝乾了一杯，又伸手去拿下一杯酒。

歐洛德瞄了他一眼，目光立刻又轉回劫爾身上。

「劫爾貝魯特，你為什麼回來？」

聽見他惱怒地這麼啐道，劫爾蹙起眉頭，終於看向歐洛德。冰冷的眼神，彷彿如實表達出他聽不懂這人在說什麼。

「那邊那個貴族找我來的。」

「你從三年前就待在這個國家，有什麼目的？你這次參加宴會，難道也只是應邀赴宴而已？」

「對，你聽不懂我的意思？冒險者轉移據點又有哪裡奇怪？」

歐洛德問得如此執拗，究竟在刺探什麼？利瑟爾望向劫爾。

後者一臉不耐地回答完，察覺了利瑟爾那道視線的意思。既然他們已經知道，那也沒有必要隱瞞，於是他乾脆地開口，簡單述說自己的身世。

「那侯爵遠征的時候跟送來陪侍的女人上了床，女人一夜就懷孕了，懷上的小鬼就是我。常有的事。」

「啥？剛剛不是才說那傢伙拘謹嗎？」

「在某些時機和狀況之下，拒絕接待反而有失禮數，這有時候也是沒辦法的事呀。」

「是喔。」

大部分都是爵位較高的一方，招待較低爵位貴族的情況。話雖如此，侯爵家肩負統領騎士的大任，是保衛王都的關鍵。身為這個家族的當家，不太可能遇上難以拒絕的情況才對。

不過這點不太重要，利瑟爾也不以為意。

「我十歲的時候母親死了，有陌生人過來接我，跟去之後才發現是王都的侯爵家。過了四、五年我離開家，當上冒險者賺錢，然後就到了現在。就這樣。」

劫爾輕描淡寫地作結。他對於這段身世沒有特別的想法，既然對現狀沒什麼不滿，過去也不過是單純的事實罷了。

順帶一提，他長得比較像母親，難怪跟歐洛德不太相像。

「大哥，你為什麼要離開貴族家啊？」
「他們叫我自己選，看要走還是要留下。」
「為啥？」
伊雷文一股打破砂鍋問到底的氣勢，想必是好奇他們明明收養了劫爾，為什麼還要他離開吧。
「誰知道。民女生下的孩子贏過嫡長子，他們覺得不妙吧。」
「喔，貴族大爺的面子問題？你是練多久打贏他的啊？」
「一個月左右吧，不太記得了。」
除了打鬥實力以外，看起來還是歐洛德比較優秀才對呀，利瑟爾偏了偏頭。
大概是因為這個家族負責統領騎士團的關係吧。考量雙方的血統，劫爾不可能撼動爵位繼承的順位，實力高下也不是決定騎士價值的唯一因素，但說完全沒有影響是騙人的。看來劫爾也沒有成為騎士的打算，侯爵家的做法雖然自私，不過確實有其道理。
「（可能是因為這個緣故……）」
劫爾說得乾脆，彷彿這些事情已經與自己無關，歐洛德卻惡狠狠瞪著他。
自從劫爾出現，他的人生風雲變色。劫爾展現了卓越的才華，二人之間日漸遙遠的實力差距令他焦躁，還得承受旁人比較的目光。周遭的人們都死心了，他們說碰上這種程度的天才也沒有辦法。但他卻相反，身為本家嫡長子的立場不許他放棄。
結果，這件事困住了他。被趕出家門之後，劫爾滿不在乎地離開，「一刀劫爾」的傳聞開始出現，他覺得這一切總是如影隨形在他身後追趕。聽說劫爾終於現身貴族社會的時候，他究竟怎麼想？

「難道你想說，這次參加宴會真的只是應邀前來？至今不論什麼人求你參加，你明明從來不曾答應。」

你有完沒完——伊雷文正要開嗆，利瑟爾卻悄悄制止了他。

「嗯，這一點我可以作證，畢竟劫爾一開始也不願意參加宴會啊。」

「……是嗎。」

聽見雷伊這麼說，歐洛德才終於點頭。

他應答的時候看也沒看雷伊一眼，這本來是不可原諒的態度。論爵位雖然是侯爵家地位較高，但歐洛德尚未繼承爵位。想必他已經沒有心思顧慮這種事了。

「不過，我看你還是對騎士念念不忘啊。」

他一心只想將劫爾貶到比自己低下的位置。

「少說這種莫名其妙的廢話。」

「你確定真的沒有留戀？」

歐洛德問道，嘴角隱約帶著笑意，劫爾見狀略微蹙起眉頭。

他確實受過騎士教育，也感謝侯爵家教導他劍術。然而，若想憑著自己的意志自由揮劍，貴族的地位只會礙手礙腳，離開侯爵家的時候，他沒有任何不捨。當然，他也不曾以當上騎士為目標。

既然如此，歐洛德為什麼這麼說？原因他不是完全沒有頭緒。

「隨侍在一個貴族一樣的冒險者身邊，玩騎士的扮家家酒，真可笑。」

歐洛德忽然看向利瑟爾，論斤秤兩般打量著他。那目光絕對稱不上令人愉快，但利瑟爾早已習以為常。

「難道你當真以為，一介冒險者能夠取代騎士效忠的君主？」

「你錯得太離譜了，簡直滑稽可笑。」

這時候，劫爾才第一次對歐洛德露出笑容。一反原先漠不關心的冰冷神情，那笑裡帶著嘲諷，他揚起下顎，牽制般睇起灰色的瞳眸。猛獸般凌厲的色彩在那雙眼睛裡若隱若現，歐洛德瞠大雙眼。

劫爾不曾隨侍於利瑟爾身側，也從來沒把他當成自己的君主。但是——

「我不知道你說的君主是誰。但膽敢拿這傢伙來取代，你也未免太看得起你的主人了。」

「——該死的傢伙！竟敢侮蔑吾等的王！」

歐洛德高聲罵道。利瑟爾露出苦笑，這也難怪他會生氣。

對方可是發誓效忠國王的騎士，即使說者無意，難保對方不會認為自己的榮耀遭人踐踏。儘管衝突起因於歐洛德的誤解，但劫爾措辭不當也是事實。

「恕我打擾了。劫爾這種說法，您應該不太容易理解吧？」

感受到身邊端著香檳的騎士也怒氣騰騰，利瑟爾插嘴介入他們之間險惡的氣氛。縱使二人已經斷絕關係，打斷兄弟之間的對話還是有點令人遲疑。

「他絕對不是為了侮蔑您的君王才這麼說。只是，劫爾不可能懷抱諸位騎士引以為目標的那種忠誠心，這一點能不能請您理解呢？」

「你說什麼……」

歐洛德看向利瑟爾，毫不掩飾臉上詫異的神情。

劫爾斷言無人能及的這號人物，打從見面以來一貫維持著清靜高貴的氣質，高貴得令人懷疑他的冒險者身分。但不管再怎麼有氣質，這男人仍只是一介冒險者，有什麼資格這麼說？歐洛德狠狠瞪向他。

「誓言效忠君王、效忠國家，各位才是真正崇高的騎士。」

利瑟爾的國家也設有騎士團。騎士立下正義忠誠之誓，他們尊貴而崇高，在眾人的景仰之中為國王效命，保衛國家。騎士發自內心的忠心，是照耀國家的炫目光輝。

「但劫爾不一樣，他無法成為那種人。」

他的本質不同。他無法成為一國之光，只會成為某人的影子；他的心不會託付給絕對的君王，而是與近在眼前的人共享；他不會貫徹正義，只會尊重唯一一人的意志。

利瑟爾正是這麼效命於自己的王，這方面二人簡直如出一轍。正因為擁有相同的特質，他才能說得確信不疑。

「如果劫爾真能成為騎士，那絕不是在找到君王的時候，而是只有在他找到『唯一』的時候。」

「什麼……」

歐洛德啞口無言，劫爾一瞬間瞠大眼睛。

「雙方沒有好壞之分，再說，眾人理想中的騎士應該是各位才對。劫爾絕不會侵犯各位的領域……如果您能夠理解這一點，那就再好不過了。」

劫爾深陷於思緒中沉默不語，歐洛德卻感到難以言喻的情緒狂亂地在內心吹襲。無論誰是誰非，即使對方說他才是正確的，歐洛德也無法接受，絕對不可以。承認冒險者的這番訓話有道理，等於是肯定了劫爾，這種事他怎麼可能做得出來？

「一介冒險者有什麼資格談論騎士!!」

必須顯示出自己比他優秀才行，否則他的影子會永遠折磨自己。

「就憑你……！」

「哎呀，到此為止囉。」

歐洛德展露情緒的瞬間，雷伊彷彿看準了時機般插嘴說道。「打斷兩位真不好意思。」

他一直饒富興味、沉著冷靜地保持旁觀，這時向利瑟爾道了歉，又重新轉向歐洛德。

「他們是我的客人，太過無禮會讓我很傷腦筋的。如果你想貶低他們，我也沒辦法忍氣吞聲哦。」

嗓音平靜，卻嚴肅而深沉。那雙金色的眼瞳勾勒出笑意，眼中卻閃著險峻的神色，牢牢盯著對方。歐洛德咬緊牙關。

「（如果他能保持理性就好了。）」

看著他低下頭的身影，利瑟爾微微一笑。

歐洛德沒有錯。無論他說的話、採取的行動，還是這些情緒，全都沒有錯。他只是深陷無法控制的衝動當中，擾亂了思緒、產生了誤解，但他沒有做錯任何事。

付出努力的人輸給了天賦的才華，當然會感到憎惡。騎士當然會尊崇君王，聽見冒險者自以為是地談論騎士的榮光，當然也會感到憤怒。看見威脅自己地位的人物回到身邊，自然也會感到焦躁，這全都是生而為人理所當然的反應。

若不是超然的聖人，實在無法叫他不要怪罪對方。如果他不這麼做，就無法維持自己的認同，那也沒有辦法。正因為理解這一點，利瑟爾絕不會否定他所說的話。

「——即使形式不同，要是還想模仿騎士，你就給我記好了。」

但是。

「騎士的價值由君主決定。如果你口中的唯一就是這個冒險者，那你的價值也不過這點程度！」

嘩啦響起潑水聲，緊接著是重物倒落地面的聲音。

原本端著銀托盤站在一邊的騎士倒臥在地，一動也不動，香檳從他頭髮上滴落。但誰也沒有看他一眼。

在場所有人的視線集中於一點——利瑟爾正拿著空玻璃杯，臉上那道微笑高潔得震懾四座。

「令人不快。」

短短一句話，劫爾和伊雷文的手瞬間動了起來。

聽見利瑟爾表達不快，他們直覺的反射是「排除原因」。二人握上劍柄，正準備判斷該將身周的殺氣朝向什麼人，這時一陣冷顫竄上背脊，他們於是克制了自己拿劍的手。

「利用自己效命的王談論價值，是何等傲慢。」

他的存在感如此絕對，寂靜卻莊嚴，高壓卻包容，彷彿能夠支配對方的一切。

「忠誠只應該存在於自己心中，你卻試圖分出它的優劣，是何等可恥。」

利瑟爾忽然放開了捏著高腳杯的手指。玻璃杯順從重力掉落地面，發出尖銳聲響碎了一地，碎片反射著水晶吊燈的光輝閃閃發亮。

同時，伊雷文的肩膀微微抖了一下。這種感覺他有印象，畏懼的本能要他服從，他努力壓下本能的聲音。我已經服從了。他嚥下一口唾沫。

「（我沒有……惹隊長生氣……）」

不用怕，他說服自己。雖然剛才差點發動攻擊，但那是為了保護隊長，所以他應該會原諒我才對，不可能不原諒。他只能這麼祈禱。

一隻手伸來，輕輕撫過伊雷文的臉頰。熟悉的感受滑過鱗片，喚回了他的思緒，這才發現利瑟爾已經不知不覺站在他身邊。看見那雙甜美的紫晶色眼眸在微笑中漾開，他放鬆了緊繃的肩膀。

「最重要的是……」

指尖褒獎似地撫過臉頰，拭去了伊雷文心裡所有的畏懼，只留下滿溢而出的歡喜和優越感。唯有達成期待的時候，利瑟爾才會給予他這種足以震顫背脊的狂喜，任何事物都無法取代。

「我不想看見任何人以我為由貶低劫爾。」

歐洛德愕然瞪大眼睛，下意識退了半步。雷伊則往前跨了半步，他欣喜若狂，甚至忘了出面緩頰。這才是我所追求的——雷伊心裡只有這個想法。自己的判斷果然沒有錯，他一心一意將利瑟爾此刻的身影烙在眼底。

「為什麼……」

歐洛德也一樣移不開視線，但其中的涵義大不相同。他的嘴巴一張一闔，口中流洩出來的那句疑問，連他自己也不明白究竟想表達什麼。

「因為伊雷文特地告訴我那是香檳呀。」

利瑟爾正確理解了他的疑問，從容不迫地回答。

歐洛德不可能理解，他不知道利瑟爾不能喝酒，也不知道伊雷文隨時都在窺伺讓他喝酒的機會。既然伊雷文特地把這件事說出口，那就是警告利瑟爾別喝的意思。

「你這麼做，並不是想讓劫爾喝下毒酒吧？你想看見我們迷迷糊糊喝下去，好誇耀自己的同伴比較優秀？」

撫摸頰邊鱗片的手指，慰勞似地掠過他的嘴唇，然後離開。伊雷文的目光依依不捨地追隨著那指尖，一邊銜著歐洛德誇耀地吐出舌頭。那紅色豔得彷彿帶有劇毒。

「你用的毒很便宜喔，難吃。」

他的舌頭正微微發麻。這香檳一瞬間就能將人迷昏，可見含有相當強烈的麻痺毒。但蛇族獸人打從出生便與毒為伍，在伊雷文身上不可能見效。

伊雷文舔舐著嘴唇，喚回舌尖的感覺，然後瞥了劫爾一眼。看見他目不轉睛地凝視著利瑟爾，伊雷文不禁羨慕起他來——這也無可厚非。

「我希望您和平斷絕與劫爾之間的所有關係。」

「什麼……」

「他已經是冒險者了。貴族執著於他，會讓我們很困擾的。」

「——我怎麼可能、執著於劫爾貝魯特！」

利瑟爾的嗓音雖然沉穩，卻足以捆縛所有聽者的意識。

「請保持肅靜。」

這句簡短的懇求，近似於絕對的命令。

歐洛德熟知這種感覺。那句話宛如父親轉達的君王聖言，是應該懷著榮耀拜領的旨意，他不由得遵從。對此他感到屈辱又憤怒，卻一句話也說不出口，只能閉上嘴。

「劫爾的價值，不會因為我的存在而改變。我不希望這種事發生。」

利瑟爾面帶微笑，定睛凝視著歐洛德，而劫爾只能愕然望著那道側臉。

他回想起過去，利瑟爾輕易反省過失的身影。只要他一否認，那人馬上就接受了，但那該不會是——

『但是，如果跟我搭擋損傷了劫爾的聲譽，那可就不好了。』

第一次在冒險者公會被人糾纏的時候，他曾經這麼說。

『要是因為我的緣故，導致你的戰果遭人懷疑，那就不好了。』

向商業國的冒險者公會申請更新地圖，提供了隱藏房間的情報之後，他也這麼說過。

『讓遠近馳名的一刀接下F階級的任務也不太好。』

煩惱要不要接受某藥士委託的時候，他也這麼說。

腕力大賽的時候，他揭露了劫爾的身分。大侵襲的戰場上，他讓劫爾在眾目睽睽之下討伐了石巨人，後來也將他安插在有如領主侍衛的位置。

這些事確實是由劫爾自己完成，但它們之所以被視為一種功績，背後的原因是誰？

「無論何時，我從來不曾允許任何人輕視你，對吧？」

利瑟爾看向這裡，那雙眼瞳甜美地化開。

劫爾明白了他話中的意思，同時，一股熱度充滿全身，強勁得幾乎撼動他的視線。他緊緊握拳，承受這股強烈的狂喜。

「就像你為我斬斷一切憂慮一樣，也讓我消滅你所有的煩惱吧。」

腦中響起什麼東西被破壞的聲音，一點也不令人不快，他順從自己的渴求接納了這一切。

在衝動驅使之下，劫爾伸出手，抓住了利瑟爾垂下的手腕。那手掌從手腕滑到指尖，然後將那隻手帶向自己唇邊。他灰色的眼瞳迎視著利瑟爾，眼中蘊藏著懇求，希望他不要拒絕。那隻手在唇邊若即若離的距離停下，接著，他稍微垂下眼簾，便放開了手。

「什……」

歐洛德茫然看著這一幕。

大廳裡空無一人，這一瞬間宛如騎士宣示忠誠的儀式，卻不屈膝、也不行禮。然而，利瑟爾發自內心的誠意確實傳達到劫爾心中，而劫爾也向利瑟爾明確表示了回應。那身影與自己的理想太過契合，他無法斥之為兒戲。

「好了，請你自己選擇吧。」

但是，利瑟爾不允許他逃避。

「你要從此斷絕與劫爾的所有關係……」

劫爾、伊雷文，還有雷伊的目光紛紛轉向歐洛德。

他們的神色中沒有憤怒，沒有同情，沒有憐憫，甚至沒有愉悅，那幾雙眼瞳只是將他釘在原地，歐洛德感受到一道汗水流過自己頰邊。
「……還是要我斷絕你的家系？」
對於利瑟爾而言，參不參加這場宴會是真的無所謂。
他知道，有人可能成為劫爾冒險者路上的枷鎖。假如一刀參加宴會能夠吸引對方現身，那當然是最輕鬆、和平的接觸方式，但即使不參加，他也有其他方法。
公會規章上禁止貴族成為冒險者，既然如此，事情非常簡單。
「你說……什麼……？」
「你已經明白了吧？」
只要與他有關的家族失去爵位就好。注意到這一點，歐洛德一下子臉色鐵青。
斥之為無稽之談當然很容易，但利瑟爾令他感受到的敬畏，卻不允許他這麼想。眼見那人偏著頭催促他回應，歐洛德不由得看向劫爾，連他自己也不清楚這目光想追求什麼。
「你選吧。」
引人墜入安寧的嗓音，此刻招手要他迎向破滅。
但下一瞬間，響起輕快的「啪」一聲，同時雷伊的嗓音打破了這片寂靜。
「不好意思，容我再度插嘴。」
雷伊一隻手擺在胸口，表情裡快活的色彩沉潛下來，顯得如此真摯。他就這麼與利瑟爾對視了數秒。
「勞煩您動手，真不好意思。」
「沒關係的！」

支配全場的高潔氛圍就此消散，利瑟爾露出苦笑。

確認了這一點，雷伊才放下心來，靜靜呼出一口氣。這侯爵家的影響力相當強大，不僅負責統領騎士，與王室關係親近，同時也密切參與國內首屈一指的教育機構，也就是騎士學校的營運業務。一旦失去這個家系，損失將無法估計。

雷伊完全無意與利瑟爾為敵，但此事攸關國家的命運，他還是必須採取行動。

「歐洛德閣下的父親是位頑固、拘謹的人。經過拍板定案的事情他絕不反悔，既然決定捨棄這個孩子，侯爵就不會主動涉入他的人生，這點我可以保證。」

「是嗎，劫爾？」

「誰知道，我幾乎沒見過他。」

「當然是真的囉。我想想……就由我去向侯爵說一聲吧，名義上是抗議侯爵家的繼承人對貴賓做出無禮的舉動。」

言下之意，是希望利瑟爾接受這個折衷方案。

那位嚴父不可能原諒兒子鬧出醜事，他會徹底糾正歐洛德的錯誤。說到底，沒有跟劫爾扯上關係的時候，歐洛德仍然是位優秀人才。雷伊笑著這麼說道，瞧見那雙金色眼瞳深處冀求的色彩，利瑟爾露出苦笑。

如果可以和平解決，那當然最好——他明明這麼說過了。

「那就麻煩您了。」

「太好了！我應該早點出聲才對，但沒想到你的本質牢牢抓著我的意識不放！」

歐洛德茫然站在一旁，雷伊使勁拍了拍他的肩膀，彷彿剛剛觀賞完一場精采公演般，感嘆地嘆了口氣。接著，他交代歐洛德先離開這裡，也叫人抬走了躺在地上的那名騎士。

「真是太美妙了！」

雷伊心滿意足地瞇起眼睛，在寂靜的大廳裡緩緩邁開步伐。

啪喀、啪喀，鞋底踏著玻璃碎片，他來到利瑟爾面前停下腳步。這一次，他以演員般誇張的動作將一隻手擺在胸口，窺探似地微微躬身。

「真希望哪天能從那種狀態的你口中，接下至高無上的命令。」

「您這麼說太教我惶恐了。」

「哈哈！」雷伊聞言笑出聲來，彷彿聽見了天方夜譚。

他看見那個狀態下的利瑟爾，卻立刻恢復了平常心，不愧是貴族，伊雷文佩服地想道。

隨他去吧，劫爾嘆了口氣。利瑟爾則聽著王宮某處傳來的華爾滋，一邊心想，不知道什麼時候可以回去。

回程的馬車上，劫爾忽然看著窗外，嘴角帶著笑意開口。

「你們快跟上來吧。」

現在疑慮已經消失，劫爾的階級可以立刻晉升。既然如此，他想表達的事情只有一件，也就是他不打算獨自升階吧。

另外二人面面相覷，接著利瑟爾打趣地笑了，伊雷文則揚起狡黠的笑容。

「想升上去的話我隨時都升得上去啦。」

「我還需要一點時間。」

不過劫爾一定會等他的，會一如往常等在他身邊，沒有任何不滿。

後來，三人就像今天一整天什麼事也沒發生似地展開閒聊，聊到階級S有哪些感興趣的委託，還有傳聞公會收藏了一些只有高階冒險者才能閱覽的書籍，不知道是不是真的。

雷伊愉快地望著這一幕。對於利瑟爾他們而言，這確實不是什麼大事吧，只是行動起來少了些顧慮而已。

「不過，如果要升上高階，那就更想取個隊名了呢！」

雷伊有點想加入他們的對話，因此插了這麼一句。聞言，利瑟爾他們的談話聲戛然而止。然後……

「劫爾貝魯特與隊長與我。」

「劫爾貝魯特＋其他。」

「……」

緊接著響起一聲「大哥你都偏心」的慘叫，混著沉穩的加油聲、快活的笑聲從馬車車廂裡傳了出去，小聲迴盪在入夜的街道上。

52

建國慶典順利結束，熱絡的氣氛一直持續到了最後一天。

在盛大的七天慶典之後，等待他們的是盛大的善後工作。全力享受過慶典的人們忙著收拾善後，歡欣雀躍的餘韻尚未平息，所有人的表情都顯得愉快明朗。

為了參加建國慶典而到訪這個國家的旅客也不少，慶典結束之後，也有不少人選擇繼續在王都逗留。看來還要再過一會兒，這裡的慶典氣氛才會完全冷卻。熱熱鬧鬧的再好不過了，旅店的女主人是這麼說的。

「利瑟爾先生，你醒了嗎？」

清早，女主人輕輕敲了敲利瑟爾的房門。

知道這位房客一定還沒醒，所以她壓低了音量。他們昨天搭上了到旅店迎接的馬車，聽說跑到王城還是哪裡去了，後來還參加了貴族在宅邸舉辦的酒宴。不過利瑟爾不能喝酒，所以他一滴酒也沒碰，只是沉穩地品嘗著一道道美味料理。

聽了這一連串行程，女主人只覺得「哇，不愧是利瑟爾先生」，二話不說地接受了。果真沒人應門，她早早放棄，走向隔壁房間。他們昨天回來得晚，利瑟爾早上也常常起不來，不可能這麼早起床。

「劫爾啊，我有事情想請問你一下啦。」

既然如此，不如先告知隔壁房客好了。女主人敲敲門，這一次敲得用力一點。

「……」

「不要裝睡啊，真是的，我知道你早就醒來了啦。」

過了幾秒，一陣腳步聲放棄似地朝門口接近。

女主人當然知道，劫爾平常都在日出時分就起床了。即使就寢時間晚了些，他的作息也不會改變，起床後他通常會在房裡慵懶地消磨時間，或是到外面抽菸，驅散睡意。

「……怎樣，要我去把那傢伙挖起來？」

看來今天是前者。房門打開，劫爾從門後露臉，一副剛起床的樣子。

此刻的他看起來比平時更兇惡兩成。但女主人一次也沒有怕過劫爾，總笑著說他只是個長相吃虧的房客，真要說起來還是個有良知的好客人呢。

「其實喔，是有位訪客跑來，說他找你們這個隊伍有事……之前聽你們說隊長是利瑟爾先生，那由你出面也可以嗎？」

「訪客？」

「我也不太清楚啦，看他打扮就是個冒險者，還說他是S階，所以一定是個不簡單的人物吧？但是喔，他好像連你們的名字都不知道……我是想說他看起來不像你們的熟人，就先沒有讓他進來啦。」

劫爾微微蹙眉，他想不透S階冒險者為什麼會來拜訪他們。一瞬間他想，或許是利瑟爾在哪裡用計促使他們行動……但如果真是如此，他事前會跟劫爾或女主人說一聲吧。當事人現在也還酣然熟睡，那想必是對方有什麼要事，才會前來拜訪。

劫爾曾經在雙方同意的狀況下，與階級S的冒險者交手過一次，倒是不曾遭到S階挑釁。即使對方真的想找劫爾碴，也不太可能為此跑到旅店來。

「我不認識。」

「這樣喔，那我就拒絕他，請他回去好了啦。」

現在待在這個國家的S階冒險者，大概只有昨天參加宴會的那個隊伍而已。

但劫爾想不透對方有什麼事需要拜訪，雙方並不認識，昨天也沒有交談過半句，應該沒什麼特地見面的理由。

「不用跟利瑟爾先生說一聲嗎？」

「等他起來再說就好。要是對他們感興趣，那傢伙自己會行動，讓他睡吧。」

「你真是過度保護耶。」

女主人哈哈大笑道。劫爾低頭看著她，慵懶地握上門把。

都升上了階級S，對方想必不會胡來，女主人不會碰上什麼危險。劫爾一向與宿醉無緣，但昨天喝了那麼多，身體多少還是有點倦怠。

雖然他已經清醒了，沒辦法再睡回籠覺，但還想再休息一下。

「早餐晚點再吃對吧！」

「嗯……三人份。」

「好、好。」

他關上門，走下階梯的腳步聲漸行漸遠。在昏暗的房間裡，劫爾緩緩走向床鋪。

「S階級？找我們有什麼事呢，是不是想向劫爾下戰書呀？」

「誰知道。」

「昨天有S階喔，哪個隊伍啊？」

「四男一女的隊伍，就是最多人找他們攀談的那個呀。」

「呃……」

伊雷文咬了一大口麵包，邊咀嚼邊偏著頭回想。

他昨晚喝太多了，因此就這麼住了下來，應該是懶得在馬車抵達旅店之後再走路回去吧。早上起床的時候，他哀號著說頭痛，食慾卻一點也沒有因此減退。

「我沒印象欸。」

「畢竟我們沒有跟他們說到話呀。」

該怎麼辦呢？利瑟爾撕下一塊麵包，看向劫爾。

「應對S階有什麼規矩嗎？」

「沒。」

這樣呀，他點點頭。

冒險者崇尚的是實力，而不是階級。決定升階的時候，冒險者公會考量的並不只有打鬥能力，而且一對一單挑的時候，階級差異與對決結果並沒有絕對關係。

「啊，不過——」

伊雷文舔著嘴唇，搶走了利瑟爾盤子裡的肉。女主人總是說冒險者就該多吃點，幫他們添了滿滿的食物，她的愛心今天也從一大早開始發揮得淋漓盡致，利瑟爾有點吃不下。他將整個盤子推到伊雷文面前。

「隊長，你不要挑釁他們喔。跟我或大哥在一起的時候沒差，但你單挑無法。」
「當然呀，我不會想挑釁他們的。」
利瑟爾點點頭，將最後一口早餐放進嘴巴，腦中忽然浮現一個疑問。
伊雷文說，只要有他在就沒有問題。這表示他和劫爾一樣，能夠與階級S打得不相上下，而且還可以一邊保護利瑟爾這個拖油瓶——這不是他自卑，只是事實而已。這種打鬥像劫爾和伊雷文之間的比試那麼激烈，他連動作都看不太清楚。
「（感覺他很擅長對人戰。）」
跟這方面的適性也有關係吧。如果問他本人，感覺伊雷文會鬧彆扭，所以利瑟爾沒有多問。
「然後呢，你今天有什麼安排？」
劫爾早已吃完早餐，靠在椅背上這麼問道。利瑟爾溫煦地笑著回應。
「休息。」
即使意識到提升階級這件事，利瑟爾還是一樣按照自己的步調過日子。談起這一點，劫爾他們覺得相處起來很輕鬆，還不錯。
「我有書想看，伊雷文的狀況好像也不太理想。」
「你宿醉竟然還這麼能吃……」
「有什麼辦法，頭再怎麼痛肚子還是一樣會餓好嗎。啊，隊長和大哥的聲音不吵，比一般講話聲好很多喔。」
「是嗎？」

「是喲！」

伊雷文把堆滿整個籃子的大量麵包吃得一個不剩，開始往桌上蹭，抱怨好麻煩懶得回去。看來他不太想走在還殘留歡鬧氣氛的街上。

「我今天會出門，你可以直接待在我房間哦。」

「隊長，你不是說要看書？我給你的那本喔？」

「對呀。感覺很難解讀，我打算到外面邊讀邊透透氣。」

劫爾和伊雷文認為書在哪裡看都沒差，看來在利瑟爾眼中並非如此。總覺得他的微笑看起來特別高興，已經開始期待讀書了嗎？「是喔。」伊雷文心滿意足地輕喃一聲，決定借他的房間一用。

「你要到平常那家咖啡店喔？」

「是呀，久坐他們也不會不高興。」

「其他店不喜歡你坐太久？」劫爾問。

「這倒是沒有……」

總覺得店家不僅沒有不高興，反而還有點歡迎他坐在那裡。「啊……」聽見利瑟爾這麼說，二人心領神會地點點頭。利瑟爾是街頭巷尾的話題人物，只要他坐在陽臺上，一定很有吸客效果——而且他看起來一副對飲食很講究的樣子，也有宣傳效果吧。

「那劫爾呢？」

「迷宮。」

「大哥去迷宮說得像去散步一樣咧。」

三人又聊了一會兒，消化得差不多之後，便分頭做各自想做的事去了。

這家咖啡店面向著人潮三三兩兩的街道，建國慶典的善後已經稍微告一段落。寬廣的屋簷為陽臺座位遮去了恰到好處的陽光，偶爾吹來的風令人心曠神怡。利瑟爾坐在這裡，他今天沒有穿上冒險者裝備，而是穿著便服，放鬆心情看著書。

桌上擺著紅茶茶壺和茶杯，時而隱約飄散出香甜氣味。

「（嗯……完全看不懂……）」

他翻了一頁，又往回翻兩頁。這並不是一般閱讀的動作，但經過店門口的路人儘管忍不住多看利瑟爾一眼，卻不會注意到這種細節。

「（民族文字？古代語……或許這在古代也是少數民族使用的文字吧？）」

利瑟爾反芻著從伊雷文那裡聽來的情報，將整本書從頭到尾瀏覽過一遍之後，又翻回第一頁。這究竟是文字，還是紋樣？從整體形式難以判斷它是不是文章，也可能只是塗鴉而已。即使裝訂成書籍的形式，也不能肯定它真的是一本著作。

不過，利瑟爾認為這應該是文章不會錯。他雖然沒有見過眼前這些類似文字的圖案，但是跟他之前在原本世界看過的幾種古代語言互相比對，有時候似乎看得出一些共通之處。

「（這個部分大概是圖解……不，應該是文字。如果能分辨單詞的單位就好了……）」

他拿出另一本已經解讀完畢的古代語書籍。這是在這個世界取得的書，雖然統稱為「古代語」，但這些語言的年代與地區各異，文章的形式也各不相同。

只要瞭解一個地方的意思，就能逐漸解讀出其他部分的內容，但如果文章經過暗號化，那破譯的道路就相當漫長了。不過也正因如此，解讀起來才更有成就感。破譯過程都這麼有趣了，即使最後發現內容不是什麼禁斷魔法，而是家犬的正確飼養方式，他也無怨無悔。

「（如果跟妖精她們的語言年代相同，應該會有標記音高的部分吧？）」

他凝視著書頁，看也沒看便端起杯子送到嘴邊，不過喝下紅茶時還是細細品味了茶香。

就在利瑟爾專注思考的時候，他對面那張椅子無聲無息地被人拉開。一位青年坐了下來，利瑟爾沒注意到，那人也沒打招呼，只是漠然盯著他瞧。店員看見這一幕，坐立難安地在一旁觀望事態發展。這是那位客人的朋友嗎，還是……？

「……」

過了一會兒，就在不斷偷瞄他們的店員眼前，青年忽然伸出手。

利瑟爾全神貫注，差點忘了放下杯子，直到這時候才要將它放回茶碟。杯子即將放上白色小碟子的瞬間，卻悄悄被人拿了起來。

「？」

利瑟爾從書頁上抬起頭來，望向沒了重量的指尖。再望過去，看見來人靜靜替他放好茶杯，利瑟爾收回手，露出溫柔的微笑。

「不好意思，沒注意到你。史塔德，你在這裡坐多久了？」

「我剛剛才來請別介意。」

利瑟爾喚來店員，加點了一杯咖啡。比起史塔德介紹給他的咖啡專賣店雖然差了一些，但這裡的咖啡豆也相當不錯。

「你還在工作中吧？」

「是的。」

「發生什麼事了嗎？」

看見利瑟爾不可思議地闔上書本這麼問，史塔德雖然貌似面無表情，心情卻好了不少。剛才他還看書看得那麼入迷，現在卻願意以自己為優先，讓他好高興。

「有案件要找你處理，雖然不算緊急，但還是盡早解決比較好。」

「是不是跟昨天的宴會有關？」

「是的。公會長說必須徵詢你的意見，因此就由我出面。」

當然，公會長並沒有指名要由誰負責這件事，但史塔德聽了連一聲也沒吭，就這麼淡然走出公會。所有職員目送他離開，心照不宣地想著「啊，他果然去了……」各種意義上來說，史塔德都是處理這件事的適任人選，他們沒有意見。

史塔德一開始也是往旅店的方向走，只是沿途聽見他「出現在咖啡店」的傳聞，因此找到了這裡來。

「我們換個地方比較好嗎？」利瑟爾問。

「如果你不介意的話，在這裡談也沒關係。」

「我想想……內容我大概猜得到，就在這裡說吧。」

這時候，店員正好端來咖啡，放在史塔德面前。等到店員離開之後，他稍微壓低音量開口。

「截至今天早上為止，你們有三件來自貴族的指名委託和情報提供要求。」

「真不愧是一刀。」

利瑟爾露出苦笑。這也沒辦法，他點點頭。

看見傳聞中的人物在眼前現身，這些貴族有什麼感想？原先「不過是個階級B」的輕蔑肯定已經煙消雲散，無論是為了顧面子，還是為自己添一個可以利用的籌碼，一定也有人想跟一刀建立合作關係。

他們早就聽說過了，即使是貴族提出的委託，一刀也不會輕易接受。但他昨天在宴會上露臉，可能給了他們「碰碰運氣或許有機會」的期待。

「順道一問，是什麼樣的委託？」

「想聽你們的冒險事蹟、到附近的護衛委託，我想都只是藉口而已。對了，提供情報的要求全部都會由公會這邊回絕。」

「謝謝你。可以的話，委託也麻煩你推辭掉吧。」

「我知道了。」

這也不是他特別感興趣的委託，利瑟爾答得乾脆，而史塔德也立刻答應，好像早就料到了他的答案。這二人談起事情總是很快達成共識。

「話說回來昨晚的情況如何？」

「你是說宴會嗎？」

說不定公會對每一個與會隊伍都會這麼問。這也不奇怪，利瑟爾回想起昨晚的事情。萬一出了什麼狀況，冒險者公會很可能必須出面處理。

「這個嘛……沒有太大的問題。」

畢竟他們與歐洛德發生了衝突，所以不能說沒有任何問題。但那完全是劫爾的私事，不說也沒關係吧。

「能夠親眼看見高階隊伍，對我來說是最大的收穫了。也許是因為對貴族應對得宜的冒險者居多，會場上也有許多輩分較長的冒險者前輩呢。」

「在昨天的與會隊伍當中那個白癡是年紀最小的。」

果然，公會也掌握了所有與會隊伍的名單。

順帶一提，公會判斷不適合出席的隊伍，會接到公會準備的大量委託，等於是強制缺席。雖然很少發生這種情形，但不愧是冒險者公會，有時候辦事手腕相當強硬。

話雖如此，以利瑟爾的階級，公會也很有可能以為他這次獲邀出席的機會是巴結貴族得來的。他們沒有這麼想真是太好了，利瑟爾微微一笑，啜飲了一口稍微冷卻的紅茶。

「昨天伊雷文受到大家矚目，也有可能是這個原因呢。」

伊雷文本來就長得相當惹眼，再加上又是來場冒險者當中最年輕的一位，難免引人注目。難怪許多女性都親切地走近他聊天，沒有太多顧慮。

「史塔德，我記得你好像跟賈吉同年？」

「表面上是這樣沒有錯。」

「咦，實際上不是嗎？」

「我被公會長撿回去的時候並不記得自己幾歲，只是大家估算出來的年齡剛好跟那個蠢材相同而已。」

這麼說來也是，利瑟爾點點頭。

史塔德自幼便握著刀刃生存下來，伊雷文則是從小四處挑釁魔物。看見他們現在的實力，利瑟爾總是深切感慨，人果然很需要一段累積實力的學習時期。他自己也一樣，從年紀還很小的時候便開始學習運用魔力了。

「那麼，我差不多該離開了。」

「謝謝你特地過來。」

史塔德瞥了一眼熟悉的手錶，確認過時間後站起身來。他原本要將咖啡的費用放在桌上，利瑟爾卻搖搖頭，露出微笑，向他說了聲「工作加油哦」。史塔德目不轉睛地凝視著這裡一會兒，點了點頭。離開之際，他又回過頭來看了利瑟爾一眼，於是利瑟爾朝他揮了揮手。雖然淡漠的態度依舊，史塔德卻一副心滿意足的樣子走遠了。

接著，利瑟爾重新打開書，店員則過來收走了空的咖啡杯。

「（說到同年……）」

他忽然想起，昨晚的宴會上，也有兩位冒險者跟自己和劫爾差不多年紀。其中一位，便是炫耀惡行卻敗給伊雷文的那位A階冒險者。

至於另一位冒險者，則是在每次有人攀談的時候，都應對得沉著冷靜。看他帶著面面俱到的笑容，四兩撥千金地打發掉貴族的要求，感覺相當習慣這種場合。

「喂，讓一刀成為自己的部下是什麼感覺？」

攤開的書頁上，忽然落下一道陰影。

「我也沒有那種經驗，所以不太清楚，不過應該不差吧？」

他的目光沒有離開紙頁，態度沉著到了極點。

利瑟爾心目中的優先順序排得一清二楚。第一順位以外的順序因狀況而異，至少看見史塔德的時候，他會毫不猶豫地中斷平穩的閱讀時光；若非如此，他會以讀書為優先。利瑟爾動作輕柔地翻了一頁，目光追逐著一行行文字移動。

「為什麼？一刀昨天像騎士一樣，對你發誓效忠了吧？」

「竟然被人看見了，有點不好意思呢。」

「一刀當場就注意到囉，還有那個獸人也是。」

頁面一角，利瑟爾的拇指撫過映入眼簾的文字，接著又往回翻了幾頁。

「喂，你讓一刀服從了對吧？你是怎麼辦到的？」

「早上到旅店來拜訪的人就是你嗎？」

「對。」

利瑟爾沒有抬起視線，但來人也不介意，繼續問他的問題。

儘管接二連三提問，他還是靜候利瑟爾回答，沒有多加催促。那人就這麼站在桌邊，低頭看著利瑟爾。

「我沒有把他當成自己的部下，劫爾也沒有服從於我吧。」

「你們不是主從關係嗎？他不是你的騎士？」

「我們是對等的關係。」

「那昨天的誓約是什麼意思？」

「實情只有劫爾自己知道。但是，也許正因為關係對等，他才有些事情想要表達吧。」

來訪者暫時沒再多說什麼，微風吹過街道，輕柔撫過二人的頭髮。

利瑟爾的眼睛沒有移開紙面，繼續將散落在書頁上那些不知是記號、文字還是圖形的紋樣，和他所知道的所有語言一一對照。看著看著，忽然有個細節引起他的注意，看來花了幾個小時，終於找到了微小的線索。

之後就是重複這個過程了。從線索開始一步步解讀，假如發現矛盾，那就表示推論失敗，再回到原點重新尋找線索。

「服務生，可以幫這桌送兩份每日帕斯塔麵嗎？再給我一杯水，然後幫這位先生上個紅酒。」

「我沒辦法喝酒，麻煩給我水就好。」

想要繼續破譯這些文字，看來得先結束眼前這位來訪者的談話才行。

利瑟爾露出苦笑，闔上書本。眼前拉開椅子的人，確實是昨晚見過的冒險者——他是S階隊伍當中的成員，在宴會上受到貴族們團團包圍，他那一頭美麗的翡翠色頭髮紮起來垂在肩上，利瑟爾記得很清楚。

「喂，看書就那麼有趣？」

「是呀，非常。」

但這人問題還真多，利瑟爾有趣地笑了出來。

他昨晚面面俱到的笑容已經不見蹤影，現在眉頭微蹙，表情看起來有點不服氣。是哪一點惹他不高興了嗎？利瑟爾一瞬間這麼想道，但也沒注意到他生氣的跡象，這應該是他平時的表情吧。

「早上沒有出去應門，真是失禮了。」

「我還真沒想到會被人家用『還在睡』為由拒絕……但突然跑去拜訪，我也有錯就是

了。」

「昨天很晚才回旅店，不小心睡得比較晚了。」

「平常那個時間你都醒著？」

利瑟爾保持沉默。有必要起床的話他會起來，除此之外就難說了。

「啊，我找你主要是想問……」

「是？」

店員走了過來，將兩個裝著水的玻璃杯擺在桌上。壺裡只剩下冷卻的紅茶，店員順便將茶壺與茶杯都收走了。

來訪者毫不介意面前的店員，他正眼看著利瑟爾，理所當然地開口問道：

「你明明是貴族，是怎麼當上冒險者的？」

「雖然常常遭人誤會，但我不是貴族。」

「你說認真的？」

「是呀。冒險者公會這方面的把關也很嚴格吧？」

表面上看起來，利瑟爾好像輕而易舉登記成了冒險者，其實背後有著公會辛酸血淚的身分確認工程。但無論他們怎麼找，都找不到他是貴族的證據，不少職員拍著桌子吶喊：「這不合理啊！」身分不明倒是沒關係，這很常見——但他不是貴族真的太教人難以接受了。

「實際上真的有貴族當上冒險者嗎？」

「沒有吧，哪有貴族這麼無聊？即使真的有，身分也會立刻敗露吧？」

來訪者說得乾脆，仰頭喝了一大口水。

原來是這樣呀，利瑟爾佩服地想。利瑟爾不斷在暴露自己的身分，卻不能算是貴族，可說是相當珍奇的例子……順帶一提，他本人根本沒發現自己一直在暴露身分。

「不過，原來……你不是貴族啊……」

來訪者喃喃說道，搖晃著手中的玻璃杯做為消遣。利瑟爾見狀微微一笑。

「你加入公會的時候就那麼辛苦嗎？」

聽見這個問句，那人的手驀地停了下來，只剩冰塊還在透明的玻璃杯裡喀啦喀啦轉動。看來猜中了，利瑟爾看著他心想。來訪者別開視線，又啜了一口水，他應該沒想過會被人說中吧。

「……沒有任何人說過我像貴族啊？」

「只是我的直覺。」

「什麼意思？」

「就只是第六感而已呀。」

確實，這人乍看之下只是個高階冒險者，即使仔細觀察，頂多也只看得出他的舉止比一般人稍微有禮一點而已。

但是，這就跟他斷定利瑟爾是貴族是同樣的道理。看他在昨晚那場宴會上的行為舉止就知道了，自幼嚴加訓練的禮儀規矩不會完全消失，正因為明白這一點，他對於利瑟爾的疑問也比其他人更加強烈。

「我記得公會規章上是寫著，需要提出『完全斷絕關係的證明』……」利瑟爾回想道。

「證明有關係很簡單，要證明沒有卻很難。公會也很強人所難哦？」

「畢竟只靠口頭解釋也無從證明呢。」

「不過，我的情況算是滿容易證明的吧？再怎麼說都是家族主動跟我斷絕關係的嘛。」

他說得輕描淡寫，但這是相當嚴重的事情。

依利瑟爾所見，這位突然來訪的人物受過一定程度的貴族教育，應該不是劫爾那種私生子。既然如此，家族不可能輕易與他斷絕關係，一旦發生這種事，狀況肯定惡劣到「姑且留你一條小命」的地步，只差一步就要面臨最壞的結果。

利瑟爾不會問他出了什麼事，但可以確定的是，絕對不是因為他本人心甘情願成為冒險者，所以才與家人斷絕關係的。然而，這樣的人物卻在冒險者的圈子裡出人頭地，實力至上的世界真是耐人尋味。

「不過，我們的運氣都算不錯啦。我是被現在的隊長收留，一路培育我長大，你則是被一刀……」

「我是自願成為冒險者的呀。」

對方用無法理解的眼神看著他。

「不過，確實沒有錯，新手時期有人可以依靠真的是大不相同呢。」

「若不是像我這樣，擁有利於實戰的一技之長，或是像你那樣特別懂得用計周旋，貴族到了這一行會很辛苦的。」

「聽你的說法，好像我沒有實力一樣。」

利瑟爾揶揄似地回道。來訪者展平了眉間的皺摺，眨了眨眼睛。

他這句話沒有其他意思吧，利瑟爾想道。倒不如說，這說不定是在誇獎利瑟爾擁有足夠的能力可以用計周旋呢。關於利瑟爾的實力，這位冒險者的猜測絕對沒有錯。
「不過，跟S階相比，我確實也無法否認。」
「對吧？你渾身上下到處都是破綻。」
「你們說的破綻，我實在是不太……嗯……」
利瑟爾朝街道望去。和氣息一樣，他也不太明白所謂的「破綻」是什麼樣的感覺。也許只要對周遭保持警戒就好，但他實踐這點之後，劫爾還是說他破綻百出。
這恐怕跟氣息一樣，是成為強者的必要條件吧。既然眼前這位出身貴族的冒險者成功習得了這些技能，自己有朝一日應該也能學會才對。利瑟爾期待地這麼想道，使勁點了點頭，他對這方面有些莫名其妙的憧憬。
「我會在個人階級升上C之前再努力看看的。」
「啊？D？你現在是D階？」
「宴會上不是也介紹過了嗎，我們是階級C的隊伍呀。」
「在場幾乎沒有人相信那個介紹哦。」
確實如此，昨天的宴會並不是階級D能夠與會的場合。
再三向利瑟爾確認之後，來訪者眨了幾次眼睛，接著忽地垂下了肩膀。看來沒有滿足他的期待，利瑟爾看著這時正好送上桌的帕斯塔麵，有趣地笑了。
「我本來還想問你是怎麼掌握公會的弱點的……」
來訪者惋惜地拿起叉子，叉上帕斯塔麵。
他原本以為這個人是靠著貴族的地位和金錢升上高階，沒想到他竟然是正當加入公會的冒險者，而且還腳踏實地升上了D階級。如果是能夠指使冒險者公會給予特殊待遇的人物，說不定可以幫上忙……他原本這麼想，現在看來真是個天大的誤會，他使勁把帕斯塔麵往嘴裡塞，稍微吃得快了些。

「那你知道公會有什麼弱點嗎？」

「不，我不清楚耶。」

「比起籠絡一刀，掌握公會的弱點應該簡單很多吧？」

「我很努力呢。」

「我不覺得他是只靠努力就願意跟著你的男人哦？啊，不過，昨晚算是看見他待在你身邊的理由了吧。」

來訪者想了一下。

這個人選擇其他職業，毫無疑問可以賺到更優渥的報酬，卻故意跑來當冒險者。既然如此，雖然聽起來很奇特，但他對冒險者這一行一定相當積極。跟他面對面說過話之後，也不覺得他是那種讓周遭守護自己就心滿意足的傻子，可以推知他應該有辦法戰鬥才對。

他應該是魔法師吧？但眼前這個人感覺有些不尋常，不能跟一般的魔法師相提並論。來訪者想起檯面下一個悄悄流傳、毫無根據的傳聞。

「喂，你是傳聞中的火槍手嗎？」

「你的提問總是非常唐突呢。」

利瑟爾沉穩地笑了，卻沒有否認。果然如此，來訪者聳了聳肩。

「我剛剛只是隨口猜的哦？」

「方便請教一下傳聞的細節嗎？」

「沒什麼可信度哦。只是傳說在大侵襲的時候，爆裂音傳來的同時魔物也跟著消失了，說不定是槍聲……就這樣而已。即使傳聞屬實，那也只是表示有人在那時候發揮了真本事而已。」

說得也是，利瑟爾點點頭。

他並沒有特別小心隱藏自己使用魔銃的事實，因此總認為這件事遲早會曝光。反正利瑟爾也沒有運用在這一邊不可能實現的技術，他沒有光明正大使用魔銃，只是因為遭人知道以後麻煩事又會增加而已。

只不過，沒想到這件事一直都沒有被人發現，應該是因為一般常識無法想像有人將火槍當成主力武器作戰吧。這一點在原本的世界也一樣，考量到火槍和魔銃的特性，這也是理所當然。

「喂，那是真的嗎？火槍要怎麼當作武器使用？」

「不知道耶，你說呢？」

沒有冒險者會主動披露自己的作戰祕辛，來訪者明知故問，利瑟爾也直接搪塞過去。或許早就料到他會這麼說了，對方聽了也沒有露出失望的表情，自顧自吃起帕斯塔麵來。

利瑟爾也開始享用自己的每日帕斯塔麵。在不知道彼此名字的狀況下，二人繼續展開閒談，雖然多少有些檯面下的試探，對話大抵還是相當和平。

「可以問你叫什麼名字嗎？我是西翠，現在這是我的本名。」

「我叫利瑟爾，這也不是假名。」

這位來訪者的心情明明不是特別差，卻直到最後都看起來有點不服氣似地皺著眉頭，吃完餐點便立刻離開了。他似乎明白了一些事情，心裡卻又有種被人耍得團團轉的感覺。

利瑟爾目送他離去，自己也從座位上站了起來。西翠已經替他付了餐點的費用，說是這次談話的謝禮，因此利瑟爾直接走下了陽臺席位。回旅店繼續看書好了——他向送客的店員道了聲謝，決定了接下來的去向。稍微繞點遠路回去，消化一下也不錯。

「（啊，應該請教一下他們的隊伍名稱才對。）」

他很想參考看看。階級S的隊伍相當知名，劫爾可能會知道吧？利瑟爾微微一笑，悠然邁開步伐。

53

「我們好像很引人注目呢。」

「本來就是這樣了。」劫爾說。

從王都出發前往迷宮的馬車之中，利瑟爾喃喃開口。

清早的馬車還是相當擁擠。他眼前站滿了身披鎧甲、皮革裝備的冒險者，金屬與皮革摩擦的聲音時不時傳入耳中，這感覺真是一言難盡。

話雖如此，很少人好意思用力往利瑟爾一行人擠過去，所以他們身邊還算有點空間。

「我們到王城參加宴會的消息，怎麼這麼快就傳開了？」

「拜託，出席的是大哥欸，這可是一刀第一次在大爺們面前露臉啊。」

劫爾皺起臉來，知名度高也不是他自願的。

那場宴會之後沒過幾天，他們三人與雷伊一同出席宴會的消息已經完全傳了開來。那是萬中選一的冒險者才能涉足的空間，受邀出席本身就是一種榮譽，也是一流冒險者的動章。一刀自然不用說，再加上利瑟爾還是個新手冒險者，八卦消息更是因此不脛而走。

「自由」是冒險者的表徵，話雖如此，當中也有人對於親近上位者的傢伙懷有妒意。

「萬一有人說我們是『只會跟強者搖尾巴的賤人』怎麼辦呢？」

「那你就配合他的期待，去把強者玩弄於股掌之間就好啦！」

同一輛馬車當中，有個男人隔著人牆，站在利瑟爾他們看不見的位置，這段對話嚇得他眼珠子都要彈出來了。他是剛來到王都沒多久的冒險者，才剛剛在馬車停置處說過利瑟爾口中的那句臺詞。

周遭的冒險者裝作沒聽見，紛紛在心裡嘆了句「哎呀」。他們從利瑟爾出道成為冒險者的時候一路看著他到今天，雖然不清楚利瑟爾的實力如何，但他很顯然不是會對掌權者奉承獻媚的那種人……倒不如說，在他們心目中，利瑟爾應該是受人巴結的立場才對吧。有個傳聞說利瑟爾真的是貴族，所以才有辦法出席那場宴會，說到底，周遭這些冒險者都覺得這才是最有力的解釋。利瑟爾要是知道了一定很哀傷。

「但這還是不爭的事實呀。」

沒想到他會這樣戲弄其他人，是受到那個獸人的影響嗎？冒險者們心想，不由得看向遠方。利瑟爾自然無從得知他們的內心劇場，只是乾脆地開口說了這麼一句。

「啥？喔，你是說你喜歡有能力的人？你那不叫搖尾巴啦，隊長，明明就是人家跟你搖尾巴好嗎。」

「你喔……你自己這樣講難道不心虛？」劫爾說。

「不會啊？」

伊雷文得意地吊起唇角，他很有親近利瑟爾的自覺。

反之，利瑟爾不曉得有沒有籠絡別人的自覺，不少人搖著尾巴在討好他呢。利瑟爾對於他人的情緒十分敏銳，不可能沒注意到別人的好意，因此也不吝於以好意回報。不過，他的回饋也不是對任何人都一律平等就是了。

「不，我多少也會……」

……對強者搖尾巴。利瑟爾看向站在身邊的劫爾，換來他一聲無言的嘆氣。

「如果搖搖尾巴事情就能順利進展，那好像也不壞。」

「蠢貨。」

「那種傢伙拿來當用過就丟的棋子是不錯啦。」

「看來這招對你們不管用呢。」

不論怎麼說，利瑟爾親近的人當中並沒有這種類型的人物，基本上全是些難以討好的傢伙。剛剛出言諷刺他們的冒險者，聽了劫爾和伊雷文的反應也能察覺一二。

「啊，隊長，馬車停下來了！」

「我們在下一站下車喲。」

馬車忽然停了下來，看來是抵達了今天不曉得第幾座的迷宮。

諷刺利瑟爾的那些冒險者連忙下了車，不知道這本來就是他們的目的地，還是太如坐針氈了只好離開現場。不過，他們學到了一個教訓：傳言不可盡信。那人確實只是個D階，周遭確實也全是實力高強的戰士，與常人相比卻存在某種決定性的差異。

「雜魚。」

「伊雷文。」

聽見伊雷文冷笑著低聲啐道，利瑟爾勸了他一句。

他們三人站在車廂門口附近，卻看也沒看那些下車的冒險者一眼，顯然剛剛的對話只是開開玩笑、打發時間而已。看著他們若無其事地重新展開閒聊，周遭的冒險者稍微有點同情那些剛離開的冒險者。

「？……馬車沒有出發呢。」

利瑟爾忽然抬起頭問道。

「有魔物出沒嗎？」

「有人要上車吧。」

「一大早欸？」

車廂內一陣騷動，利瑟爾一行人也同樣看向門口，好奇是怎麼回事。

一看之下，他們聽見奔跑的腳步聲朝這裡接近，看來劫爾說中了。再等沒多久，便有三位冒險者上了馬車。

「所以我才叫你們快點啊……」

「沒想到還能搭上早上的馬車嘛。」

眾人的視線紛紛匯聚到那幾個冒險者身上。當事人毫不介意，使勁關上了車廂門，於是馬車便緩緩開動了。其中一位冒險者喘了口氣，偶然看見了站在近處的利瑟爾。

「啊，利瑟爾。」

翡翠色的艷麗頭髮顯得稍微有些凌亂，是昨天才見過面的西翠。他鑽過人群間狹小的縫隙走了過來，在發車的搖晃之中沒有踉蹌半步，不愧是經驗老到的冒險者。

「西翠先生，早安。」

「早安。你們正要去迷宮？原來你真的是冒險者哦？」

「你本來不相信呀？」

「也不是啦。不過，你在馬車裡面看起來確實很醒目啊？」

看見階級S的隊伍現身，車廂內掀起一陣騷動。他們就是公會認證的頂尖冒險者，是聲名遠播的英雄，這些人現在就站在眼前，眾人心裡紛紛湧現一股興奮之情。

但利瑟爾一行人某種意義上來說不太合群，一個人沉穩地打著招呼，一個人興趣缺缺地看向馬車外頭，一個人則是瞇起眼睛刺探對方的目的。

「這時候離開『精靈庭園』，各位這趟的目標是夜元素精靈嗎？據說只在夜晚的特定時間出現，帶有全部屬性的稀有元素精靈……」

「是啊。委託人不曉得是魔物研究家還是做什麼的，叫我們拿一個瓶子去採集牠的魔力，很莫名其妙吧？選這種委託來接，我們的隊員也很奇怪就是了。」

這委託聽起來有點耳熟。

「而且魔物研究家到底是做什麼的啊？即使跟我們說之前的冒險者採集成功了，我們根本搞不懂啊？最後是照著委託人交代的做法，把全屬性的魔石裝進瓶子裡，勉強算是成功了……但不覺得這很莫名其妙嗎？」

「成功了就是好事呀。」

在劫爾和伊雷文的視線當中，利瑟爾露出溫煦的微笑。

他若無其事地端詳著西翠拿出來的瓶子，看起來一點也不心虛。倒不如說，因為當時隊友們都質疑利瑟爾「幹嘛接這種委託」，現在看見接取委託的不只自己一個人，他甚至有點滿足。

「顏色果然很黑呢。」

「在迷宮裡不太容易看見。」

利瑟爾湊過去看著瓶中搖晃的液體。

「罕見的魔物是不是很棘手呀？」

「算是吧，即使想用相反的屬性剋制牠，精靈本身的屬性也會不斷改變，從外觀也看不出核心的屬性。而且……」

劫爾側眼看著那二人隔著一個瓶子交談，在心裡念了句「原來如此」，垂下眼簾。

昨晚，利瑟爾已經告訴他跟S階冒險者見過面的事情了，在利瑟爾房間熟睡了一整天的伊雷文也聽說了這件事。三人最後的共識是，只要對方不會造成危害，那就不必干涉。

昨天伊雷文要利瑟爾用一句話描述對方是什麼樣的人，利瑟爾的答案是「節奏獨特的自說自話型」。現在看起來，利瑟爾描述得一針見血，劫爾只能在心裡點頭。

對方是為了某種目的跟利瑟爾攀談，這點他確實覺得有點顧慮，但劫爾並不特別介意。假如對方心懷惡意，利瑟爾一定能夠察覺；假如對方可能造成危害，那就斷了他的性命，就這麼簡單。

「我們沒有在迷宮裡過夜的經驗，真想試一次看看呢，劫爾。」

「跟野外露營差不多。」

「在迷宮裡還得應付夜晚經過強化的魔物哦？不愧是一刀，做什麼都游刃有餘。」

這句話不是諷刺，比較接近純粹的稱讚。西翠和劫爾的眼神交錯了一瞬間，立刻又什麼事也沒發生似地彼此別開了視線。西翠沒注意到自己說出了有點詮釋空間的話，而即使這真的是譏諷，劫爾也會裝作沒聽見。這二人之間不可能擦出衝突的火花。

「你們正要進行委託對吧？要去哪裡？」

「下一站，『機關迷陣』，順便克服全隊的弱點。」

「弱點？」

西翠眉間淺淺的皺摺稍微加深了一些，看向利瑟爾一行人。

其中一位是一刀，不用說，這男人渾身上下散發著絕對強者的風範。另一位是獸人，雖然沒見過他打鬥的模樣，實力想必相當優秀。獸人刺探的視線相當露骨，擺明了是一種挑釁，西翠繼續假裝沒注意到。

最後是利瑟爾。以冒險者而言，他無疑還是個菜鳥，當然仍有許多不足之處——但利瑟爾說的卻不是他一個人的弱點，而是全隊的弱點。馬車裡所有人聽了，注意力不由得都集中到他們身上。冒險者不可能輕易暴露弱點，沒想到利瑟爾卻毫不猶豫地開口說道：

「你看，那個迷宮不是有大量的陷阱嗎？」

「是沒錯啦，所以呢？」

「不用說，我幾乎沒辦法注意到陷阱……」

利瑟爾敏銳到超乎常人的觀察眼光，只有在某些跡象看起來不太對勁的時候才能夠發揮作用。即使有個銅像一樣的陷阱開關擺在那裡，只要完美融入風景當中，利瑟爾也只會覺得「迷宮的裝飾好用心哦」，就這麼走過銅像前面。射來的箭矢會由劫爾幫忙抓住。

「劫爾基本上都等到陷阱發動之後才加以應對，從來不在乎怎麼解除陷阱。」

某種程度上他會注意到陷阱，也能夠躲開。只不過，假如碰上無法迴避的陷阱，又判斷陷阱發動也不會造成什麼問題，他就會直接通行。

「伊雷文靠著直覺，好像能察覺大部分的陷阱，但他總是嫌麻煩……」

這方面伊雷文全靠直覺，解除陷阱也一樣。靠直覺可以解決大部分的問題……但他嫌麻煩。這三人沒把這件事放在心上，就這麼一路突破至今，不過當然，其中也有不解除陷阱就無法前進的迷宮。

除了非解除不可的時候以外，他們也想多學著應付陷阱，再加上利瑟爾想要多多學習，所以他們今天才決定到那座迷宮去。

「……既然沒什麼問題，那就不需要克服了吧？」

「可是，陷阱發動的時候會嚇一跳耶。」

就這樣？馬車上的冒險者們在心裡異口同聲地吐槽。

「話說回來，你們今天只有三個人呀？」

利瑟爾問道。以宴會上見過的人數算起來，西翠的隊伍應該還有兩位冒險者才對。

「嗯，我們的隊長和大姊有其他事要辦。」

「大姊？」

「只是我擅作主張這麼喊她而已。」

原來如此，跟伊雷文叫劫爾大哥是差不多的意思吧。看來西翠相當仰慕他們，看見他提起那二人時臉上的笑容，利瑟爾明白過來。

馬車逐漸減速，看來已經接近他們要去的那座迷宮了。站在門口的西翠等人讓開位置，方便他們下車，於是利瑟爾一行人道了聲謝，走向車廂門口。

「那你們加油囉？」西翠說。

「好的，你也是哦。」

馬車完全停了下來。伊雷文以輕盈的動作率先跳下馬車，接著利瑟爾也扶著車廂的牆面準備下車。即將跨出車廂時，他忽然回頭看向西翠。

「你說的『其他事』，跟我們昨天的談話內容有關係嗎？」

「你指的是昨天哪一部分的談話內容？」

面對一貫以疑問回答問題的西翠，利瑟爾微微一笑，走下馬車，這一次沒有回頭。

「我們今天的目的是黃玉蛇的鱗片。這種魔物好像有毒，前進的時候要多加小心哦。」

剛穿過迷宮大門，利瑟爾一行人來到魔法陣前面，重新確認了一次委託內容。

「話雖如此，必須小心的也只有我一個人而已。」

「喂，怎麼沒把我算在內？」

「劫爾，毒對你有效嗎？」

「你怎麼會覺得沒效……」

看來有效。原來如此，利瑟爾重新點了點頭。這麼說來大哥是人欸，伊雷文也再次確認了這件事。即使毒液對他沒效，他們也不會感到驚訝。

「哇，那下次跟大哥較量的時候用用看好啦！」

「劫爾可以接受嗎？」

「怎麼可能。」

黃玉蛇出沒於這座迷宮的中層，以階級C的委託來說難度適中。
魔物的毒性確實是一大威脅，不過撇開這點不談，黃玉蛇的強度絕對不足以嚇退C階的隊伍。利瑟爾想要學習應付各種不同的陷阱，再加上委託人的關係，這個委託來得正是時候，於是他們便接下了。
那就出發吧。一行人使用魔法陣，一傳送到迷宮中層，便毫不提防地邁開腳步……打從這個時間點開始，陷阱方面的訓練就已經錯得一塌糊塗了。
「路徑相當複雜呢。」
「很適合埋藏陷阱啊。」
「有隊長在就不用畫地圖，超輕鬆的啦！」
「劫爾之前也這麼說過。」
遇上岔路是家常便飯，面對數量眾多的分歧點，一行人隨意選擇道路前進。
「伊雷文，你一個人潛入迷宮的時候，真的會一邊記錄一邊前進嗎？」
「我不會去容易迷路的地方欸。剛進這一行的時候實在覺得太麻煩啦，我就直接把箭頭畫在牆壁上，結果迷宮不知道是哪裡不爽，我才剛畫下去筆跡就不見了說。」
「迷宮可能不喜歡人家這麼做哦。」
「這算是破壞迷宮吧。」劫爾說。
迷宮無法破壞，這是冒險者的常識。
走著走著，稍微領先一些的劫爾驀地停下了腳步。乍看之下，這只是平凡無奇的通道，不過看來它不負「機關迷陣」之名，設有排除入侵者的陷阱。

「喏。」

「嗯……這個嘛……」

在劫爾敦促之下，利瑟爾環顧周遭。據說習慣之後，就能大致掌握哪一帶可能設有陷阱，一眼就把它揪出來，但利瑟爾還沒達到那個境界。

「啊，天花板上有一條細縫。」

有一道細小的切縫，將天花板分割開來。假如就這麼繼續往前進，要不是天花板打開、掉落什麼東西下來，要不然就是天花板整片砸落地面。前進時必須留意這種微小的跡象，一般冒險者攻略迷宮的速度慢了一些也是很合理的。

接縫一路延伸到兩側的壁面，看來要避開這道陷阱前進有點困難。

「應該快速通過，或是回頭選擇其他路線……對嗎？」

「隊長，我不懂為什麼會有快速通過的選項欸。」

「以劫爾和伊雷文的實力，應該可以一口氣通過吧？」

「但隊長一個人沒有辦法嘛。」

為了維護利瑟爾的名譽補充一下，他也沒有跑得那麼慢，只是一般人的速度而已。

「所以？你打算怎麼辦？」劫爾問。

「難得發現了陷阱，我也有點好奇它是什麼樣子，但是……」

這次還是仿照其他冒險者的做法——他還來不及說出下半句。

劫爾就在他眼前大步走到陷阱正下方，下一秒，天花板一如預期，以砸爛他整個人的氣勢掉落下來。只見劫爾抬起一隻手擋住天花板，也止住了那陣轟隆巨響，從他雙腳的鞋底傳來駭人的摩擦聲，吱嘎作響。

掉落的天花板已經靜止，迷宮恢復寂靜，劫爾一臉麻煩地回過頭來。

「跟想像中差不多吧。」

「是呀。看這個速度，劫爾和伊雷文……不，說不定連我都來得及跑過去。」

「欸隊長，你重點是那個喔？」

「如果不是天花板掉落的陷阱，感覺我會有點危險就是了。」

「看外觀也無法分辨。」

伊雷文帶著莫名其妙的眼神看著他們，劫爾沒搭理他，揮了揮空著的那隻手，要他們快點通行。

即使已經挺過落下瞬間的衝擊力道，劫爾現在還是承受著厚重石材的重量才對，看起來卻毫不費力。剛才說要克服全隊的弱點，但看來需要克服的果然只有自己一個人而已，利瑟爾佩服地通過了陷阱地帶。

劫爾也迅速脫身，回頭望著完全掉落地面的天花板。落下的陷阱已經形同石柱或牆壁，完全阻絕了通道，從這裡再也看不見另一頭的景象。

「原來如此，這是沒有辦法回頭的陷阱呀。」

「還有，順便趁我們大意的時候來個致命一擊？」

「咦？」

伊雷文拍了他的背一下，利瑟爾連忙往前跳了一步。

下一秒，三人原本站著的通道地面便挖空了一個洞。還來不及鬆一口氣，劫爾又伸手往他頭上一按。利瑟爾才剛順勢蹲下，左右兩側射出的長槍便飛過頭頂，鏗鏗發出利器特有的摩擦聲，無數槍尖接連填滿了整條通道。

「謝謝你。」

「看來你還差得遠啊。」

蹲下身之後腳邊沒有長槍襲來，應該是刻意安排好的吧。在迷宮裡一旦掉以輕心，就可能面臨隊伍全滅的危機，不過裡面沒有不可理喻到絕對無法應付的陷阱。一定找得到攻略方法，這是迷宮機關的特徵。

「前面還有魔物喔，太刺激了吧！」

「我們蹲下去之後就沒辦法起身迎擊了呢。」

話是這麼說，但攻略迷宮仍然需要相應的實力。

長槍填滿了十幾公尺長的通道，還來不及從利刃底下脫身，從地面爬來的蜘蛛系魔物就會先一步襲來。中層的魔物沒有那麼弱，不可能蹲著迎戰，一看就知道迷宮將陷阱也當作有效的戰術加以運用。

利瑟爾喚出魔銃，迎擊朝這裡逼近的魔物。即使蹲在地上，劫爾他們也能使出各種辦法迎戰，但他們不會自討苦吃。二人判斷這時最適合由利瑟爾迎擊，於是蹲在原地，望著魔物接二連三被魔彈射穿。

「喂，小心頭。」

「啊，不好意思。」

為了確認前方，利瑟爾稍微抬起頭來，聽見劫爾提醒才縮了回去。他順利殲滅了為數不多的魔物，三人終於從長槍底下脫身。看來沒有其他連鎖的陷阱了，他們鬆了一口氣。

「嗯……這種安排是在告誡我們不要硬闖，應該在看見第一道陷阱的時候就回頭嗎？」

「應該是要衝過去就全速衝到最後的意思啦。」

「原來如此。」

原來如此個頭，劫爾在內心吐槽。不過伊雷文說的也未必有錯，所以他也沒說出口。

「不過，真不愧是擁有『陷阱寶庫』之稱的迷宮耶。」

「陷阱都超講究的啦。」

動不動就出現這種陷阱，想進入這座迷宮的冒險者也不多吧。實際上，這座迷宮在冒險者之間的確不太受歡迎。購買公會販賣的地圖某種程度上可以得知陷阱的位置，但也有許多機關在每次進入迷宮時都會改變型態，萬一過於信任地圖，下場會非常淒慘。

「大哥，你攻略的時候不是一路殺到頭目那邊過嗎？那陷阱你全部躲開了喔？」

「走到一半嫌麻煩，後來就全部強行突破了。」

不愧是劫爾。

「欸，怎麼都沒看到黃玉蛇啊？」

「怪了……」

打倒了不知第幾波襲來的魔物，利瑟爾他們不禁納悶。

在這一帶，黃玉蛇是只出沒於「機關迷陣」的魔物。但或許是這座迷宮人跡罕至的關係，比起棲息在其他地區的同種魔物，很難釐清這裡黃玉蛇的出現條件，公會的魔物圖鑑上也沒有詳細記載。
利瑟爾回想起他每天坐在公會一隅的桌邊，默默讀完的圖鑑內容。
「牠們會和陷阱一起從天花板掉下來，或是出現在地洞陷阱的底部……黃玉蛇的出沒應該跟陷阱有關才對呀。」
「所以我們才一直主動觸發陷阱啊……」
劫爾莫名其妙地往牆上一壓，隨著一道喀嚓聲，壁面稍微凹陷了下去。旁邊的牆壁隨即像暗門一樣滑開，出現了一條新的通道。看來這不是陷阱，而是隱藏通道的機關。
「感覺黃玉蛇完全是隨機出現，如果一直找不到，我們就明天再來吧。」
「隊長，你不是說想在迷宮過夜嗎，這個機會剛剛好啊。」
「沒帶吃的。」劫爾說。
「啊靠……」
食物一直放在空間魔法裡面，很可能忘記它的存在，就這麼讓它在包包裡腐爛。如果是當天就要食用的餐點，例如女主人親手做的便當，利瑟爾他們當然會毫不介意地放進去。但其他食品還是盡量避免比較保險，因此他們並沒有隨身攜帶食物，伊雷文也只帶著點心而已。
看來改天才有機會夜宿迷宮了，三人邊聊邊走進了隱藏通道。
「這裡看起來就是有機關的樣子呢。」
「喔──很像很像。」

細細長長的直線通道，不曉得會有大石塊滾過來呢，牆壁從後面逼近呢，還是魔物會一波波襲來？三人穿過暗門之後，門立刻在他們身後關上，這也給人一種不祥的預感。

「？」

利瑟爾偶然瞥見通道兩側的牆壁，凝神一看，羅列在壁面的突起物映入眼簾。突起物並不大，大約是手掌可以抓住的大小，以均等間隔排列在牆壁上。

它只是剛好呈現這種造型而已——這麼想當然很簡單，但是……利瑟爾連忙靠近劫爾，喃喃念了一句。

「可能有危險。」

「啊？」

下一秒，整條通道的地板都塌陷下去。

「不要再跟我們推銷地洞了啦！」

「感覺我的手臂很快就撐不住了……」

「……你們喔。」

伊雷文大吼，利瑟爾則是語調平穩地說道，但內容聽起來相當真實。他們一人抓著劫爾的腿、一人抱著劫爾的腰，劫爾本人則單手抓著牆上的突起物，懸空垂吊在那裡。他支撐著三人份的體重仍然面不改色，無奈地低頭看著另外二人。

利瑟爾緊抓著他腰際，劫爾另一隻手已經悄悄拎住了他的後領。感覺他會想在體力瀕臨極限之前自己努力看看，所以劫爾原本只支撐了他落下瞬間的衝擊，便放開了手。但剛才聽見利瑟爾立刻宣告放棄，他又重新抓穩了他的衣領。

「喂，別往下拉，褲子要掉了。」

「大哥！比起我寶貴的性命，你竟然比較在乎自己下半身走光喔?!」

「你下去。」

「我錯了對不起！」

劫爾一隻腳甩了甩，伊雷文立刻道著歉抓得更緊了。

他把即將滑落的長褲連著腰帶往上一拉。這若不是最高級的裝備，褲子現在要不是破了，就是已經掉了。他從來沒有這麼感謝裝備過。

「這是要我們抓著這些突起抵達對岸的意思嗎？不愧是隱藏房間，難度也相當高呢。」

「喂，你的手在抖。」

「保持這個姿勢就能體認到自己的體重真的很重呢……」

許多人小時候都曾經有過輕鬆懸吊自己的身體、在樹上爬上爬下的經驗，但是長大成人之後就不一樣了。這不是因為沒有興趣，或失去玩耍的機會，而是因為難度激增的關係。利瑟爾此刻深有體會，這真的太困難了。

「踩我的鞋子。」

「這……」

環抱在劫爾腰上的手臂，已經拚命抓緊了他的衣服，卻還是一點一點往下滑落。再這樣會掉下去的，但是踩別人鞋子這種事情實在令他難以接受。利瑟爾冷靜地這麼想道，漫不經心地往通道底下一看，卻看見什麼東西在動。

質感冷硬的澄黃色澤，美麗的鱗片時而反射光線，閃閃發亮。

「伊雷文，是黃玉蛇哦，出現了。」

「啥？啊，真的欸。」

「好，你上吧。」

「靠，等一下，不要搖啦……！」

這高度運氣不好會摔斷一兩根骨頭，但除非摔到要害，否則沒有生命危險。以伊雷文的實力，一定可以毫髮無傷地著地。

劫爾一手抓住利瑟爾的手臂，毫不費力地將他往上拉，安置在自己背上。確認他的手臂已經環住自己頸子之後，劫爾甩動一隻腳，刻不容緩地想將伊雷文踢下去。伊雷文大呼小叫地試圖攀爬上來，卻被劫爾一句「褲子要掉了」冷冷回絕。

「你們不是同類？毒也對你沒效，快去跟牠們相親相愛吧。」

「不要把我當成那種東西的同類好嗎！而且數量好多！」

「好幸運哦，素材採到飽喲。」

「我都要被你的微笑騙過去啦隊長！」

劫爾開始抓著突起俐落地往橫向移動，還能維持與散步差不多的速度，利瑟爾深感佩服。伊雷文已經沒有餘暇管利瑟爾在想什麼，他正拚命防止自己被甩下去。黃玉蛇也抬頭看著這裡，成群往這個方向蠕動，情景真是一言難盡。

「反正不管怎樣鱗片都得採，你快點做好覺悟上吧。」

「那隊長和大哥也一起來不就好了！」

「不好意思，我被咬到就遭殃了……」

「那你讓大哥揹著就好啦！」
「劫爾被咬到也很危險呀。」
「反正他不是人，毒一定沒效啦！咕哇……」
「啊。」利瑟爾低頭一看，伊雷文終於被劫爾拎住後頸扯了下來，直接往洞底掉落。沒想到劫爾真的把他扔下去了……若不是他多嘴，劫爾應該也願意先將他帶到對岸才是。看著輕巧著地的伊雷文，利瑟爾這麼想道。
不過伊雷文本人也樂在其中，沒有什麼同情的餘地。
「大哥大笨蛋！哇靠，走近看這些蛇還滿大條的欸。」
獵物終於來到觸手可及的距離，成群的黃玉蛇爭先朝他襲來。伊雷文一條條斬殺敵手，作戰姿態穩健俐落，看來不需要掩護。利瑟爾移開了原本對準魔物的槍口。
「隊長，鱗片要嗎？」
「有辦法剝下來嗎？」
「數量再減少一點大概可以！」
劫爾開始朝著對岸移動，伊雷文也與他並行，一邊迎擊黃玉蛇一邊前進。需要的素材是鱗片，必須找時間剝下，但在此起彼落襲來的蛇群當中很難剝取素材。
「啊，感覺可以了欸。」
「伊雷文，你手邊有袋子嗎？」
「沒有！」
「那請用這個吧。」

蛇群數量削減到一半左右的時候，伊雷文朝他們揮了揮手。

利瑟爾攀在劫爾背上，拿出一個厚實的布袋往下拋去。伊雷文靈巧地接住了袋子，抓起一條躺在地上動也不動的黃玉蛇，以短劍一口氣刮下鱗片，嘩啦啦飛濺的鱗片就這麼直接落入袋中。

「這方面伊雷文很擅長呢。」

「嗯，手巧。」

利瑟爾開槍牽制蛇群。迷宮裡的魔物被打倒之後，過一段時間就會消失不見。儘管有一小段緩衝時間，但沒有辦法事後再慢慢回收素材，這是迷宮魔物的麻煩之處。

「這個需要多少啊？」

「畢竟委託人很照顧我們，我想多採一點。」

「好喔！」

打倒魔物、剝取鱗片，伊雷文一邊在狹窄的通道上前進，一邊輕鬆完成任務。

對他來說，這本來就不是什麼難事。之所以擺出一副不願意跳到洞底的樣子，不曉得他是不想一個人下去，還是不想被人踢下去？依他的個性，真的不願意做這件事的話他會全力避開，所以恐怕也沒有什麼重大理由吧。

「謝謝你。」

「嗯。」

這時，利瑟爾他們也平安越過地洞了，沒有花太多時間。二人站到地面的同時，伊雷文也從洞底探出頭來。

「嘿咻！」

看來底下也設有突起物，好讓人從洞底攀爬上來。迷宮特地準備了逃生路線，從這點看得出它絕妙的親切設計。伊雷文將背上裝著鱗片的袋子遞給利瑟爾。

「怎麼樣啊？」

「裝了滿滿一袋呢，一定可以滿足委託人的需求。」

「採太多了吧。」

「是嗎？」利瑟爾問。

無數狀似寶石的晶瑩鱗片，在沉甸甸的布袋裡閃閃發亮。

若是一般的冒險者接了這個委託，再怎麼努力，取得的鱗片量也只有這個袋子的十分之一。但利瑟爾不可能知道這件事，劫爾那句話也只是描述眼前看到的情形而已，他並不清楚一般的標準量。至於伊雷文，他根本不會推算委託人需要多少素材。

不過，多採一點總是比較好。利瑟爾點點頭，朝著伊雷文露出柔和的微笑。

「謝謝你，伊雷文，這都是你的功勞。」

「對吧！」

伊雷文心滿意足地笑了。這傢伙剛才一副不情願的樣子，該不會是為了爭取誇獎吧？劫爾受不了地嘆了口氣。

「……原來接委託的是你們啊。」

「畢竟一直受到這家酒館關照，這也算是表達我們的謝意。希望不會太多管閒事。」

「非常感謝。」

「這次最努力的是伊雷文，道謝請找他吧。」

這是一間氣氛宛如酒吧，卻也提供正餐的酒館。利瑟爾獨自來到這家熟悉的店裡，眼前這位嘴角微帶笑意的老闆，正是這次的委託人。

一行人一離開迷宮，便立刻將鱗片繳交到公會，而現在時間已經入夜，素材應該送到老闆手上了。看來他很高興，真是太好了，利瑟爾笑著將果實水端到嘴邊。

「不過，數量真多。」

「史塔德也這麼說。看到鱗片的時候，他告訴我們數量已經超出預期，公會必須先向委託人確認，超過需求的部分會退還給冒險者。」

「這樣真的好嗎？」

「剛才說過了，這也是為了表達我們的感謝呀。」

冒險者繳交大量素材的時候，委託人不一定付得出相應的報酬。為了避免這種情況，史塔德才會告知他們必須事先確認，不過利瑟爾卻回絕了。他當場告訴史塔德，他們收取委託人的預算金額作為報酬就好，剩下的鱗片請公會直接送給委託人。

「那些鱗片賣掉能換一大筆錢吧。」

「劫爾他們都同意了。」

這些鱗片正如其「黃玉」之名，也可以加工做為寶石使用。看見老闆冷淡的表情之中多了些徵詢的神色，利瑟爾微微一笑，請他不必介意。當時，劫爾和伊雷文也二話不說點了頭。

老闆望著他的笑容一會兒，又道了聲謝，便接受了他的好意。再繼續推辭下去太不近人情了，而且他早就知道，利瑟爾他們這麼做並沒有什麼利益上的算計。

「不過，那些鱗片要做什麼用呀？」

「你等一下，在準備了。」

準備？利瑟爾偏了偏頭。

酒館的老闆，會使用黃玉蛇的鱗片做什麼準備呢？是打算拿去加工，發給客人做為來店紀念，還是有什麼酒會用到鱗片？劫爾平時喝的酒當中，好像也有不少運用了魔物素材……但利瑟爾不能喝酒，所以應該不是吧。

老闆究竟準備了什麼呢，利瑟爾滿懷期待地等候答案揭曉。

「看來已經完成了。」

吧檯內側，排列著眾多酒瓶的架子挖空了一格，那是連通廚房的窗口。窗口另一端的廚師依舊只露出雙手，將一個雪白的盤子「叩」一聲擺到架上。

利瑟爾每次都想，不知道這次能不能見到大廚的身影，但頂多只看得見那身白色的廚師服而已。那雙手平時從不招呼客人，不過一瞬間卻手掌朝上，對著盤子比了個「請用」的手勢，彷彿在表達感謝，他絕對沒有看錯。

利瑟爾有趣地瞇起眼笑了，低頭看著老闆端到他眼前的盤子。

「這……真是漂亮。」

白色的盤子是湯盤，裡頭盛著澄澈透明的清湯，盤底彷彿有砂金沉澱其中，熠熠發光。柔和的光輝甚至帶有高雅色澤，利瑟爾靜靜將湯匙沉入湯裡。

舀進口中，豐富的滋味在舌尖擴散開來。湯裡看不見任何配料，卻感受得到眾多食材的風味凝縮於其中。利瑟爾也喝過這家店的清湯，平時已經相當美味，不過這盤湯品又更勝一籌。

「黃玉蛇的鱗片，原來也可以做為調味料呀？」

當然，應該不只是把鱗片加進湯裡而已。利瑟爾停下手邊的動作這麼問道。

「知道的人不多，不過據說有很多種魔物素材都能入菜……那傢伙也不知道是從哪裡進貨，有時候會引進我也不太瞭解的素材用來烹調，這次大概也一樣吧。」

沒想到每次來店食用的料理當中，竟然摻了連老闆都難以理解的材料。

利瑟爾覺得美味就好，所以並不介意，不過劫爾聽了應該會皺起臉吧，他這一面有點令人意外。還是保守這個祕密吧，利瑟爾在內心點點頭。

「外觀美麗，又如此美味，簡直是完美的湯品呢。」

「這樣啊。」

「推出這麼棒的料理，這家店一定也會大受歡迎吧？如果之後無法隨意來訪，那真是有點捨不得。」

利瑟爾直截了當地這麼說完，老闆擦拭玻璃杯的手便停了下來。

「我們不打算放在菜單上。」

「這樣呀？但這道湯品不放上菜單也滿可惜的呢。」

「……你到底希不希望它公開？」

「兩邊都是我的真心話呀。」

看見利瑟爾又舀了一口湯放進嘴裡，老闆垂下目光，靜靜露出微笑，告訴他這道菜原本就不打算公開。黃玉蛇的鱗片難以定期進貨，即使真的成功採購，也無法像這次取得這麼大量的材料。既然如此，不如悄悄當作常客的隱藏菜單好了，老闆當初就是和廚師這麼商量的。

「原來如此。」

這是老闆他們決定的事情，利瑟爾無意干涉，但他還想確認一件事。這真是個好點子，他心想。

利瑟爾望向手邊，看著燈光照耀下的湯品。璀璨的波紋、濃郁的滋味與香氣，這道料理擁有色香味一應俱全的魅力。

「這道常客限定的湯品，我也可以點嗎？」

「……當然，不必接委託也可以。」

那真是太好了。利瑟爾露出開心的微笑，細細品嘗這道絕品的好湯。下次也帶劫爾他們過來好了，他心想。

54

利瑟爾的腰包裡塞了無數本書。他買書不問類別，蒐購了各式各樣感興趣的書籍，讀過的書也不會轉手賣出，累積下來的冊數足以輕鬆開起一家書店了。

空間魔法相當便利，東西只要一股腦扔進去就好，但是一旦忘記某件東西的存在，那就等於是失去它了。要讓遺忘的東西重見天日，必須土法煉鋼，將所有東西全部從包包裡拿出來才行。

「（稍微整理一下好了。）」

畢竟他原本的世界不存在空間魔法，也不清楚回去時它是否能維持正常功能，既然如此，趁現在把書整理一下也不錯。想起自家宅邸那座素有「大圖書館」之稱的書庫，異世界的書籍排列在那裡的情景令人心嚮神往。正因如此，萬一能帶回去的書籍數量有限，他必須好好精挑細選才行。

「（最好是那一邊很少見到的書……）」

接著，利瑟爾隨手拿出幾本書，仔細評估起來。

過了一個小時，粗魯的敲門聲在利瑟爾的房間響起。

沒等他回應，來人便從門後現身，是伊雷文。看他那副極度不滿的模樣，顯然剛才和劫爾切磋的結果不甚理想……到此為止都是正常發揮，但今天他的不滿又更強烈了些。

「隊長你聽我說！大哥明明說毒液對他有效，結果根本沒效！我衰弱毒都先撒下去了，他還只覺得有點怪怪的，根本……你在幹嘛？」

「整理書籍……」

整個房間堆滿了書，簡直像讀書週又要開始了一樣。利瑟爾放下手中讀得正起勁的書，放棄似地笑了。

「既然內容都記住了，書可以賣掉了吧。」

「我不太喜歡把書賣掉。一方面是想擺在書架上，而且有時候也會想再讀一次呀。」

「不懂。」

這是收藏家的堅持嗎？伊雷文說他才不要收拾東西，早早逃跑了，換劫爾來到利瑟爾的房間幫忙。他完全無法體會這種感覺，低頭看向堆疊起來的幾本書。這種事隨他高興，但為什麼要把房間弄得一團亂？

「反正你什麼都別想，全塞進去就對了。」

劫爾指了指擺在床上的腰包，又叮囑了快要讀起書來的利瑟爾一句。看他惋惜地闔上書本的模樣，今天晚上大概又要翻開這些書了吧，劫爾嘆了口氣。

「難得我都開始分類了。」

「不是叫你別想了嗎……」

劫爾很清楚，利瑟爾就是因為想要整理東西，所以才老是沒辦法收拾整齊。儘管令人意外，但這男人就是不擅長收拾東西，若不是平時女主人進來打掃房間，這裡一定隨時堆滿了書。利瑟爾實在無法反駁，於是老實地重新開始收拾起來。
「你今天想去公會看看吧？」劫爾問。
「我是這麼打算的。」
不是為了三人一起接取委託，只是到公會看看而已。
委託大部分都得仰賴機緣，有些委託一旦錯過，就不會再看見第二次，也有些委託內容只是看看也很有意思。利瑟爾閒暇時往往會造訪公會，接取感興趣的委託。
如果一個人可以獨自完成，他會直接接下委託，有時候也會先辦好接取手續，隔天再和劫爾他們一起完成。也就是事先將委託預留下來的意思。
「整理完就走囉。」
「好的。」
看來他願意一起同行，利瑟爾微微一笑。最近來找他麻煩的人少了一些，但自從出席宴會之後，遭人糾纏的頻率又略微回升了。劫爾一看就是找他碴沒什麼好下場的樣子，只要有他陪著，想必不會遇到什麼麻煩。
「話說回來，之前史塔德說我可以升上C階了……」
「沒什麼問題啊。」
利瑟爾邊收起最後一本書邊問道，沒想到劫爾拋來了肯定的答覆。
他不是懷疑史塔德的判斷，只是C並不是接取大量委託就可以升得上去的階級。艾恩他們也是因為年紀才二十出頭，卻升上了C階，所以他們的情報才會傳入劫爾耳中。
「畢竟沒有明確的基準，所以我不太確定自己有沒有那個資格。」

「嗯，說極端點，就是職員的直覺吧。」

「啊，原來真的是這麼回事。」

總覺得這個說法滿合理的。

「有了優秀的隊伍成員，在這一行嶄露頭角的速度也很快呢。」

「那也是實力的一部分吧。不管再怎麼會打鬥，跟委託人處不好一樣沒辦法升階，人際關係也會列入考量。」

「這樣呀……」

劫爾也一樣，儘管相貌兇惡，但除非對方主動糾纏，他並不會出手。需要密切溝通的委託他會避開，所以這一點也從來沒有在他的委託中造成妨礙。伊雷文也一樣，他表面上的形象不錯，即使真的出了什麼事，他也不會留下證據。

原來是這樣，利瑟爾領會過來。他也一樣，有時候會以超出報酬的水準完成委託，可以說他做事相當講究。至於應對進退，那更是無可挑剔，這方面也受到了公會肯定吧。

「你有什麼好介意的？」

「只是在想，萬一史塔德因此招惹不必要的嫌疑，那就不好了。」

「那傢伙也不會在意吧。」

利瑟爾終於將房間裡亂七八糟的書籍收拾完畢，劫爾將最後一本書遞給他，輕描淡寫地開口。

「而且，我也差不多是在這時候升上B階的。」

他的實力足以單槍匹馬討伐頭目，公會想必也不打算讓這種強者一直停留在低階級。當時劫爾應該才十幾歲而已，真教人佩服。

「讓你久等了。」

「嗯。」

書籍也收拾好了，二人於是走出房間，穿過一小段走廊，走下有點陡峭的階梯。鞋跟敲在樓梯上叩叩作響，利瑟爾忽然高興地喃喃說道：

「階級提升，就好像證明了我的冒險者實力也變強了一樣呢。」

「確實變強了吧。昨天那座迷宮，一開始的地洞你也成功避開啦。」

「那件事確實有點令人高興，不過我的實力還差得遠呢。」

這人的目標到底訂在哪裡？劫爾聽了，忍不住詫異地看著視線下方搖晃的那顆腦袋。

在利瑟爾原本的世界，獸人隨處可見，而到了這裡也一樣。

或許是許多獸人天生擁有優異體能的關係，也可能是愛好自由風氣的緣故，冒險者當中的獸人比例特別高。不同種族的獸人各有不同特質，不過也和唯人一樣充滿個體差異。

「喂喂，那個委託是我們看上的欸！」

「竟然敢跟我們搶，不愧是D階就被叫到王城去的傢伙喔，啊？」

「是嗎？真是不好意思，那就還給你們吧。」

不愧是獅子獸人，找碴的氣勢也非同小可，利瑟爾微微一笑，二話不說便將手上的委託單交給了跑來糾纏的幾名獸人。他們半張著嘴巴，愣愣地接過單子，利瑟爾也不再介意他們的舉動，開始物色起下一個委託。看來這並不是他無論如何都想接的委託內容。

獸人們戒慎恐懼地窺探劫爾的臉色。眼見一刀只是朝這裡瞥了一眼，便不發一語地和利瑟爾一起望著委託告示板，他們不禁夾起尾巴。那道視線甚至不帶殺氣，為什麼能逼得人節節退縮？

「呃、喂，傳聞都說升階速度快的傢伙接的委託特別划算，這下我們也算達成目的了吧？」

「是、是啊……哇靠?!」

獸人當中以不諳謀略的人居多，雖然也有例外，不過大多數獸人都十分忠於本能。換言之，他們直來直往，做事常常不顧後果，所以才導致了他們現在的下場：暴露在絕對零度的視線當中。

「喂，他一直盯著我們看啦……」

「不會啦，沒事、沒事……貴族小哥二話不說就讓給我們了嘛……」

在渾身幾乎凍結的冰冷空氣當中，儘管面臨生命危險，他們仍然低頭看了看剛才拿到手的委託。

【取得夢幻樹人身上的黃金果實】

階級：B

委託人：果實愛好者

報酬：八十枚銀幣（每顆果實）

委託內容：請從「無月洞窟」夜晚出現的稀有樹人身上，取得低機率出現的黃金果實。

請維持果實外形完好無缺。

啊，這個接了會死人。獸人們看了忍不住面無表情。

但不幸的是，他們的階級是C，沒有辦法用一句「哎呀這果然不是我們能接的階級啦，傷腦筋傷腦筋」逃離這個委託。這個階級他們勉強還能接取，而且絕對零度冰冷的目光也向這裡刺來，彷彿在逼問「搶都搶了你們還敢不接？」

「我本來想說，接了那個委託正好可以在迷宮裡過一晚的。」

對於僵在原地的獸人們，利瑟爾毫不在意，他將頭髮撥到耳後，湊過去端詳貼在告示板下方的委託單。劫爾也望著貼在上端的委託，開口說道：

「你到底為什麼這麼想在迷宮過夜？」

「既然身為冒險者，好像該有一次夜宿迷宮的經驗比較好呀。」

「沒夜宿過的人反而比較多吧，一般都會避免。」

「是這樣嗎？」

那就算了，利瑟爾喃喃說著，往低階委託的方向移動。在他身邊，獸人們愛惜自己的小命，悄悄將委託單貼回告示板上。性命還是比自尊重要多了。

「差不多也想再接一次護衛委託了。」

「啊……」

劫爾瞥向史塔德，看見他的目光已經離開那些獸人，轉而凝視著這個方向。

史塔德曾經告訴利瑟爾，如果他要接普通的護衛委託，不如直接去拜託賈吉，不曉得是不是認真的……毫無疑問是認真的吧。

「……找個附近的護衛委託不錯啊。」

簡而言之，史塔德就是不想見到利瑟爾被人當成貨物塞在馬車裡搬運。

劫爾概略掃視了一遍階級C的委託。護衛委託的最低階級是C，護衛期間越長，需求階級通常也越高，因此王都附近的護衛委託差不多落在C階一帶。

「只是到附近一趟，應該就不需要護衛了吧？」

「也要看地點和委託人吧。」

他撕下一張委託單，拿給利瑟爾看。

【我想親眼看看魔物】

階級：C

委託人：魔物研究家

報酬：五枚銀幣

委託內容：身為魔物研究家，怎麼可以一次都沒有邂逅過活生生的魔物？親眼見證過魔物的生態，一定也會產生新的領悟。地點不限，請帶小生去看看魔物吧。此外，小生完全不具備戰鬥能力，須麻煩冒險者保護。小生會聽從護衛過程中所有必要的指示。

「這位委託人終於走到這一步了呀。」

「單子是我隨便挑的，但這實在不太理想啊。」

二人一同湊近看著委託單，各自道出感想。

跟以前利瑟爾接過的水元素精靈魔力採集委託，是同一位委託人。同時，這位魔物研究家也是先前提出強人所難的委託，運氣好讓S階冒險者接到的人物。

「上面寫著『小生』，應該是位男性吧？」

利瑟爾沉穩地考慮起來，劫爾不悅地低頭看著他。

早知道就不要隨便看兩眼就拿起這張單子了。即使對委託內容興趣缺缺，利瑟爾只要對委託人產生興趣，就有可能因此接下委託。

「不會戰鬥還提出這種不自量力的委託，這種傢伙很麻煩的。」

「上面寫說會聽從指示呀。」

「相信那些研究家幹什麼，大侵襲的時候你才剛阻止一個研究家胡搞啊。」

「但是，這張單子上寫說會聽從所有指示耶。」

看來利瑟爾這委託是接定了。隨你高興，劫爾嘆了口氣，將委託單交給他。

這無疑是個地雷味濃厚的委託，但委託的最終決定權掌握在隊長手上。很少有隊長會像利瑟爾這樣全盤接受劫爾和伊雷文的意見，還按照他們的想法決定當天行程。

「謝謝你，劫爾。」

「快去把手續辦一辦。」

儘管如此，劫爾還是一一出言勸阻，因為這是給予新手冒險者當然的建言。而利瑟爾也知道這一點，所以才向他道謝。

「史塔德，麻煩你了。」

「好的。」

利瑟爾興高采烈地到櫃檯遞出委託單，史塔德則淡漠地點點頭，接過單子。

「日期、時間要怎麼決定呢？」

「我們會詢問委託人的時間安排再行決定。公會有專屬的傳令人員，時間敲定之後我們會派人到旅店通知。」

「這樣呀。假如我不在旅店，就麻煩你們請旅店的女主人轉達吧。」

順帶一提，雖然嘴上說的是傳令人員，但史塔德一心只想親自去通知利瑟爾。

「如果太忙的話別勉強哦。」利瑟爾察覺了他的想法，於是勸了史塔德一句，面帶微笑將公會卡交了出去。伊雷文不在場，不過接取委託只要有隊長的卡片就好，隊員的手續可以等到事後再辦理。

「跟賈吉那次護衛委託比起來，這次的狀況不太一樣，有什麼事情需要注意嗎？」

「啊？」

等待史塔德辦理手續的期間，利瑟爾回頭看向劫爾，打算先預習一下。

上次的護衛委託，他們跟賈吉已經彼此熟識，就像和朋友出一趟遠門一樣。這次則是完全以冒險者的身分，保護素未謀面的委託人，情況一定截然不同。該不該卑躬屈膝，該體貼委託人到什麼程度？限制對方的行動、配合對方的要求，又該做到什麼地步才恰當？

利瑟爾從前也高居隨時受人保護的地位，但他的侍衛都是騎士或軍人，對於這次的委託沒有什麼參考價值。

「基本上以我們這一方為主軸就好。」

「是嗎？這有點出乎我的意料。」

「想要受人保護，委託人就得拿出該有的態度吧。」

假如委託人對於冒險者的忠告充耳不聞，那不論發生什麼事都是他自作自受。要是萬事都怪罪到冒險者頭上，公會就沒辦法接受護衛委託的請求了，這會造成公會的信用問題。

「也會遇上搞不清楚狀況的委託人，這時候我們主動拒絕就好。」

「那不是會構成委託不履行……」

「不是不可能。」

劫爾說得模稜兩可，利瑟爾卻若有所思地點點頭。

換言之，委託雖然以失敗論處，但不會列為冒險者這一方致命的失誤，公會會考量當時的情況加以判斷。

「委託人擅自行動的標準是？」

「冒險者畢竟收了錢，只要不到霸道蠻橫的地步，通常會配合對方要求。不過這也有個限度，碰上自己去送死的傻子，我們也沒必要奉陪。」

言下之意，碰到這種狀況大可見死不救，這是冒險者之間的潛規則。

假如因為冒險者力有未逮，導致委託人不幸喪命，公會將會毫不留情地處罰冒險者。但整件事如果必須歸咎於委託人，公會也會衡量狀況決定處分。這種情況最常見的處罰是降階，對於冒險者來說是一大損傷，但總比陪著委託人一起赴死好太多了。

「難怪護衛委託會列為階級C以上的難度。」

「對吧。」

劫爾沒有挑明著講，因為這種事實在不好在公會大廳正中央說明。這是冒險者之間心照不宣的規矩，絕對不會洩漏給委託人知道，公會也不可能光明正大地承認。

不過，這件事跟利瑟爾他們這次的委託無關，劫爾也是評估過覺得沒有問題，才會同意他接取委託的。

「無論如何，這都是護衛委託，必須叮嚀伊雷文好好保護委託人才行。沙德伯爵的時候也是，要是沒有事先囑咐，他根本不會主動挺身保護……」

「他不太可能把委託人排得比你優先吧。」

「如果他是寧可拋下你優先保護委託人的超級大白癡，當時我會更拚命反對他加入隊伍的。」

利瑟爾面露苦笑，接過了史塔德遞來的公會卡。

公會立即捎來了護衛委託的日期通知。立即到什麼程度？利瑟爾他們接下委託的當天，通知就來了。

據說，公會職員去通知委託人的時候，對方的答案是「現在馬上出發」。這實在不太可能，所以最後敲定了最早的出發日期，決定在翌日執行委託。看來這位委託人很有行動力，利瑟爾面帶微笑答應了。

到了隔天早上，三人坐在約定地點，也就是公會設置的桌子旁邊，等待委託人抵達。

「我不太會接護衛委託欸……大哥竟然會接喔，看不出來。」

伊雷文打了個呵欠，百無聊賴地趴到桌子上。

「想移動到其他地方的時候會接，選個護衛馬車的委託就可以順道搭車過去。」

「是喔——」

「不能以乘客的身分租借馬車嗎？」

「反正不管怎樣都得負責護衛工作，事先講明條件比較輕鬆吧。」

確實如此，搭乘馬車長途旅行的時候必須聘僱護衛。

如果遭遇魔物的時候可以全部交由負責護衛的冒險者處理，那當然沒問題。但劫爾怎麼看都是一副冒險者打扮，再加上一刀的名號廣為人知，他總不能坐在乘客席上悠哉看著人家跟魔物作戰。劫爾自己覺得無所謂，但旁人可不這麼想。

「被人家硬盧去作戰好討厭喔。」

「伊雷文，坐正。」

利瑟爾拍拍他的背，於是伊雷文一下子挺直了背脊，然後就這麼靠到椅背上。看來他不打算在委託人面前表現出有規矩的樣子。

一般都是這樣嗎？利瑟爾不可思議地望著他。在那一邊，他只見過侍衛立正迎接，不清楚這時候該怎麼做才對。

「既然都要保護了，來個女的吧，總比男的好！」

「男性委託人比較方便保護吧，我們也比較自在呀。」

「這是動力的問題好嗎。不過都看過那張委託單了，現在就算來個美女，我也不會心動了啦。」

那可是魔物研究家，怎麼看都是重視研究勝於一切的學者。不論性別為何，不難想像對方鐵定是個特立獨行的人物。

「賈吉那次委託的時候很驚人喲。」

「喔……那時候明明是野外，隊長還坐在椅子上嘛。」

「三餐很豪華。」劫爾也說。

「真假？太有動力了吧！」

時間應該差不多了，利瑟爾一行人等在擠滿冒險者的公會當中這麼想道。遠處響起鐘聲，表示他們約定的時間到了；同時，又有一個人走進了忙碌開闔的公會大門。

眾人一向對於來往的冒險者毫不在意，周遭的視線此刻卻紛紛匯聚到門口。

「時間應該剛剛好才對……好了，現在小生該怎麼辦呢？」

門口站著一位怎麼看都不像冒險者的人物。

那人一身白袍，雖然帶點縐摺，不過整件外袍是雪白的。高眺的身軀苗條瘦削，看起來弱不禁風，一點也不像有力氣的樣子。頭髮四處亂翹，留得很長，蓋住了那個人的右半邊臉。仔細一看，那些亂翹的部分原來是與頭髮同色的羽毛。

是鳥族獸人，在王都並不多見，不過應該是委託人之類的吧。匯聚在獸人身上的視線，隨即又散開了。

「是那個人喔？」

「我想應該不會錯。」

中性的五官，缺乏曲線的身材。伊雷文正看著那個人，納悶對方是男是女，利瑟爾便在他眼前站起身來。看見利瑟爾主動起身相迎，劫爾和伊雷文交換了一個眼神。原來是女的。

那傢伙還是這麼紳士，二人邊聊邊望著利瑟爾走近委託人。眾人才剛移開視線，此刻又紛紛看向他們。

「不好意思，請問是魔物研究家嗎？」

「嗯？是的，沒有錯，你就是接受護衛委託的冒險者？」

「是的，今天還請多多指教了。」

聽見委託人毫不遲疑地稱他為冒險者，利瑟爾的微笑也比平時耀眼了兩成。雖然心裡明白對方只是對此不感興趣，所以才不覺得疑惑，但利瑟爾每一次報上冒險者的頭銜都遭到旁人再三確認，遇見這種人實在喜不自勝。

看見利瑟爾燦爛的笑容，她眨了眨眼睛，稍微低頭致意。

「我才是。啊，應該這麼說才對……麻煩您多多關照了。」

「不必太過拘謹，對我們用一般的態度就可以囉。總之我們先決定今天的行程安排吧，這邊請。」

四人一同圍坐在剛才那張桌子旁邊，劫爾和伊雷文也簡單打過了招呼。

研究家應該是第一次來到公會，面對冒險者們剽悍的視線卻一點也不畏縮，她應該已經滿腦子都想著魔物了吧。但對於現狀，她並不是沒有任何想法。

這三人組特別引人注目，眼前這位高雅男子的氣質更是異於常人。看來這次是群超凡脫俗的人接下了自己的委託，她雙手插在白袍口袋裡，觀察著他們一行人。

「委託單上面沒有指定地點，所以我們打算挑選離這裡近一點的地方。妳覺得如何呢？」

「小生也不清楚這種時候該怎麼做，本來打算全部交給你們決定。也可以提出要求嗎？」

「我們願意盡可能滿足妳的要求。」

「嗯……」研究家一手抵著下顎思索起來。原以為冒險者會負責尋找輕鬆簡單的方法，沒想到他們還願意聆聽委託人的需求，真是太感謝了。

因為他們有實力，所以才願意這麼做吧。他們看起來不像是打腫臉充胖子、不自量力跑進危險場所的人，既然如此，就代表無論指定什麼樣的地方，他們都能夠進行十全的護衛，值得信賴。

「這樣的話，小生想看看獸型的魔物，最好挑個特異的環境……」

「那麼，我們就到附近的森林吧。那裡林木生長密集，魔物生態也很有特色。」

研究家自己也知道，這種說法好像太偏向學術論調了。她才剛覺得自己不該這麼表達，聽見利瑟爾立即的答覆，又閉上了剛張開的嘴巴。

「徒步穿越平原的期間順道觀察同種魔物，進入森林之後再比較牠們在不同環境下的生態，這樣可以嗎？」

「……嗯，麻煩你們了。」

聽起來太棒了。研究家滿足地這麼想道，同時感覺到遲來的疑惑：這人真的是冒險者嗎？察覺她的想法，利瑟爾有些沮喪，先獲得讚美再被貶下去真是太教人難過了。

「喔？我還以為妳會說想去迷宮欸。」

「迷宮的環境太特殊了，可能不適合觀察……啊，不過如果委託人想去的話，我們也可以帶妳進迷宮哦。」

「嗯，真誘人的提案。不過小生對於體力方面不太有信心，這一次就先按照剛才的行程吧。」

這一次。三個人都注意到了她的措辭，但隱約有股不祥的預感，所以誰也沒有多問。

「這樣啊，成功採集到元素精靈魔力水的冒險者原來就是你們啊。」

「是的。委託品沒有什麼異狀吧？」

「沒有，它現在還放在小生的工房裡呢，量倒是減少了一些。」

一行人漫步在平原上，利瑟爾和研究家聊得相當熱絡。

研究家對於詳細的採集過程相當好奇，利瑟爾於是鉅細靡遺地向她說明，接著反過來換利瑟爾聽她講述研究成果。他們一個是研究家，一個是冒險者，領域分明全無交集，討論的話匣子卻停不下來。

「我完全聽不懂隊長他們在講什麼欸。」

「那傢伙也算是知識分子了。」

對話中的術語越來越多，彼此不斷進行假設與證明，簡直像在宣讀論文一樣。利瑟爾讀過的研究書籍可以堆成一座山，加上他相當順從自己的求知欲，所以不會跟不上魔物研究家的話題。即使有些地方不理解，也只要詢問一下立刻就明白了。

研究家的頭髮像羽毛蘊含空氣般微微蓬起，是因為興致高昂的緣故嗎？從她平穩的語調難以聽出情緒起伏，不過遇到了志氣相投的交談對象，她的心情其實相當興奮。
「可以構築魔力迴路——」
「這樣的話重點應該不是魔核——」
「但還要考量魔力指定……啊，那邊有草原鼠的洞穴。」
「啊，不好意思。」
利瑟爾的手擺在她腰部，在他不著痕跡的引導之下，研究家順勢避開了地洞。
「你還真是紳士。不用對小生這麼客氣，就算絆倒了，小生也不會說是你們怠忽職守啊。」
「萬一真的絆倒，會弄髒妳那身白袍的。」
「白袍就是穿來弄髒的啊。」
「不論如何，讓女性的衣服沾上泥巴都是男性的恥辱呀。」
利瑟爾粲然一笑，研究家聽了瞠大雙眼，接著放聲笑了開來。
她的頭髮倏然蓬起，又緩緩恢復原狀，利瑟爾興味盎然地看著這一幕。伊雷文的頭髮是不是也會動呀？利瑟爾偷瞄了他一眼。
伊雷文搖了搖頭。他的頭髮真的只是普通髮絲而已，利瑟爾再怎麼期待也動不起來。
「隊長要是碰到有女的跟他作對會怎樣啊？」
「他不會手下留情吧……但說不定會顧慮一下對方的處境。」
凡是女性不分老少，利瑟爾都以這種態度應對，可見他有多麼紳士。
無論面對什麼樣的女性都一律平等，徹底的平等，所以鮮少有女性誤以為自己在他心目中與眾不同。有些女孩子見到他仍會投以嚮往的目光，但愛慕到狂熱地步的人就幾乎沒有了。正因為利瑟爾對於旁人的情緒十分敏銳，他會極力避免引人誤會的舉動，不讓別人抱持著自己無法回應的感情。

「原來如此，雖然小生沒有這類經驗，不過被當成女孩子看待也是滿令人愉快的一件事情。」

研究家勉強止住了笑，看向利瑟爾，唇畔仍帶著笑意。

「你真是個好男人。老實說不是小生偏好的類型，但就連小生都快被你吸引囉。」

「榮幸之至。」

看見她愉快地瞇起沒被頭髮遮住的一邊眼睛，利瑟爾也露出沉穩的微笑。

這只是嘴上的玩笑，雙方都沒有當真。最好的證據，就是二人立刻又展開了學術討論，彷彿什麼事也沒發生一樣。

「這對話超沒情調的啦。」

「有情調你不是又要抱怨了？」

「當然啊。」

利瑟爾應該沒聽見他們的對話，這時候卻偶然回過頭來。伊雷文見狀，衝著他露出燦爛的笑容，揮了揮手這麼說。聽見他光明正大搬出那種「反正隊長就是要以我為優先就對了」的臭小鬼論調，劫爾無奈地將視線轉向一旁。

無邊無際的草原。劫爾漫無目的地看著遠方，忽然在視野中瞥見了蠢動的影子。

「喂。」

聽見劫爾叫住他，利瑟爾立刻點點頭。他為了打斷對話向研究家道了歉，接著重新確認在公會提過的約定。

「以防萬一，還是容我再重複一次。魔物出現的時候，在我們說好之前一步也不要離開原地。只要妳遵守這一點，做什麼都沒有問題。」

「知道了。」

這指示實在太簡單扼要了。一般來說，當然應該談好更仔細的指示，例如遭到包圍的時候、魔物數量過多的時候該如何應對。這次沒有詳細的指令，不過研究家也毫不擔憂。

鳥族獸人以智能見長，但不代表他們的本能因此喪失。看見眼前劫爾和伊雷文察覺魔物即將襲來、架起武器的姿態，她可沒有遲鈍到看不出他們才是該畏懼的強者。

「啊，真期待。」

胸中的期待凌駕了所有思緒。

她一直研究魔物至今，現在終於要親眼見到活蹦亂跳的魔物了。不是城裡見到的素材，也不是屍骸，躍動的魔物就在她眼前現身。充滿各種魅力的生物，現在正準備朝這邊襲來。她的心情如此激昂，若不是冒險者交代一步也不許動，她說不定已經飛奔出去了。魔物朝這裡奔來，她緊盯著牠們，移不開目光。啊，這實在是……

「太美了……！」

「話說啊，魔物是迅速打倒就……嗄？」

「真是太美了！」

研究家使勁展開雙臂，仰天高聲吶喊，看得伊雷文嘴角抽搐。利瑟爾的側腹差點被她打到，幸虧劫爾扯著手臂將他拉開才避開直擊。
「筆直朝向這裡的敵意、殺意、執著！躍動的軀體，混濁的眼睛，這一切！都讓小生！神魂顛倒!!太棒了……真是太棒了!!今天是值得紀念的日子！哈哈、哈哈哈哈哈哈!!」
她的頭髮像翅膀一樣展開，完美顯示出她現在有多麼亢奮。笑聲響徹平原，三人在一旁看著這一幕，心想到底該怎麼辦才好。
「哇，好猛喔……她腦子明明壞成這樣，但真的一步也沒動欸。」
「究竟該說她理性還是衝動呢？」
「喂，怎麼辦？」
總而言之，必須好好保護研究家才行。
利瑟爾在不被她雙手揮到的前提下盡可能靠近，展開魔力護盾。這次他們事先分配好了職責，劫爾和伊雷文負責應付魔物，利瑟爾則專注於保護研究家。
確認魔力護盾已經將利瑟爾和委託人包圍起來，劫爾他們揮劍斬殺撲來的魔物。考量到委託人的要求，盡可能延長戰鬥時間比較理想，所以他們沒有主動出擊。
「啊啊啊啊你們在彼此合作嗎！魔物之間彼此合作！是群體的特性嗎，太美妙了！從活生生的魔物身上得到的收穫果然相當豐富！啊哈哈哈哈哈哈哈!!」
看見她渾身表達出內心的狂喜，利瑟爾在一旁點頭，委託人這麼高興真是太好了。
但現在的他們還不知道，研究家這種亢奮的情緒在回到王都之前都不會平息。別的不說，聽著不知第幾回戰鬥中仍然持續不斷的狂笑，最後伊雷文都發飆了。

「今天過得真是充實。感謝你們！」

「如果對妳的研究有所幫助，那就太好了。」

「啊哈哈哈哈！希望你們下次再接受我的委託！」

三人在冒險者公會前面與研究家道別，目送她的背影逐漸走遠。

那道背影還沒有離開視野，他們就看見憲兵把她攔下來了。這也難怪，眼見研究家興高采烈地開始跟憲兵分享今天的成果，利瑟爾一行人拋下她，逕自走進公會辦理手續去了。

等到他們辦完手續走出公會的時候，研究家還在發表長篇大論，而憲兵已經快哭出來了。他們不約而同在心中替憲兵加油，那位研究家明明說自己體力不好，沒想到還這麼有精神。與伊雷文分別之後，利瑟爾和劫爾一同朝著旅店邁開步伐。

「表面上看起來沉著冷靜，不過她果然還是擁有獸人的特質呢，情緒起伏相當激烈。」

「暫時不想再聽見那個吵死人的笑聲了。」

「伊雷文好像也不太高興，我們暫時不要選擇護衛委託好了。」

但是根本不必等他們「選擇」，過幾天，他們就接到了研究家的指名委託。伊雷文強烈反對，劫爾也厭惡地皺起臉，所以利瑟爾尊重隊員的意願，委婉地回絕了。

跟她聊天很有意思，沒辦法再接下委託有點可惜，利瑟爾心想。

55

完美完成護衛委託之後，利瑟爾順利升上了階級C。
同時，伊雷文也升上了階級B。史塔德那句冷淡的「可以啊反正那個白癡隨便怎樣都沒差」引起了一番爭端，不過這仍然是正式的升階沒有錯。現在他們全隊的平均階級，也就是隊伍階級為B，最高可以接取到階級A的委託，比之前高了一階。
確定升階的那一天，利瑟爾他們也找了史塔德和賈吉，一同舉杯慶祝。

然後到了現在，三人在伊雷文的要求下接了A階的委託，為此潛入了迷宮當中。一行人達成委託條件，準備打道回府的時候，幸運發現了一個寶箱。
「迷宮差不多該回應我的祈求了吧。」
利瑟爾帶著史無前例的認真眼光，凝視著坐鎮眼前的寶箱。它的外觀看起來就是個典型的寶箱，這是因為這座迷宮本身就呈現出古老城堡的內部景觀吧。
利瑟爾跪了下來，手扶著箱蓋。迷宮寶箱當中有時候裝著魔物，也可能有陷阱從箱子裡彈出來，劫爾他們站在利瑟爾身後，一邊提防這些突發狀況，臉上卻掛著不懷好意的笑容。
「劫爾開到了高純度的祕銀結晶，伊雷文開到擁有魔力反射功能的盾牌。」
利瑟爾回想起上次、上上次發現寶箱的時候，另外二人從寶箱中獲得的戰利品。不愧是出現在迷宮深層的寶物，那些都是無可挑剔的珍品，冒險者獲得這些東西可以大搖大擺地光榮凱旋了。賣掉能換取大把金幣，自用也能發揮優秀性能，鮮少有機會從寶箱裡開到這麼好的東西。

利瑟爾在心裡祈禱自己也能延續他們的好運氣，緩緩揭開箱蓋。

「他們兩個竟然一起噴笑出來，你不覺得很過分嗎？」

「我、我覺得開到這個很好呀，『五十年只能採收一次的白華樹茶葉』……那個……罐子也是精品，可以賣到不錯的價錢呢……！」

利瑟爾接過鑑定過的茶葉罐，打開蓋子。這茶香確實相當高雅，一定能泡出美味的紅茶，賣掉也能換取相應的金額。但是，冒險者潛入迷宮卻拿到茶葉，這沒問題嗎？

看見賈吉拚命出言安慰，利瑟爾微微一笑。他真是個好孩子，跟毫不掩飾放聲大笑的劫爾他們簡直天差地遠。那二人安慰他的時候還說「很適合你、很適合你」，根本莫名其妙。

「這與其說是運氣問題，反而比較像是我被迷宮討厭了而已。」

「不，我想應該相反吧，可能是迷宮的體貼……」

真討人厭的體貼法。

「這茶我是不會讓劫爾他們品嘗的。賈吉，我們一起把它泡來喝吧？」

「可以嗎……！那我馬上準備……來，請進！」

寶箱的內容物當中，只有在迷宮才能取得的迷宮品只占少數。

只要物品的價值符合階層難易度，寶箱裡也時常開到迷宮外能夠取得的東西。這次的茶葉也不是世上絕無僅有的珍品，有管道就買得到，並沒有珍貴到捨不得使用的地步。

賈吉打開作業檯內側的門，領著利瑟爾進到裡面。門內是個舒適的空間，或許是當作客廳使用。利瑟爾順著主人的手勢坐下，看著賈吉走到房間一角的小廚房，拿出燒水用的茶壺。

「不會打擾你做生意嗎？」

「不會的，這個時間的客人很少，而且一有客人來我馬上就知道了，沒問題的。」

「那太好了。」

利瑟爾微微一笑，賈吉看了也露出軟綿綿的笑容。這段期間，他手邊俐落的動作也從來沒有停過，實在厲害。水很快就滾了，賈吉以熟練的動作為他沖了紅茶。

兩人份的紅茶，和餅乾一起擺在桌上。不知道他是什麼時候準備茶點的，賈吉盡心盡力的奉獻總是毫不妥協。

「只要是賈吉泡的茶，無論用什麼茶葉一定都能泡得很好喝。」

「沒、沒有啦……」

看見賈吉害羞地在對面坐了下來，利瑟爾端起茶杯。

這風味總覺得有點懷念。喝到稀少的茶葉，卻是這種感想，考量到利瑟爾從前的地位，這也沒有辦法。他呼了一口氣，緩緩品味茶香，這茶葉的味道確實擁有寶箱內容物的價值。能從紅茶裡感受到這種價值，就已經偏離冒險者的常軌了，但利瑟爾沒有注意到這一點。

「嗯，真好喝。」

「這就是人家說的，高雅的風味嗎……喝起來好順口哦。」

「我喝了也覺得很放鬆，真不可思議。」

聽見利瑟爾這麼說，賈吉一瞬間開始思考進貨管道。有沒有可能在店裡販賣這種紅茶呢？但這是一間為了冒險者開設的道具店，販賣紅茶果然還是不太適合，他垂下肩膀。

既然如此，不要擺在店裡販售就可以了吧？他偷偷瞄了利瑟爾一眼。他飲用紅茶的姿態高貴優雅，將頭髮撥到耳後的動作和緩沉著。自己正和這樣的人一起品茶，這種優越感使得賈吉幾乎要露出軟綿綿的笑容，他勉強繃起臉頰要自己別傻笑。

「話說回來，你們的隊伍名稱……」

「暫時不取了，不知道為什麼，周遭常常有人反對。」

「這……這一定是因為，在大家眼中，利瑟爾大哥你們很特別呀！所以才沒辦法接受太普通的名字……！」

聽見「一刀＋其他」、「隊長和紅紅黑黑的夥伴們」這兩個選項的時候，就連賈吉都嘴角抽搐了。他們的隊伍令周遭深受吸引，在眾人眼中他們如此卓越，是許多人羨慕與憧憬的對象，為什麼名字取成這樣？任誰聽了都會吐槽吧。

「我也開始注意其他隊伍的名稱了，大家的名稱都很有個性呢。」

「爺爺說過，隊伍名稱的氣勢和給人的印象當然也很重要，但最重要的還是跟任何一個隊伍都不重複……所以才會演變成這樣。」

「『一刀＋其他』不是也滿足了這項條件嗎？」

「如、如果劫爾大哥不喜歡的話，那就不太好吧……」

眼見利瑟爾似乎還沒死心，賈吉慎重地喃喃說道，設法說服他放棄。既然本人不喜歡，那就沒辦法了，利瑟爾聽了點點頭。看來成功解除了最大的危機，賈吉見狀，肩膀也放鬆下來。

這時，店面的方向忽然隱約傳來鈴鐺聲。客人偏偏在這時候上門，賈吉連忙站起身來。

「不好意思，有客人來了……但是……那個……請你……！」

「別擔心，我就在這裡消磨時間，你先忙吧。」

賈吉聽了顯然鬆了一口氣，也沒有掩飾臉上安心的表情，便匆匆回到店裡去了。

顧客好像是位冒險者，利瑟爾側耳聽著門板另一端的對話。賈吉看似軟弱，但其實不會輕易妥協，他能夠應付無理取鬧的殺價要求，也從來不曾收回自己說出口的鑑定結果。

不愧是專業的商人，利瑟爾佩服地想道，拿了一片餅乾。

「（如果不取隊伍名稱也沒什麼問題，這件事就算了吧，反正我們也不是特別想打響名號。）」

雖然取個隊名比較方便，但沒有也不構成大礙。像指名委託這種必須指定隊伍的時候，或是冒險者之間談話的時候，有個隊名當然比較容易溝通。

只不過，對於利瑟爾他們的隊伍來說是否有必要，那就難說了。

「（劫爾和伊雷文都不可能跟其他人搞混，又這麼引人注目。）」

那個一刀的隊伍、蛇族獸人的隊伍，聽見這些關鍵字，任誰都知道指的就是利瑟爾他們了。利瑟爾雖然沒想到自己，但他其實也很有特色。聽到人家說「那個貴族」，大家想到的無疑就是利瑟爾了。

「久、久等了！」

好像真的不需要隊名。利瑟爾得出結論，優閒地吃著肉桂餅乾，沒過多久，賈吉便回來了。看來那位顧客只做了鑑定。
「賈吉，辛苦了。」
「不、不會辛苦。」
賈吉急忙坐了下來，喝光了杯中稍微冷掉的紅茶。利瑟爾執起茶壺朝他示意，賈吉雖然一副客氣惶恐的樣子，還是戰戰兢兢遞出了自己的杯子。
「不愧是專業的。」
「咦？」
「我只是覺得，你真不愧是專業的商人。」
賈吉原本有點開心地低頭看著熱氣蒸騰的茶杯，聽見這句話倏地抬起頭來。
他已經以道具商人的身分與利瑟爾往來了這麼多次，而且也屢次在他面前接待其他客人，為什麼這時候突然這麼說呢？賈吉不可思議地眨了眨眼睛。
「謝、謝謝誇獎……可是，利瑟爾大哥待人很溫和，感覺也滿適合開店、的呀……？」
「但是，我好像不太適合這種工作。」
什麼意思？賈吉偏了偏頭。利瑟爾見狀露出苦笑，將建國慶典時發生的事情娓娓道來。
利瑟爾他們投宿的旅店規模不大，在建國慶典期間生意也不算特別繁忙。
但這只是因為房客不會增加的關係，慶典時節仍然是賺錢的好時機。因此，旅店每年都會在門口搭起冰菓攤做為副業，賺取額外收入。同一時間，女主人還有辦法照常維持旅店的工作，手腕之幹練不言而喻。

建國慶典當中的某一天。街上正在舉辦一年一度的慶典，利瑟爾他們三人卻一邊討論今天該接什麼委託，一邊走出了旅店，正好看見女主人在攤子前面煩惱該怎麼辦。

冰菓攤的生意好得出乎意料，她想去採買材料，但又不能把攤子放著沒人顧。

『不如我們去跑一趟吧？』

『但是喔，那邊一定要我或老公親自過去才可以啦……我先生還在為餐點備料，雖然有點可惜，還是只能先把攤子收起來跑一趟了。』

『既然如此，我們幫妳顧攤好了？』

平時一直受她關照，顧一個小時的攤位也是舉手之勞，利瑟爾自然而然地這麼說。女主人原本客氣地推辭，『沒有關係啦，你們好好去當冒險者吧！』不過最後還是被利瑟爾說服了。於是乎，利瑟爾就這麼正式做起他生平第一次的生意。根據劫爾的說法，這麼說根本只是因為他本人想嘗試顧攤而已。

『既然女主人都把工作交給我們了，一定要好好加油才行。』

利瑟爾說道，興味盎然地在攤子裡東摸摸、西看看。伊雷文臉上掛著狡黠的笑容，劫爾則嫌麻煩似地嘆了口氣。

『我猜要不是生意超好不然就是完全沒人！』

『……我進去了，結束再叫我。』

結果，伊雷文一語成讖。

過了這麼久，附近居民終於漸漸習慣了利瑟爾的存在，但街上絡繹不絕的人潮當中可不只有本地人而已。現在正值慶典時期，王都多得是從其他地區或國家過來的旅人，看見攤子裡格格不入的利瑟爾，他們敢過去買冰嗎？實在太令人卻步了。

才剛開始幫忙沒多久，攤子便乏人問津，利瑟爾對女主人感到有點抱歉，同時也納悶這到底是為什麼。伊雷文隨便坐到他旁邊，看好戲似地望著利瑟爾。順帶一提，他已經擅自為自己做了一碗冰，大口大口吃了起來。

『啊，是貴族大人！』

『貴族大人在擺攤！旅店的阿姨呢？』

過一會兒，熟識的小朋友們嘩地聚到了攤子前。孩子們為了慶典興奮不已，他們捏著大人給的零用錢，懷裡抱著好幾樣戰利品，看來已經盡情逛過一圈了，純真的模樣令人看了忍不住微笑。

『我正在幫忙顧攤呀，但是完全沒有客人過來。』

『那我來買！』

『我也要買——我要加很多糖漿，很多很多水果！』

真是群好孩子，利瑟爾略為受挫的心獲得了療癒。

他打起精神，回過頭正要開始準備，卻見到伊雷文手上拿著已經完成的冰品，帶著奸險狡詐的笑容遞給孩子們。

『拿去啊。』

『哇……溼答答的！整碗都是糖漿！冰都融化了！水果擠在裡面都沉下去了！』

『小鬼，就是因為你們太貪心才會這樣啦。又學到一課了很棒吧，還不快感謝——』

『伊雷文。』

『——我開玩笑的啦！』

利瑟爾讓他重新做了一碗。不愧是手巧的人，新的那碗冰裝飾得相當漂亮，孩子們這次也興高采烈地接過冰品，在攤子上吃了起來。

孩子們在攤位前露出笑容的身影，想必提供了很好的緩衝效果，利瑟爾的攤子不再那麼難以接近了。先是聽說過貴族冒險者傳聞的人們開始走近冰菓攤，對於這位高貴人物感到好奇的人們也接著跟進。

生意一下子興旺起來，看來這次顧攤應該會成功了，利瑟爾這才鬆了一口氣。

「完全沒有客人上門，我本來還不知道該怎麼辦才好呢。」

「但、但是，反正最後還是成功了呀……！」

若不是那群孩子們過來，真不知道那時會有什麼下場。利瑟爾說著露出苦笑，賈吉則拚命安慰他。話雖如此，假如在不認識利瑟爾的情況下經過那個冰菓攤，賈吉應該也不敢靠近。他很能理解周遭的反應，所以實在不好意思說什麼。

「後來女主人很滿意，從攤位整體看來也算是成功了吧，但是……」

「攤位整體？」

「如果問我有沒有做好顧攤的工作，實在有點一言難盡。」

看見攤位上開始聚集人潮，利瑟爾卻毫不打亂平時的步調，最能表達伊雷文心態變化的三句發言如下：

『隊長加油喔，反正顧攤的不是我，我就繼續吃啦。』

『……隊長太慢啦！你應對客人的速度太慢啦！這家店沒收服務費好嗎，你應該……哎唷，換我來啦！』

『你面帶微笑負責點單和結帳就好啦！啊，不准握菜刀！』

他手腳俐落地切好水果、擺飾完畢，然後把冰遞了過來。

「……伊雷文……」

賈吉不知道該站在哪一邊才好，只是這麼喃喃說道。

他雖然很想全力安慰利瑟爾，但心裡也極度贊同伊雷文的意見。究竟是哪裡不對呢？利瑟爾一臉不可思議。賈吉的心臟沒那麼強，不敢在他面前告訴他「全都不對」。

能不能想點辦法轉移話題呢，賈吉的腦袋全速運轉，想起了唯一一位應該沒有跟冰菓攤扯上關係的人物。

「啊，話說回來，劫爾大哥呢……！」

「劫爾嗎？」

雖然劫爾早早撤退，說他寧可在旅店裡面等，但其實伊雷文半途忙到崩潰，把劫爾叫來幫忙了……不過進去叫人的不是伊雷文，而是被他趕去的利瑟爾。結果，劫爾以不在人前露面的條件，在攤子後頭默默地刨著冰。

他是怎麼接受條件的？最能夠表現劫爾轉變過程的三句發言如下：

『啊？誰理你，自己接下的工作自己負責。』
『什麼「我想也是」，你那種自信到底是哪來……喂，別拿菜刀，放下。』
『我只幫忙這件事，所以就叫你別拿菜刀了。好了，去負責你最擅長的接客吧。』
他快速刨好冰，一碗接一碗遞了過來。
「為什麼他們兩人總是覺得我不會烹飪呢？我只是沒有經驗而已呀……」
利瑟爾補上的那後半句就是一切問題的解答吧，賈吉聽了心想。利瑟爾看起來還算手巧，無論什麼事情應該都能順利完成，但總給人一種難以抹滅的印象，覺得他會在某些時候做出驚天動地的事情來。
「……劫爾大哥……」
正因為利瑟爾不只是個規矩有禮的人，才造就了他令人難以移開目光的魅力吧。大概只有劫爾和伊雷文這種不會受他人影響的個性，才有辦法和利瑟爾一同行動，賈吉不禁佩服地這麼想道。至於那二人是否真的完全沒被利瑟爾耍得團團轉，那又是另一回事了。
「發現自己不適合做生意之後，我覺得賈吉好厲害哦。」
「你、你這麼說、我很開心……」
利瑟爾又直截了當地誇了他一次，賈吉一瞬間將內心對那二人的同情全都拋諸腦後，露出了害羞的笑容。
享受過平穩的午茶時光之後，利瑟爾在賈吉的目送之下走出了店門。

紅茶還有剩，一開始就讓賈吉泡茶雖然很令人高興，但也許稍嫌失策了。之後自己泡的時候，很可能會覺得不夠美味。

利瑟爾邊走邊這麼想，就在這時，身後忽然有人喊他。

「利瑟爾。」

「西翠先生。時常遇見你呢。」

「冒險者的活動範圍都大同小異嘛。」

他停下腳步，等候那頭艷麗的翡翠色髮絲接近。

西翠手上小心翼翼地抱著一個箱子，看起來像是送人的禮物。禮品應該是在中心街的店舖購買的，包裝設計充滿高級感，拿在冒險者打扮的他手上，看起來有一點不搭調。

「有什麼事情要慶祝嗎？」

「是啊。……我有跟你說過慶祝的事嗎？」

利瑟爾微笑不語，西翠見狀聳聳肩。這人現在還只是C階，未來真令人害怕。

二人走到街道旁，面對面談話，經過他們身邊的路人紛紛瞥了過來。

「馬車上那次我以為你是故意套話，原來真的被你發現了？」

「不好意思，我本來無意刺探的。」

「我想也是。」

眼見他乾脆地點頭，利瑟爾有趣地笑了。

西翠這句肯定的答覆並非出於信賴，而是因為利瑟爾沒有理由刺探他們的內情。換言之，他判斷利瑟爾是在對話當中注意到這件事的。雖然這是事實，但看來這位S階冒險者給了他相當高的評價。

「是慶賀結婚的禮物吧？」

「是啊，慶祝我們隊長和大姊結婚。你什麼時候注意到的？」

「在宴會上見面的時候，就感覺得出他們兩人應該是那樣的關係了。後來得知你對公會的弱點感興趣，就成了最關鍵的一道線索。」

公會的弱點，為什麼會與他們的婚姻有關？這是因為對於冒險者公會而言，階級S冒險者是不可多得的貴重人才。

S階冒險者人數稀少，一個國家裡有一組就不錯了，也不是想增加就能夠增加。鮮少出現只有S階冒險者才能達成的委託，但是尋求S階冒險者的委託人，往往也是公會無法輕易拒絕的對象。

「我記得到了階級A以上，退出公會就需要取得公會長的許可？」

「規定上是這樣沒錯，不過不遵守也沒什麼罰則。」

儘管如此，他們也沒有拋下一句「老子想退就退誰管你啊！」就拍拍屁股走人，不愧是階級S。

他們決定以結婚為契機引退，現在應該正在努力說服公會吧。前幾天在前往「機關迷陣」的馬車上遇見西翠的時候沒有看見他們二人，可能就是這個緣故。

「王都的公會長是這麼頑固的人呀？」

「不知道，看起來是很隨便的人吧？不過總部說不定交代過他不要點頭。輕易允許S階退出，他們不就沒面子了嗎？」

隨便的人。利瑟爾只聽史塔德談過公會長，但總覺得不難想像。

既然如此，西翠的隊長他們頻頻前往公會，也可能只是為了做個樣子給外人看而已。之所以跑那麼多趟，並不是因為公會長說什麼都不肯答應他們退出，而是為了營造出拚命說服公會長的樣子，好讓總部看見他是不得不答應。

如果去請教史塔德，他應該願意告知詳情吧？不過對於這件事，利瑟爾也沒有那麼感興趣。自由是冒險者的代名詞，但實情看來也不像旁人想的那麼輕鬆，利瑟爾心想，露出微笑。

「所以你才想知道公會的弱點，對吧？為了讓他們退出公會。」

尤其他們退出之後，隊友還會繼續擔任冒險者，那就更是如此了。他們一定不願意為了一己之私任意離開，害得西翠他們無顏面對公會。

「十幾年來他們這麼照顧我，想報恩是當然的吧？」

「你接近我，就是為了這件事吧。」

「沒錯。如果你手上握有公會的弱點，我當然想打聽一下，假如有什麼辦法走後門，我也想請你去拜託公會放行。」

果然如此，利瑟爾點點頭，西翠則目不轉睛地看著他。自己擺明說想利用他，這人卻一點也不介意，可見只要沒有造成實際危害，他就覺得無所謂吧。

跟這個人說起話來真是自在，他這麼想道，湧起了一點惡作劇心理，於是吊起嘴角。

「我本來還想過拿你當人質去交涉呢。」

「跟冒險者公會嗎？我沒有當人質的價值呀。」

「我的意思是，如果你真的是貴族的話。而且，那個絕對零度很喜歡你吧？我來過王都幾次，但從來沒想過絕對零度會跟誰那麼親。本來還想藉此要脅絕對零度去說服公會長，但看來是我想太多了。」

西翠愉快地瞇起眼睛，揚起一笑。

「那天在馬車上，我本來想試試這招有沒有可能實現，結果完全沒有辦法。我才動一根指頭，就差點被一刀和獸人殺掉了耶？」

他們投來的視線、牽制的殺氣，一股死亡威脅迎面席捲而來，自從升上S階以後，西翠好久沒有感受到這種威脅了。

由於他只是單純想知道辦不辦得到，無意真的加害於利瑟爾，所以那二人才會就這麼放過他吧。假如西翠有意加害，那天在馬車上他已經身首異處了。

「喂。」

原來還發生過這種事。利瑟爾回想著當天的情形，這時西翠微微偏著頭，湊過去凝視著他。

「你不覺得，現在我有可能成功嗎？」

「你明明不是認真的，別說這麼嚇人的話呀。」

確實如此。眼見利瑟爾有趣地笑了出來，西翠也站直了身子。

對利瑟爾出手不會為他帶來任何好處，這只是犧牲自己和周遭所有人的愚蠢行徑罷了。

西翠沒有愚鈍到不明白這一點，也沒有傲慢到會因為利瑟爾的階級低於自己而看輕他。

歸根究柢，西翠產生了拿他當人質的想法，也是在聽說有個冒險者疑似是貴族的時候。

那一晚，在王城的大廳裡親眼見到利瑟爾支配一切的身影之後，他不可能再去盤算這種事。

「不是說我動不動手，而是有沒有辦法成功。我說過了吧？你渾身都是破綻。」

「我當然不是階級S的對手囉。」

利瑟爾確實渾身破綻，但能不能真的攻擊到他的破綻，那又另當別論了。

西翠自然地別開視線。有幾個人隱身在周遭，他對氣息還算敏感，但就連他也只能隱約察覺對方的存在。一開始以為利瑟爾是他們的監視目標，現在看來並非如此。

這不是監視，而是護衛。假如西翠現在敢碰利瑟爾一根寒毛，對方肯定會立刻現身。

「（人數我還能察覺……）」

如果只有一、二人，他擄走利瑟爾這個人質的時候還能一邊應付。但周遭人數恐怕多達四人，即使是階級S，一口氣挑戰他們所有人還是太莽撞了，畢竟西翠也不打算真的把利瑟爾當成人質，在戰鬥中有效利用。

「利瑟爾，你注意到了嗎？」

「什麼事？」

「護衛或監視的耳目。」

「啊，他們果然跟著我呀。」

看他點頭的模樣，顯然知道那些人的來歷，看來雖然沒有察覺氣息，但利瑟爾猜得到這是怎麼回事。西翠忽然在意起一件事來，於是開口問道：

「假如那些人不在，你覺得我們現在聊的會是什麼話題？」

利瑟爾眨了眨眼睛，氣定神閒地說：

「美味紅茶的話題吧。」

「……你的思考是不是從來沒停過啊？論實力明明是我比較強，但怎麼想都不可能贏過你耶？」

「什麼意思嘛。」

眼見利瑟爾被逗笑了，西翠仍舊帶著有點不服氣的表情，也笑了出來。自己實在不可能與這個人抗衡——西翠看著眼前的C階冒險者，產生了這種難以置信的想法。

56

利瑟爾隊伍的早餐時間，基本上各不相同。

只不過，如果有委託或共同的事情要辦，他們倒是很容易一起吃早餐。因為利瑟爾總是盡可能睡到不能再睡為止，而劫爾叫醒他之後，常常順道一起坐到餐桌邊。

今天沒有什麼必須全隊集合的要事，利瑟爾正一個人悠哉地享用早點。劫爾出門了，不曉得是昨晚出去到現在還沒回來，還是一大清早才離開旅店，不過本來就很少見到他一整天窩在旅店不出去。

「貴族大人！」

「貴族大人，早安——」

早餐的分量不少，利瑟爾停下了雙手，正猶豫該怎麼辦。他好歹也是個男人，當然可以把這些食物硬塞下肚，但吃多了還是會覺得太撐。聽見喊他的稚嫩聲音，利瑟爾回過頭去。看來有辦法了。

長期住在這間旅店的小女孩，和附近的兩位小男孩一起站在那裡。他們快步走近利瑟爾，手上抱著教科書，顯然這趟過來的目的和平常一樣。

「可不可以教我們做功課，剩下的東西我幫你吃！」

「我也幫你吃！」

「你們很懂得交涉哦。」

「嘿嘿！」

女孩不好意思地笑了，興沖沖地爬上利瑟爾隔壁的椅子，兩個小男孩也重新拿穩書本，坐到空位上。自從利瑟爾提醒過後，他們都乖乖不在餐廳奔跑，吃東西的時候也一定會坐下來吃。

好幾次，利瑟爾曾經看見他們的母親氣呼呼地抱怨：為什麼孩子不聽自己的話，利瑟爾說的就願意乖乖遵守？他總覺得有點抱歉。

「阿姨明明就知道貴族大人吃不下，為什麼裝這麼多啊？」

「不，這是我勉強吃得完的分量，完全被她看穿了。」

「那貴族大人，你為什麼不把它全部吃光光？」

「吃太撐會想睡覺呀。」

「原來是這樣！」孩子們點點頭。利瑟爾見狀笑了，真是群率真的孩子。

以利瑟爾的身分，他本來不可能有「剩下的東西拿給別人吃」的觀念，但他對於這種事情本來就不特別反感。這種靈活的思考方式，才是他來到另一個世界，仍然能夠享受現狀的主因吧。

「注意你拿湯匙的姿勢哦，本來好不容易變端正了。」

「啊，忘記了！」

看著孩子們津津有味地吃下剩下的麵包，利瑟爾朝著其中一個男孩提醒道。男孩沒有抱怨，乖乖改正了拿湯匙的手勢，利瑟爾看了也偏了偏頭以示讚許。孩子們的儀態確實一點一點改善，他們的母親都非常樂見其成。

看見幼小的女孩撕下麵包，熟練使用奶油刀的模樣，她的雙親曾經驚訝得說不出話，還跑來跟利瑟爾道謝。不愧是女孩子，儘管年紀還小，優美的儀態總是學得很快，這是利瑟爾當時的回答。

「謝謝招待——」

「謝謝貴族大人招待！」

「嗯，也謝謝你們。我收拾一下餐具，請你們先準備好文具吧。」

「好——」聽著孩子們乖巧的答覆，利瑟爾端起托盤。

這些乖孩子跟他以前的學生真是天壤之別。想起愛徒從前每次上課都大方展現他精湛的傳送魔術技巧，展開華麗大逃亡，利瑟爾感慨地這麼想道，將碗盤端了過去。「真是的，我來就好了啦。」女主人笑著說道，一把搶過他手中的托盤。

她俐落地收拾好餐盤，三兩下將孩子們圍坐的那張桌子擦拭乾淨，又離開了。原來如此，或許這就是自己的不足之處吧，利瑟爾開始檢討自己在冰菓攤的失敗經驗。他下定決心，下次一定要做得更好，絲毫不打算放棄。

「貴族大人，坐我旁邊，這邊這邊！」

「我的榮幸。」

女孩啪搭啪搭拍著椅子，利瑟爾也順勢坐了下來。

「你們過來這裡之前，有沒有好好告訴媽媽呀？」

「媽媽笑咪咪地把我趕出來了！」

「媽媽要我轉告貴族大人說，請多多關照，還說想送你伴手禮，但是太，呃……太惶恐了？」

確實很難想像一般的家庭主婦送給冒險者什麼東西，但惶恐指的是？這顯然不是因為他變得更像冒險者的緣故。為什麼？利瑟爾偏著頭，接過孩子們遞過來的教科書。

「啊，稍微變難一點了呢。」

簡單的算術，還有稍微困難一些的應用問題。雖然還沒有超出基礎範圍，但難度比之前提升了一個階段，因此把孩子們難倒了吧。

「你們自己努力解過一次了嗎？」

「試過了！沒有試過就問的話，貴族大人不會回答嘛。」

「積極學習的態度很重要喲。」

利瑟爾不是老師，是冒險者，沒有義務陪伴只想偷懶的小朋友。假如這三個孩子不打算認真學習，利瑟爾會完美打發掉他們，開始看自己的書。

面對從前那位學生的時候也一樣，每一次他消失無蹤，利瑟爾總是不去找他，逕自看起書來。這麼持續一個月之後，學生也不再逃跑了，直到現在，利瑟爾還記得他當時苦澀不堪的表情。

「貴族大人，給你看！」

「「拜託你了！」」

三個孩子爭先恐後地遞出自己努力計算過的紙張，指導起來真有成就感。

「我看看……嗯，你們很努力呢，算得比之前好很多喲。」

「真的嗎！」

「嗯，真的。那我們來看看算錯的地方……」

利瑟爾才剛這麼說，餐廳外面便傳來一道陌生、強勢的聲音。

「失禮了，旅店的主人在嗎！」

「來了、來了！」女主人邊回答邊走向玄關，利瑟爾聽著外面的動靜，事不關己地繼續指導孩子們。他們開始重新計算寫錯的題目，小朋友一邊絞盡腦汁苦思，一邊憑著利瑟爾給的線索再度挑戰。正當他看著這一幕的時候，餐廳的門忽然打了開來。

「利瑟爾先生啊，你方便過來一下嗎？」

「好的。」

先前好像也遇過類似的事情，利瑟爾邊想邊站起身來。「你還在教我們功課耶！」孩子們不滿地抱怨，利瑟爾向他們道了歉，苦笑著答應會立刻回來，接著便走向玄關。

原來如此，看見擋在玄關的幾名男子，利瑟爾在內心點頭。那群人身穿白銀盔甲，上頭刻著帕魯特達爾的國徽。身為國家守護者的騎士，正迎面凝視著利瑟爾。

看見女主人擔憂的表情，利瑟爾揮揮手告訴她別擔心，請她回去忙旅店的工作，然後面對站在最前方的騎士開口。

「騎士大人竟然親自來到這種地方，請問有何貴幹？」

看見利瑟爾悠然的微笑，對方驚愕地瞪大了眼睛，不過立刻恢復了平常心。不愧是有能的騎士，利瑟爾在內心讚許道。

王都的騎士，大部分都是生來就註定要成為騎士的人。對於貴族世家無法繼承家主地位的次男、三男而言，成為騎士是最高的榮譽，如果家族中優秀的騎士輩出，也能夠光耀門楣。
因此為了不辱家門，他們自幼接受嚴格的教育，文武方面都毫不馬虎。騎士們也絕不怠於訓練，他們努力培養起來的實力深得國民信賴。
「你就是率領一刀隊伍的那位……冒險者沒錯吧？」
「是的。」
他果然又確認了一次。
「關於大侵襲，我們有事想要請教，希望你跟我們到王城一趟。」
「大侵襲嗎？」
利瑟爾將善後事宜全丟給沙德處理，但其實因薩伊也數度捎來了後續情報。信上雖然無法寫得太詳細，不過聽說善後工作最近終於告一段落了。
因薩伊的信乍看之下只是閒話家常，當中卻提到大侵襲的主謀異形支配者，已經趁著建國慶典這段期間引渡回撒路思了。字裡行間透露出想在國內親手處罰他的怨恨，還有藉此在外交上成功撈到各種便宜的洋洋得意。
換言之，相關事件在王都也終於告一段落，上層終於有時間顧及其他方面了。
「（怪不得最近來自各方貴族的邀約都增加了。）」
修補與鄰國之間的關係是當務之急，既然這件事辦完了，商業國也在沙德指揮之下，正以一日千里的速度恢復原本狀態，那麼國家高層矚目的下一個重點，就是那些使出了超越人類認知的強大魔法、貌美絕倫的女子了。
這時，唯一與她們有所交集的「一刀隊伍」，自然成了眾矢之的。

「請問是哪位閣下的邀約呢?」

「是一位公爵有事想要請教。」

對方派遣騎士前來迎接，看來並不是單純以美女或強大的力量為目的。妖精們在大侵襲中展現了絕對的力量，貴族是想掌握她們的身分嗎?即使不到警戒或視之為威脅的地步，但高層也許判斷不能放任她們在外遊蕩也不一定。

利瑟爾一行人見過幕後主謀，找他們去談話的另一個目的，想必是為了封口了。沒想到公爵親自出馬，看來驚動了相當高層的貴族，利瑟爾心想，露出抱歉的微笑。

「非常抱歉，請容我推辭吧。」

「……請問拒絕的理由是?」

騎士們從來沒想過這一趟會遭到拒絕，一瞬間表現出動搖的神色。

「我恐怕也無法說得比沙德伯爵的報告更加清楚，要是談話內容空洞無味，讓公爵大人見笑就不好了吧?」

「關於報告上只提到是你們友人的那些人物，公爵也有話想問。」

「沒有錯，除了報告上的內容以外，我們無可奉告。」

對方的目的果然是妖精嗎?不，應該沒有人猜得到她們是妖精，只認為是擁有強大力量的魔法師吧。因為這次異形支配者的暴舉，或許高層對於優秀魔法師加強了戒備也不一定。

但是，看在知道真相的人眼中，這兩者分明是天差地遠的存在。

「請各位轉告公爵大人。」

利瑟爾真摯地開口敦促。

「她們不會對任何人造成威脅，也不想在人前露面。雖然她們是實力強大的魔法師，但並不打算炫耀自己的力量。」

雙方對視幾秒之後，與利瑟爾交談的騎士緩緩點了頭。

太好了，利瑟爾見狀也瞇起眼笑了。好了，孩子們也差不多解完題目了吧？他轉身準備折返，還是趁著小朋友還沒有閒得失去專注力之前，早點繼續下一題比較好。

反正對方要說的話也說完了。但利瑟爾才剛握住門把，騎士們卻叫住了他。

「還有什麼事嗎？」

「關於魔法師的事情，我們會負責轉達，但是大侵襲的事我們還沒請教。」

「關於這方面，更是完全如同伯爵的報告所言呀。」

透過雷伊轉達，利瑟爾知道沙德的報告當中提到了最低限度的消息。

換言之，重點都寫在報告裡了，上層只要掌握這些訊息就沒有問題。關於利瑟爾一行人的行動，真要說起來也只是一句「冒險者在大侵襲當中大顯身手」就可以解釋的事情而已。

至於報告中沒寫的詳細情況，他也不可能當面向公爵稟告。

「你為什麼這麼堅持拒絕同行？」

「原因剛才已經向各位解釋過了。」

「但你未免太固執了。」

「老實說，最近來自貴族的邀約越來越多了。如果我這次答應跟各位進城，下一次就不好拒絕了。」

「冒險者有什麼必要拒絕邀約？」

「也沒有必要答應吧？並不是所有冒險者都想與出手闊綽的委託人合作。」
騎士眼中帶著警戒的神色，原因利瑟爾心知肚明，卻仍然裝作沒有注意到。
「貴族大人——我們算好了——」
「好，稍微等我一下哦。」
聽見門板另一端傳來的稚嫩嗓音，利瑟爾一邊回答，一邊筆直回望那名騎士的雙眼。看見對方險峻的眼神略微閃爍了一下，利瑟爾露出沉穩的微笑。
「而且，我現在正在指導孩子們寫功課呢。」
他氣定神閒地回道，騎士們瞬間僵在原地，彷彿聽見了什麼難以置信的話。
他們是真的無法相信。這些人是向國家、向君王宣誓效忠的騎士，正因如此，他們一時不敢相信竟然有人以小朋友的讀書會為由，拒絕國家高層的召集。
看來他們不善於應付預料之外的突發狀況，利瑟爾有趣地笑了出來，接著像說悄悄話般輕聲開口。
「大侵襲的時候，我就這麼巧出現在領主大人面前，各位是不是懷疑我私底下和主謀密謀串通呀？」
魔物突破堅固的城門、侵入城內的瞬間，魔力護盾立刻在廣場上展開，就像算準了時機一樣。不論是多麼優秀的魔法師，施展如此強大的魔力護盾之前，都必須做好相應程度的準備。
如果準備魔力護盾的是商業國的有力人士，那可以解釋為為了緊急時刻未雨綢繆；但牽涉其中的是冒險者和他們的友人，那就不一樣了。得以在事發之前準備魔力護盾，代表他們知道主謀的企圖，因此騎士們才抱持著戒心。
或許他們認為，利瑟爾之所以不願同行，是因為背後有不可告人的內情。
「我不會說我這麼做是出於純粹的善意，也能夠理解各位的想法。但是……」
利瑟爾明白，現在無論說什麼，都不可能完全洗清這方面的嫌疑。一旦懷疑起來總是沒完沒了，而且騎士們的想法也情有可原，他甚至覺得這種猜測相當合理。
不過……他尋思似地輕觸嘴角。孩子們正在餐廳裡無聊地抱怨著「還沒好嗎」，為了他們著想，利瑟爾也希望避免拖延這段問答。既然不能自行結束這段對話，那就只能設法讓對方主動打道回府了。
「……這種想法讓人不太舒服呢。」
只要這一句話就夠了。
騎士們出身貴族，表面上不動聲色，卻能輕易察覺言語背後潛藏的意圖。既然他們謹守騎士正氣凜然的矜持，利瑟爾這麼一說，他們就什麼事也做不了了。
傷害對方的尊嚴，還強制對方同行……如此魯莽無禮的舉動，重視名譽的他們不可能做得出來。
「失禮了，我們沒有侮辱你的意思。」
「我才是，對騎士大人這麼說話有失禮數，還請見諒。」
事實上，利瑟爾一點也不介意。他立刻恢復有禮的態度，接著突然想起什麼似地補上一句。
「能不能麻煩各位向高層轉達兩件事情呢？」

「……什麼事？」

「第一，封口的事我們自有分寸，不需要多加叮囑。還有……」

利瑟爾他們無意四處散布幕後主使者的消息，也不打算干預這件事。

「如果需要指名委託，請透過公會進行。」

利瑟爾說完，便轉身回到餐廳，這一次沒有回頭。

他最低限度回答了對方想問的問題，這麼一來，騎士也不會空手而歸、遭到上層責備。

利瑟爾利用、尊重、保護了他們身為騎士的自尊，而這些人也沒有遲鈍到不明白利瑟爾的用意。這一次，騎士們沒再叫住他，向女主人打了聲招呼便走出旅店。

他們儀態端正地面向前方，依然是羨煞眾人的騎士，與來時無異。

「真是群能力優秀的人物，知道什麼時候該退讓。」

他們好像是搭馬車來的，旅店外傳來一聲馬兒的嘶鳴，接著是車輪逐漸遠去的聲音。

「剛剛來的是騎士大人嗎？哇，我第一次這麼近看耶！」

「你們喜歡騎士大人嗎？」

「嗯，感覺很厲害！」

「盔甲很帥！」

「那貴族大人喜不喜歡？」

接過孩子們搶著遞過來的答案紙，利瑟爾悠然坐到椅子上。

以騎士的地位，他們大可對他嗤之以鼻，說他只是個區區的冒險者。但他們仍然願意尊重對方，謹守禮節，是值得尊敬的君子。至於他刻意利用了這一點，利瑟爾就無從辯駁了。

「騎士很帥氣哦。」
「對啊——」
孩子們以最容易理解的話語，表達出自己對他們懷抱的印象。
歐洛德坐鎮於這些騎士的頂點，正如雷伊所言，他本來肯定是相當優秀的人才。真想看看眼前沒有劫爾的時候，他會是什麼模樣。
利瑟爾微微一笑，對著興奮的孩子們說，「你們做得很好。」

現在，公會正彌漫著一觸即發的氛圍。
一抹鮮艷的紅，與艷麗的翡翠相對。眾人不由得被那二人吸引了目光，同時逃也似地跑出公會。誰也想不到居然有人敢挑釁階級S，如果是三兩下被打得落花流水的小角色，那旁觀者多少也願意起鬨一下……但眼前的挑戰者來頭不小，被捲入這場打鬥可不是開玩笑的。
「我說你啊，是不是對我們隊長說了什麼瞧不起人的話啊？」
伊雷文一手反覆拋著小刀，挑釁地哼笑道。
「啊，你是說人質的事？」
西翠毫不遲疑地肯定了。
熟練地拋到空中的小刀在伊雷文手中靜止，同時，西翠感受到一股宛如寒意的殺氣。這殺氣和這個人真不搭調，西翠才剛納悶，便立刻發現自己想錯了。
在伊雷文身後，一位公會職員看見兩個實力高強的人物準備大打出手，正準備率先逃亡，這時卻被史塔德綁在椅子上——而那個史塔德，正淡漠地看著這裡。

「（差點忘了，他好像很親近利瑟爾。）」

沒想到那位人稱「絕對零度」的職員，會跟誰親近到這種地步，至今西翠仍然不敢置信。而且，他本來就隱約察覺到了，那人散發的殺氣一點也不像普通的公會職員。

西翠保持一如往常的態度，眼角餘光留意史塔德的舉動，同時注意力也沒從正前方的伊雷文身上移開。

「哦，你就是在利瑟爾身邊安插了好幾個耳目的人嗎？他們未免太擅長抹消氣息了吧？我只能勉強算出人數而已。」

「我沒問你這個。」

銳利的小刀在伊雷文手中咻地迴轉。

意圖引誘視線的動作。但西翠明白，一旦看向那把小刀，一切就結束了，對方會運用那把小刀以外的所有手段立刻朝他砍來。

「我現在完全沒有那方面的打算，而且也好好跟利瑟爾道過歉了啊？」

「隊長說什麼？」

「他笑著說，『反正你還沒對我做什麼，我不會介意的』。」

「是喔……這是很像隊長的作風啦。」

伊雷文放棄似地別開視線。下一瞬間——

刀尖已經直逼到西翠眼前，顯然他在手腕保持不動的狀況下擲出了小刀。西翠拔出腰際的短劍將之彈開，緊接著抬起手臂抵擋鞭子般襲來的踢擊。他聽見自己的骨骼微微發出吱嘎聲，但沒有分心留意，另一隻手旋即展開長弓，擋住瞄準頸子攻來的劍。

一瞬間，二人的視線彼此交錯。
「但我就是看你不順眼啦，這也沒辦法啊？」
「我本來就沒有認真想過要綁架他……那簡直是自取滅亡的愚蠢計畫。」
迸裂的金屬聲和打擊音接連響起，在肉眼難以捕捉的交鋒當中，二人交雜其間的對話顯得特別冷靜。
「有些事情啊，即使那個人允許，我也沒辦法原諒嘛。」
「我已經無意加害利瑟爾了。哎，差不多可以相信我了吧？」
「所以啦，就說了我不會管你怎麼想嘛。」
「如果只是為了遷怒洩憤，這未免太激進了吧？」
一人以弓為盾、揮舞短劍，一人擲出小刀、拿劍劈砍。雙方的武藝都超乎常人，但旁人一看就知道西翠居於劣勢。
武器適性太差了。西翠冷靜地想道，避開朝著眼球突刺而來的劍刃，接著猛地一揮長弓，拉開距離。
「重視隊長的心情我也明白。這次是我不對，我道歉。」
西翠仍然微微蹙著眉頭，但他是由衷感到抱歉。
聽見對方直率地道歉，伊雷文沒了興致。再繼續下去也沒有意義，他嘖了一聲，收起武器，西翠見狀也放下了短劍。
雙方本來就都沒有認真。既然利瑟爾已經原諒了西翠，伊雷文也只能接受。如果當真想要取他性命，伊雷文不會選擇在公會大廳的正中央大肆挑釁。

「公會的修理費你付。」
「破洞幾乎都是你的小刀射出來的耶？你是故意的？喂……」
目送他擺動著像蛇一樣的赤紅馬尾離開公會，西翠那原本就帶著賭氣表情的臉又顯得更不服氣了。早知如此，他不應該避開伊雷文毫不客氣丟來的那些小刀，應該打落它們才對。都升上階級S了還跟其他冒險者發生糾紛，又得幫公會收拾善後、支付修理費，隊長聽了絕對會生氣，而且還會被其他人取笑。
儘管知道這是自作自受，西翠仍然有點無法釋懷地走近櫃檯。
「喂，修理費用大概多少錢？」
「別說這個了請你說清楚人質是怎麼回事。」
我原本計畫拿他去要脅公會——西翠怎麼可能說得出口？
如果這也在那傢伙的計算之中，那他的性格實在太惡劣了。西翠在心裡發著牢騷，把稍微高於估算的金額硬塞給櫃檯，迅速離開了公會。

距離西翠在冒險者公會遇見伊雷文稍早之前。
公會的一間會客室當中，劫爾蹙著凶神惡煞的面孔啣著菸，熟練地吸了一口氣，點火。
自從遇見利瑟爾以來，他刻意少抽了幾根菸，但沒有任何不適感，連自己都覺得意外。
縱然如此，如果問他有沒有辦法完全不抽，那又另當別論了。只要利瑟爾沒要求他戒菸，劫爾大概離不開菸草吧。
「沒想到你真的願意赴約。」

「說什麼蠢話，不是你叫我來的？」
聽見對方帶著有點感興趣的神情這麼說，劫爾叼著菸答道。
二人不算初次見面，對方的知名度太高了，不過這確實是他們第一次交談。S階隊伍的隊長坐在劫爾對面的沙發上，沉穩地交握著雙手。
「所以呢，有什麼事？」
面對年紀、階級都凌駕於自己之上的人物，劫爾卻毫無怯色。對方也不介意，只是泰然一笑。
「我們家西翠受你們照顧了。那孩子太有天分了，階級早早升了上來，有點無法融入周遭……也許是你們不怕他、也不拘謹的關係，這種態度讓他很高興吧，最近常常聽他聊起你們的隊長。」
這正是劫爾此刻坐在他面前的原因。利瑟爾最近與一位S階冒險者有所往來，而眼前這人是那個S階的隊長。若非如此，即使聽到史塔德告訴他「有個階級S在會客室等你」，劫爾也不會赴約。
事情他大致從利瑟爾口中聽說過了。這人打算以結婚為契機辭退冒險者的工作，公會試圖加以挽留……還有，西翠接近利瑟爾的理由，他自然也聽說了。
「醜話先說在前面，別想擅自把我當成你的交涉籌碼。」
他不是來閒聊的，劫爾切入正題。果然如此，男人露出苦笑，劫爾轉向他的眼神凌厲非常。
「當然，沒有徵求過你的同意，我不會這麼做，所以才請你到這裡來協商呀。」

「你這麼想，公會可不見得。」

他捻熄還剩半根以上的香菸，語帶諷意地說道。隊長聽了面有難色，環抱起雙臂。

「這裡的公會長對於權力沒什麼執著，他告訴我們，只要到公會多跑幾趟，總部應該也會放棄才對……但我們一直沒收到正面的答覆。」

「這種事不需要總部許可。」

「唉，別這麼說，也得顧及雙方的立場。」

階級A以上的冒險者退會，只須徵求公會長的許可。但階級S的影響力太過龐大，一介公會長實在難以擅自決定。

既然如此，公會一開始就應該這麼規定啊？這是伊雷文的看法。利瑟爾則認為，如果冒險者可以選擇以「誰管你啊老子不幹了！」的方式回應，那麼選擇公會長這種位階較親民的人物負責，麻煩事應該比較少吧。

「總部說，希望我們等到下一個S階隊伍培養起來之後再離開。」

「下一個S階出現都不知道過幾年了。」

「對吧？公會長也這麼說。雖然可以選擇強硬拒絕，但是西翠他們還要繼續在這一行待下去呢。」

希望離去之前不要牽連到他們的名聲。男人苦笑著說道，劫爾聽了滿臉不悅地蹙起眉頭。

「不管怎樣，不該把我捲進去。」

「哈哈，沒有其他人選呀。」

既然S階冒險者減少，那麼找人遞補就行了，所以他們才會看中劫爾。坊間傳聞劫爾是

當今最強的冒險者，只要他升上階級S，肯定足以填補空缺。

這場交涉就是為了談這件事？劫爾抬手掩在嘴邊，點起第二支菸。

「看你停留在B階一直沒有動靜，有沒有打算升上S階？」

「沒。」

劫爾答道，叼在嘴邊的菸隨之晃了晃，他又緩緩將香菸夾在指間，移開唇邊。

「……本來是沒有。但最近不一樣了，遲早會升上去吧。」

「遲早，指的是多久？」

「誰知道，還要一陣子吧。」

望著指尖繚繞而上的煙霧，他回想起牢牢刻在腦海的那道身影，想起那人曾經高潔地宣告：不許任何人以自己為由，貶損劫爾的價值。

真要這麼說的話，劫爾自己也一樣。他不願意因為自己的階級低下，而降低了利瑟爾這個人的價值，即使公會的冒險者階級只是由他人訂定、不值一提的評價也一樣。

如果問他停留在階級B是否滿意，他原本就無法肯定。既然利瑟爾說S階才適合他，那他就該升上階級S。

「公會長說，以一刀的實力，不是不可能立刻升上S階。」

措辭顯得含糊曖昧，男人慎重地開口。

「你本來就累積了無數功績，也能夠順利應付A階的委託，升上A階之後必定可以晉升階級S。」

「所以？」

「能不能請你加快升階的速度，立刻升上S階？」

劫爾伸手將菸蒂按進菸灰缸。

「很自私的說法。」

「我知道。」

男人的目光堅決，已經做好了遭到指責的覺悟。即使劫爾現在就拔劍砍來，男人也會說錯的是自己吧。但劫爾不是那麼溫柔的男人，不會被這點程度的小事打動。

「對我沒好處。」

「我會做好安排，讓你立刻升上S階。」

「那是壞處。」

劫爾說得理所當然，男人不可思議地瞠大了眼睛。對於遲早要升上階級S的人物來說，這確實不能算是明確的好處……但他沒想到劫爾會斷定這是壞處。

這一點，是否跟他剛才提到的「還要一陣子」有關？男人想道，繼續嘗試交涉。

「錢呢？」

「不缺。」

「我想也是。特級的迷宮品呢？」

「沒興趣。」

劫爾能夠單獨潛入迷宮最深層，獨自擊殺頭目，不可能為了其他冒險者拿得出來的東西點頭，這是無解的難題啊。正當男人絞盡腦汁苦思的時候，劫爾在他面前站起身來，彷彿表示交涉已經決裂。

「能不能請你告訴我一件事就好？」

「啊？」

劫爾正準備走出門外，男人卻朝他問道。

「正確答案是什麼？」

「比我停留在B階的理由更吸引人的東西。」

「你的意思是？」

劫爾停下腳步，側過臉來，那雙眼睛裡帶著有點壞心眼，又近似自嘲的笑意，瞥了男人一眼。

「怎麼可能有那種東西。」

男人留在房內，目送那道背影消失在門的另一端。一刀什麼時候變成這麼容易親近的男人了，他獨自笑出聲來。

「我本來就想，他們差不多該找劫爾商量了，原來就是今天呀。」

「你猜到了就早說啊。」

「我沒想到他們的隊長會親自出馬嘛。」

原本還以為三人一起去接取委託的時候，會由史塔德提起這件事。聽見利瑟爾乾脆地這麼說，劫爾嘆了口氣。他們在回旅店的路上偶然碰了面，難得這麼巧，因此三個人現在正一起吃著晚餐。

但是，只有一個人沒動桌上的菜餚，那就是伊雷文。他接到利瑟爾透過精銳盜賊捎來的晚餐邀約，興高采烈地赴了約，利瑟爾卻不知為何罰他不許吃飯。

「……隊長，我肚子餓了啦。」

「還不可以喲。」

看見利瑟爾的微笑，伊雷文又縮回了正要拿叉子的手。沒想到居然會被他調教……但他自己心裡也不是沒有個底。

「這傢伙這次幹了什麼好事？」

「應該是劫爾你們出了公會以後吧，伊雷文碰上去找隊長的西翠先生，大肆挑釁了他一番。」

「還不是那傢伙的錯！」

「你為我擔心，我很高興，但做得太過火囉。」

只是玩玩而已，又沒打算讓任何一方死掉，幹嘛這樣處罰我。伊雷文嘴上碎碎念，不過還是乖乖看著桌上的菜餚，跟自己的食欲奮戰。

利瑟爾平時一次只點一些料理，偏偏就在這種時候點了滿桌的餐點，太惡劣了。而且伊雷文不懂，為什麼自己得被罵，西翠卻可以獲得原諒？真是莫名其妙。

彷彿察覺了他的心思，利瑟爾略帶責備地看向伊雷文。

「我問過劫爾了。萬一你那時候殺害了西翠先生，被他的隊伍成員合力圍攻，你會陷入苦戰對吧？」

「只是要把他們殺掉的話，我也不至於苦戰啊。」

「如果已經沒有辦法選擇手段，那你就不應該挑釁對方呀。」

正面迎戰一整個階級S的隊伍，即使擁有伊雷文的實力也太過勉強。雖然他們雙方都沒有認真，但伊雷文個性陰晴不定，那次摩擦確實有可能發展成一場廝殺，因此利瑟爾才會出言規勸。

「我是擔心你，伊雷文。」

伊雷文賭氣地轉向一旁。但他聽了也明白，利瑟爾並不是因為偏袒西翠、不重視自己才這麼說，於是沒再回嘴。這也可能是為了掩飾害羞吧。

劫爾無奈地望著伊雷文乖乖聽話的模樣，敦促利瑟爾繼續說下去。

「那你剛說的騎士呢？」

「這邊沒有什麼問題，相信他們未來也不會動用強硬手段吧。」

「……我真的餓了啦。」

利瑟爾和劫爾談話的時候，伊雷文坐在旁邊喃喃咕噥道。等到他好不容易獲准開動，已經是三十分鐘之後的事情了。

57

這是個再尋常不過的早晨。

利瑟爾他們三個人一起來到公會，站在委託告示板前方。利瑟爾按照往例，將所有委託瀏覽過一遍之後，抬頭看著身邊的劫爾問道：

「劫爾，你有沒有什麼感興趣的委託？」

「選你喜歡的吧。」

一如往常的問句，一如往常的回答。平常在這段問答之後，利瑟爾會說「這樣呀，選哪一個好呢」，一邊開始挑選委託——本來應該是這樣的。

但今天卻不一樣。利瑟爾驀地噤聲，定睛凝視著劫爾。怎麼了？劫爾一臉詫異，伊雷文則是不可思議地看著這裡，利瑟爾在二人的視線中略微低下頭去。

「劫爾總是說這種話。」

「啊？」

正想問他發生了什麼事，聽見利瑟爾那句話，劫爾半開的口中轉而流洩出一聲窮凶惡極的回問。

「咦……等……隊長？」

這場沉靜的失和來得太過突然，伊雷文彷彿忘記了平時的餘裕，驚慌失措地窺探著利瑟爾的臉色。看見他戰戰兢兢地湊過來瞧著自己，利瑟爾抱歉地瞄了伊雷文一眼，又立刻將目光轉回劫爾身上。

他臉上的微笑帶著點落寞，看得劫爾眉間的皺摺越蹙越深。

「喂。」

「我再也不理你了。」

利瑟爾忽地轉過臉去，抓住伊雷文的手腕，邁開腳步走向公會大門。

伊雷文腦中一片混亂，不過勉強沒有表現出來。這到底怎麼回事？他嘴角抽搐，不過還是乖乖跟著利瑟爾走向門口。

「我要帶著這些孩子離家出走了。來吧，史塔德。」

「好的。」

不知道他為什麼突然點名史塔德。只見史塔德毫不猶豫地從櫃檯座位上站起身，仍然帶著一張漠無表情的臉，聽話地快步走到利瑟爾身邊。他朝著伊雷文的手腕發動攻擊，讓他放開利瑟爾的手，伊雷文立刻踢回去反擊，史塔德也以踢擊迎戰。

利瑟爾依然沒有注意到發生在視野之外的攻防戰，他瞥了劫爾一眼，便離開了公會。

「…………」

劫爾獨自留在原地，仍然滿臉不悅地蹙著眉頭，深深嘆了一口氣。

這是哪招？他伸手撥亂後腦杓的頭髮。既然史塔德與他一同離開，職員一定知道些什麼，劫爾想到這裡，目光掃向公會櫃檯。隔著無數怔在原地的冒險者，一位顏面抽搐的公會職員動作僵硬地轉向劫爾。

「不是啦、那個，利瑟爾老兄他三天之前，接了公會職員視察的委託……也就是史塔德的護衛委託，本來就安排今天要出發……」

職員視線飄移，戒慎恐懼地這麼解釋道。劫爾聽了，望向利瑟爾剛才離開的大門。

「那傢伙從三天前就開始計畫這種蠢事？」

「很、很幽默哦……啊哈、啊哈哈……」

打從一開始，劫爾就知道利瑟爾那些話並不是認真的。

既然他打算分頭行動，那想必不是什麼特別危險的委託。公會的視察不過是到附近的村落跑一趟而已，不消幾天就會回到王都了。

有伊雷文和史塔德陪在身邊，他也不至於故意跑去招惹麻煩事。萬一因為不可抗力的因素被捲入什麼麻煩，戰力上也無須操心……既然如此，愛怎麼做就隨他高興。今天就去迷宮吧，劫爾凶神惡煞的表情又更兇惡了幾分，就這麼離開了公會。

周遭的人們原本被驚人的事態發展嚇得僵在原地，這下才大大鬆了一口氣，重新展開各自的活動。平常大家從來不在意其他隊伍有什麼糾紛，但換成利瑟爾的隊伍就不一樣了。他們的隊伍鬧不和，不知為什麼感覺特別恐怖。

「……我知道不久之前這才是常態啦，但劫爾老兄的韁繩沒被利瑟爾老兄握住的時候，真的是超可怕的……」

公會職員喃喃嘀咕道。這就是最主要的原因吧。

「拜託我真的嚇了一大跳欸！」

「本來是想嚇劫爾一跳的，但好像被他本人看穿了，我不太滿意。」

在隸屬於公會的馬車裡，伊雷文正大吵大鬧地抱怨，全力鬧著彆扭。這次實在對他不太好意思，利瑟爾帶著抱歉的神情跟他道了歉。

史塔德淡淡看著這一幕，也轉向坐在身旁的利瑟爾開口。

「我也沒有聽說，所以很驚訝。」

「不好意思。既然都要執行了，還是別告訴任何人比較有趣呀。」

利瑟爾溫柔地撫摸他的頭。看見史塔德心滿意足接受摸頭的模樣，伊雷文哼笑一聲，揚起嘲諷的笑容。

「掛著一張面具臉，還說什麼驚訝，別鬼扯啦冰棒。」

「你什麼也沒發現還嚇到驚慌失措根本沒資格說我，裝什麼從容。」

伊雷文一揚腿，以踹破車廂地板的勁道砰地往下一踢，多虧史塔德旋即避開，腳才沒有被他踩爛。伊雷文也同樣避開了史塔德的反擊，二人睥睨般瞪著彼此，兇狠的目光豈止激起火花，幾乎要擦出落雷。

利瑟爾微笑看著這一幕，好像覺得他們很可愛似的。不過，萬一車廂地板真的破掉就糟糕了，於是他趁著爭執越演越烈之前開了口。

「不要在馬車裡面鬧事哦。」

「好啦——」

「對不起。」

這是輛四人座的小型馬車，空間狹小，對坐時幾乎要碰著對面乘客的膝蓋。反過來說，這種馬車重量輕、速度快，馭馬的也是公會裡的職員，是專屬的馬車夫，因此操縱馬兒的手法相當熟練。

他們的目的地，是王都附近的一座小村落。利瑟爾接受了史塔德的指名委託，陪同他進行這次的視察。

「謝謝你接受委託。」

「這是當然的，我們平常總是受你關照呀。」

「這整件事我都沒聽說欸。」

「真的很對不起，下次我會好好說清楚的。」

伊雷文沒聽說過委託的事情，又被史塔德看見了他稍微有點驚慌失措的模樣，而且最後連利瑟爾隔壁的位子都瞬間被搶走了，伊雷文不爽到了極點。

發現伊雷文在等著他安慰，利瑟爾從腰包拿出了一支棒棒糖遞給他。伊雷文見狀，馬上露出心滿意足的笑容湊了過來，看來他並沒有那麼介意。

他喀啦喀啦咬著糖果，模樣看起來相當愉悅，顯然是願意原諒他了。利瑟爾看了也微微一笑。

「畢竟你也接受了我的委託，我不好意思說什麼，但這麼寵這個白癡他會得意忘形的。」

「嘴上說不好意思，我看你講得很爽嘛死面具臉。」

史塔德伸手要糖，利瑟爾也給了他一支。二人對罵只是日常風景，只要別動手，利瑟爾也不會阻止。

「話說回來，公會職員常常外出視察嗎？」

「視察也有各種不同目的，不過確實常常需要到外面辦事。」

史塔德立刻停止吵嘴，為利瑟爾解釋道。

「例如冒險者公會的設立申請，或是有人申訴冒險者素行不良造成危害的時候，職員都會到當地調查。委託人出現問題的時候，我們也會直接拜訪當事人。」

「也就是說，職員外出大部分都是到沒有冒險者公會的地方囉。」

「是的，這一次的目的地也一樣。雖然沒有公會，不過聚落有一定的規模。」

除了王都、商業國、魔礦國以外，帕魯特達爾當然還有其他的城市和聚落，只是這三大都市發展得特別興盛而已。

在迷宮密集的地區，會發展出為冒險者設立的村子。也有村子坐落於國土正中央的位置，因此設有郵務公會的據點。規模雖小，但每個村落都充滿活力，各有特色，大多數情況下都是由一位領主治理幾座村子。

「公會職員到外地出差的時候，至少必須有一組護衛陪同。既然一定要有人同行，我就想不如跟你一起去。」

「這是我的榮幸。」

利瑟爾瞇起眼笑了，表達出自己的喜悅，彷彿看見面無表情的史塔德背後飛出了小花。第一次跟利瑟爾一起離開王都，他的心情十分雀躍。

「所以這次是要幹嘛？」

雖然有個礙事的傢伙。

「有位領主找了莫名其妙的藉口不願繳交委託費用，我們現在要到那座村子向他收錢。」

「啥？領主不是很有錢嗎？」

「有錢也不想繳的人到處都是，用點腦子吧白癡。不知為什麼碰到這種狀況常常都派我負責處理，雖然非常麻煩。」

為什麼？再怎麼想，都只想得到「因為他能夠動用蠻力強制執行」這個理由。

史塔德的實力太過破格，不過每一間冒險者公會，其實都至少有一位能夠以暴制暴的職員。商業國的制暴負責人是蕾拉，自從她一拳打爛惡質冒險者的臉，那些甜言蜜語追求她的男人全都消失無蹤……除了其中一個人以外。

「對方是領主大人，我以為會由公會長之類的高層出面呢。」

「如果是商業國或魔礦國的領主，應該是這樣沒有錯。不過我們待會要拜訪的那位領主，先不論地位，權力比剛剛提到的兩位領主低太多了。面對這點程度的人物，那個萬事嫌麻煩的傢伙不可能專程露面。」

「公會長真的有在工作喔？」伊雷文問。

「他確實扮演好了代表公會的角色吧。反正高層只要負責討好周遭的勢力，讓我們方便行動就足夠了。」

公會長的職責，是在公會所屬的國家和城市當中確立冒險者公會的立場。與憲兵維持融洽的關係，促成雙方合作；與國家維持恰到好處的距離，留意不招致統治階級的反感。

王都的公會長與負責統率憲兵的雷伊關係友好，同時也受到王宮肯定，王城甚至願意舉辦冒險者相關的活動，可見這位公會長與沙德一樣，是位政治平衡感優秀的人物。

「當然，即使犧牲吃飯和睡眠時間我也會逼他完成最低限度的工作。」

只不過，受到周遭尊敬與否這一點，他和沙德有著決定性的差異。

「是說冰棒看起來不像有辦法用蠻力之外的方法解決問題欸。」

「應該就表示以對方的地位，即使強制執行也沒有問題吧。」

「喔——原來如此。」

誠如伊雷文所言，史塔德看起來不像是能言善辯的人。或許因為態度淡漠的關係，他給人的印象沉著冷靜，實際上卻正好相反，開口沒多久就容易動手動腳。比起唇槍舌戰，還不如直接把人冰起來比較快。

貴族當中也有各種不同階級，這次的領主顯然是公會不必鞠躬哈腰的對象。習慣了利瑟爾的氣質，對於貴族這方面的區別標準都要失常了，伊雷文心想。

「所以咧，還要多久才會到啊？」

「車程大約半天，預計在村子裡停留一晚。」

「哇靠，還滿遠的欸。」

「伊雷文，你也想留在王都嗎？」

「這倒是不會啦。」

比起被利瑟爾拋下，他寧可在馬車裡度過半天無聊的時間。伊雷文手肘撐在腿上托著腮，想起不在場的劫爾。大哥突然被捲入這莫名其妙的戲碼，還被丟在王都，現在他應該潛進迷宮裡去了吧。

伊雷文漫不經心地想道，看見利瑟爾在他眼前拿出書本。

「會暈車喔。」

「我看書沒有暈過，沒問題的。擔任賈吉護衛的那一趟，我在馬車裡讀了三天的書也不會不舒服。」

關於書，利瑟爾從不退讓。

利瑟爾的視線垂落紙面，一旁的史塔德也湊了過去，並肩盯著書本看。看來史塔德想一起讀，利瑟爾將書本挪近他。伊雷文見狀皺起眉頭，砰砰拍著自己身邊的位子。

「隊長，我要睡覺，你來當我的枕頭嘛。那本書借給那傢伙就好啦，你可以看別本。」

「白癡請閉嘴，想睡自己去睡不就好了真不要臉。」

車廂內的氣氛越發肅殺，利瑟爾苦笑著闔上書本。只要他們二人都能夠打發時間就行了吧？

「那我們三個人一起玩紙牌遊戲吧。」

利瑟爾拿出一組撲克牌，二人立刻乖乖點了頭。

太陽越過頂點之後又過了一會兒，利瑟爾一行人終於抵達了目的地那座村子。

村落外圍環繞著石塊堆積而成的圍牆，氣氛一片和睦。馬車夫正在應對守在大門前的幾位憲兵，利瑟爾他們則悠哉地望著窗外的風景。

「原來這裡也設有憲兵的值勤據點。這裡的最高負責人……應該不到憲兵總長那麼高的位階吧？是憲兵長嗎？」

「我記得是這樣沒錯。」

小規模的村落，只有在必要的時候才會有憲兵派遣過去，大多數的村子平時都是自行設立自衛隊滿足治安上的需求。不過聚落達到一定以上的規模之後，憲兵就會在此設立據點，大門前站崗的憲兵和王都的憲兵穿著同樣的制服。

「進村需要審核很久嗎？」

「不可能啦，這裡是鄉下欸。」

伊雷文打著呵欠說道。他說得沒錯，憲兵立刻放行了公會的馬車。

不愧是領主直接統治的村子，市街比起一般村落繁榮了許多。在各國之間往來的商人在此落腳休息，出售農作物的人們也聚集於此，可以看見各行各業的群眾造訪此地。

「你有什麼打算嗎，史塔德？」

利瑟爾與車窗外的孩子對上眼，朝著對方微微一笑，接著轉向史塔德說道。

「要立刻拜訪領主大人嗎？考量突發狀況，也許今天先跟對方談過一次比較好。」

「說得也是。」

史塔德點點頭，交代馬車夫駛往領主的宅邸。

宅邸位於村莊的中心，路程並不遠，放慢速度駕著馬車也大約十分鐘就能抵達。等到馬車停下，史塔德率先下了車，伊雷文則看向利瑟爾徵求指示。

「隊長，我們要下去嗎？」

「這個嘛，我們的委託內容只有旅途中的護衛……但萬一雙方談不攏，發生摩擦，我會很擔心的。」

「那傢伙發生摩擦也不需要我們幫忙啦。」

利瑟爾不由得笑了出來。這二人雖然處處與彼此作對，但絕不會看輕彼此的實力。換作是看不上眼的人，他們的反應唯有漠不關心，所以這也是當然的吧。

「既然接了護衛委託，我們就好好善盡職守吧。史塔德，可以嗎？」

「如果你不介意，那就麻煩你了。」

「嗯，我很樂意喲。」

利瑟爾這麼說，完全不是為了追加的委託報酬，也不曾期待因此從公會那裡收到什麼好處。正因為史塔德明白這一點，才會直率地點頭拜託他同行。對方看見有冒險者站在職員背後待命，交涉應該也會比較順利才對，史塔德這麼想道。不過如果這件事具有危險性，他絕對不會拜託利瑟爾同行，根本搞錯了護衛的使用方式。

一旁的馬車夫悄悄鬆了一口氣。讓史塔德一個人進去，演變成強制執行的機率相當高。與其發展成「要死還是要點頭你自己選」的狀況，他當然希望事情和平收場。

從這點看來，有利瑟爾同行，史塔德應該也不會亂來……具體來說，就是不會凍結整個房間，再用冰刃團團包圍對方加以脅迫。動用這種手段，萬一對方沒有過失，公會被指控為加害者也不奇怪。

「麻煩你安排旅店。」

「好的，處理好我會立刻回到這邊迎接你們。」

馬車夫再度確認了和平的美好，駕著馬車往原路折返。

宅邸的會客室當中，領主坐在沙發上迎接史塔德他們。

明知他們這一趟為何而來，領主臉上卻沒有半點心虛的神色，要不是膽子特別大，就是根本還沒掌握狀況。這人看起來就是個狡猾的老狐狸——這是晚點離開宅邸的時候伊雷文的感想。

「請坐吧。」

看見史塔德年紀尚輕，男人原本還一臉從容，但是一看見跟在他身後進門的利瑟爾，他卻不禁臉頰抽搐。

公會職員淡淡地打過招呼，道了謝，在沙發上落座。那個問題最大的沉穩男子，還有另一個散發著蔑視氣質的獸人，則是站在職員身後。領主對於他們的站立位置感到不解，不斷瞥向利瑟爾。

「那麼事不宜遲，就容我直接進入正題吧。」

史塔德感到些許不快，不過他面無表情的臉仍然不動聲色地凝視著男人。

「關於這次的委託品……」

「不、不是，等一下……」

史塔德淡漠地準備說下去，領主聽了連忙制止道：

「這次的事情不至於勞煩王都的監察官專程過來啊！」

「很遺憾您輕忽了事態的嚴重性，但我並沒有帶監察官過來。」

「可是……」男人的視線再度固定於一點。視線的另一端，利瑟爾以自然的姿勢站在那裡，悠然露出微笑。

監察官，主要是在貴族違法舞弊、或是發生爭執的時候負責處理問題的官員。他們是擁有特殊立場的貴族，負責審判出身名貴、職種特殊等難以裁罰的人物。

「啊……」伊雷文習以為常地瞄向身邊的人，史塔德則淡然否定了領主的話。

「他是負責護衛的冒險者，請您別介意。」

「冒……」

史塔德沒有理會啞口無言的領主，逕自取出了幾張文件。冷靜和我行我素只有一線之隔呢，看著史塔德的模樣，利瑟爾這麼想道，毫不考慮自己是否有資格這麼說。

「關於這次您提出的委託，委託品已經繳交，您卻拒絕支付報酬，請問有什麼原因嗎？」

沒有抑揚頓挫、不帶感情的聲音，將領主的意識拉了回來。排列在桌上的委託單，確實寫著他自己提出的委託內容：【取得獨角哥布林的角】，A階委託，每一支角支付一枚金幣。

領主低頭看著那些文件，重新打起精神，動作誇張地聳了聳肩膀。

「不是啊，我並沒有拒絕支付的意思……」

「太好了，那麼事不宜遲，就麻煩您立即支付報酬金額，本次順利完成交易感謝您的合作，未來也歡迎您繼續利用本公會的服務……」

「等一下，喂，等……進展太快啦！」

眼見史塔德以迅雷不及掩耳之勢準備結束這個話題，領主忙喊暫停。就連怒斥他無禮的空檔都沒有，這若是刻意為之實在厲害，但毫無疑問，這只是史塔德的自然反應而已。

「還有什麼事嗎？」

「這、這個嘛……其實是繳交的委託品有瑕疵啊，這樣的東西要我付全額，實在不公平啊。」

感受到有人拉了拉自己的衣角，利瑟爾往那邊一看，伊雷文正帶著壞心眼的笑容，指著正前方的牆壁。就在領主背後的牆上，掛著一支裱在豪華飾框裡的角。

利瑟爾沒有見過，不過那想必就是獨角哥布林的角了。長約三十公分，側面確實有幾道淺淺的傷痕，但不到損傷外型的程度，反而展現出魔物鮮活的生命軌跡，為它添了幾分獨特的震撼力。

領主將那支角心滿意足地裝飾在那裡，一點也不像對於委託品有什麼不滿，看來他只是想殺價而已吧。

「史塔德。」

利瑟爾從他背後湊近，像說悄悄話一樣遮著嘴，輕聲耳語了些什麼。

史塔德好像也注意到了，他瞥了男人背後一眼，輕輕點頭。沒有錯，那正是公會繳交給領主的委託品。

「原來如此，我知道了。」

「知道就好，那我們重新談談金額……」

聽見史塔德表示理解，男人顯得極其愉悅。好了，該殺價多少呢？在心滿意足的領主面前，史塔德默默收拾文件，邊收邊道出結論。

「您不滿意的委託品我們會回收，然後再次提出相同的委託。這次並不會向您收取額外的委託費用，請您放心。委託完成之後我們會重新將完好的委託品送來給您，屆時再麻煩您支付報酬。」
領主愣愣地張大了嘴巴。
「那邊的白癡，把牆壁上的角拆下來。」
「不准使喚我啦。」
史塔德這麼說並不是刻意找領主的碴，這只是直覺反應。伊雷文則是滿懷惡意，看好戲似地繞過沙發，走近那支裱著氣派大框的角。
「那麼就麻煩您稍候一段時間，委託完成之後我們會立刻將委託品送到這裡。今天非常感謝您在百忙之中撥空接見……」
「等一下！」
「還有什麼事嗎？」
說完公事公辦的招呼，史塔德站起身來。領主見狀終於高聲制止他，同時尖聲哀叫正要動手拆下角的伊雷文別碰它。
利瑟爾露出苦笑。該怎麼說呢，史塔德總是半句話也沒說錯，卻能夠輕易忽視對方的想法。若拿不出特別正當的理由，要誘使他妥協可說是難如登天。
「好了，你先冷靜，總之我們重新坐下來談談吧。」
領主這麼說道，伸出雙手制止史塔德和伊雷文。
「我以為我們已經談完了？」
「不，完全沒談到啊。」
史塔德淡然坐下，看在旁人眼裡只覺得他漠無感情，但利瑟爾看得出他已經有點不耐煩了。低頭看著他的背影，利瑟爾稍事尋思。
「我認為這是最好的處理方案了。」
「不，不必那麼麻煩啊，我現在把瑕疵品的金額交給你不就解決了嗎？」
「您的委託條件只提到不接受重大破損，因此我想不太可能變更報酬。」
「話是這麼說，但誰想得到會收到有刮傷的東西啊？」
二人的談話當中，利瑟爾以指尖輕輕敲了敲史塔德的背。彷彿毫不在乎領主說了什麼似地，那雙群青的眼瞳旋即回望過來，利瑟爾低頭看著他的眼睛，粲然一笑。
「我可以插個嘴嗎？」
看見史塔德點頭，他又望向那位領主。男人懾服於他的氣勢似地點了頭，利瑟爾於是道了聲謝。
接著，他低頭看了看重新排列在桌上的委託單據，對上領主的視線。
「您希望取得的是成獸的角，既然如此，我想上面的傷痕不可能構成瑕疵才是。」
「這、這是什麼意思……」
「獨角哥布林的成獸，擁有互相擊角決定群落領袖的習性。極端來說，沒有傷痕的角反而沒什麼價值。」
男人啞然望著這裡，利瑟爾保持沉穩的態度說道：
「角上的傷痕，是霸主歷戰的證明呀。」
越是實力雄厚的強者，就有越多對手前來挑戰，角上的傷痕也會日漸增加。傷痕是牠們戰勝的勳章，同時也證明這支角的主人是好戰、富有鬥爭精神的勇猛個體。

反過來說，角上毫髮無傷的哥布林只是誰也不想挑戰的弱者，也怯懦得不敢主動挑戰別人。把這種哥布林的角裝飾在牆上，又有什麼值得驕傲？

「您說的自然也有道理，嚴重破損的角是敗者的證據。當然也可能是歷經無數戰役終於屈膝的古老王者……雖然別有意趣，但讓冒險者制伏這樣的個體實在沒什麼意思。」

「是啊、是啊！」

「不必刻意尋求，自然能夠邂逅別有價值的珍品，這就是收藏家的天運吧。」

「哪裡哪裡，也沒到那種程度。」

他溫柔伸出援手的嗓音，略帶揶揄的話語，已經足以滿足這位領主的自尊心。眼前這位高貴的人物贊同他的想法，最重要的是還說他取得的角很有價值，領主樂得心花怒放，從容大氣地點點頭。

「原來如此、原來如此……這麼說確實沒有錯。」

這一次，領主不再吝嗇報酬，聽見史塔德催促他快點付錢，正在交代佣人下去準備。

「雜魚。」

伊雷文小聲譏嘲道，幸好領主心滿意足的笑聲蓋過了他的聲音。

「那麼我們就告辭了，期待您再度利用冒險者公會的服務。」

收下報酬之後就沒有其他事了，史塔德站起身來。

「再待一下如何啊？」領主出聲挽留，但三人婉拒了。簡單說，領主是想向他們展示自己引以為傲的魔物素材。收藏家炫耀起來可是沒完沒了。

在三人退出會客室之後，男人獨自在房裡哼著歌，欣賞著獨角哥布林的角。

史塔德對於旅店並不講究，不論再怎麼破爛的小屋他都願意住，沒有半句怨言。
但這一次有利瑟爾同行，這種想法他早已拋到九霄雲外。當然，擔任車夫的公會職員也心照不宣似地為他們準備了村裡最高級的旅店。
在旅店的一間房間當中，利瑟爾他們正坐著歇息。這裡的房間乾淨整潔，還算寬敞。
聽見馬車夫沒跟他們一起住的時候，利瑟爾一臉不可思議，但基於他本人懇切的要求，車夫住在另一個房間。
「托你的福，真是得救了。」
「不會。即使我不插嘴，你一定也有辦法解決吧。」
「但我想不會那麼順利。」
利瑟爾坐在沙發上，低頭看著把沙發凳當成椅子坐在他腳邊的史塔德，仔細為他擦拭剛沖過澡濡濕的頭髮。史塔德舒服得微微瞇起眼睛，利瑟爾看了露出微笑，伸手梳好他略顯凌亂的髮絲。
「我知道這只是多管閒事……」
面對那個領主，史塔德應該可以在即將採取強硬手段之前成功收取委託報酬。
因為史塔德有點不耐煩，伊雷文也玩膩了，所以利瑟爾才會出手，但這很明顯是不必要的干預。
「插手干涉你的工作，我也覺得不太恰當。」
「怎麼會……」

史塔德正要抬起臉，利瑟爾卻再度拿毛巾裹住他的頭髮，制住了他的動作。

真懷念，利瑟爾不禁笑了。在他從前那位學生還稚氣未脫的時候，利瑟爾也常常這樣幫他擦頭髮。

「繼續和那樣的人談下去，也不會為你帶來什麼收穫，所以我才忍不住打斷你們。」

利瑟爾用毛巾夾住髮絲，拭去髮上的水氣，他的髮色襯著雪白的毛巾相當好看。

換言之，不論他再怎麼苦戰，只要能帶來成長，利瑟爾都不會出手干涉。史塔德正確理解了話中涵義，利瑟爾彷彿看見他面無表情的臉上飛出了小花，是因為他為此感到高興吧。

「好了，擦乾囉。」

毛巾移開之後，史塔德這一次終於抬起臉，仰望著利瑟爾。只要自己還能滿足他的期待，就不會失去這道柔和的微笑，史塔德將這件事牢牢刻在心裡。

「隊長，換你……喂，你怎麼一臉理所當然地讓隊長幫你擦頭髮啊！」

這時，伊雷文按順序沖完澡，回到房裡來了。

「羨慕吧。」

「得意個屁，幼稚。臭小鬼臭小鬼臭小鬼——」

「小鬼比白癡好多了你去死吧。」

「你才去死！」

年齡不詳這點有各種利用方式呢，利瑟爾有趣地笑著，將毛巾遞給了史塔德。最後，利瑟爾以指尖稍微為他梳整了頭髮，看著心滿意足的史塔德變本加厲地挑釁伊雷文，一邊站起身來。

「換我去沖個澡。」

「隊長慢走——」

伊雷文若無其事地笑著朝他揮揮手，史塔德則什麼也沒說，目不轉睛地目送他離開。利瑟爾將二人留在房內，走出房門。他已經叮嚀過他們，爭執必須克制在口頭爭吵的範圍內，應該不至於洗個澡回來房間就呈現全毀狀態吧。他們即使多少對彼此動手，大概也僅限於打鬧的範圍而已。

實際上，他們在利瑟爾無法察覺的範疇打得水深火熱，但利瑟爾當然不會注意到，只沒來由地感覺到二人好像會在背後對彼此動手的氣氛而已。

「…………」

「…………」

房間的門板砰地關上，利瑟爾的身影已經從房內消失無蹤。伊雷文和史塔德按兵不動，等了幾秒之後，便拿著不知從哪裡掏出來的武器朝對方揮去。

下一秒，喀嚓——是開門的聲音。

「糟糕，我忘記拿腰包了。」

「隊長，你那樣不就等於什麼都沒帶嘛。」

「如果有注意到的話我就幫你拿過去了。」

「沒關係的，謝謝你。」

史塔德坐在沙發上開始整理文件，伊雷文則坐在床上擦拭他那頭長髮。看來只是口頭爭吵而已，利瑟爾微微一笑，走出房間。

過了一秒，二人又再度執起武器展開無聲的攻防，悠哉穿過旅店走廊的利瑟爾自然毫不知情。

58

清晨最早睜開眼睛的人，不用說當然是史塔德。

他坐起身來，看向隔壁那張床鋪。由於二人爭吵不斷，利瑟爾別無選擇，只能睡在中間那張床上。他完全沒有醒轉的跡象，先前一起睡覺的時候，利瑟爾也起得不早，應該暫時不會醒來吧。

「…………」

史塔德這麼想著，下了床，在酣睡的利瑟爾身邊屈膝跪下。

他面朝這裡的睡臉恬靜安穩，史塔德凝神思考了一會兒，伸手觸碰他露出毛毯的手，靜靜抬起那隻手，擺在自己頭上。過了幾秒，傳來指尖緩緩拍撫頭部的觸感，這完全是睡夢中下意識的動作吧。

「請好好休息。」

音量幾不可聞，貼到最近距離也不曉得能否聽見。史塔德輕聲說完，便將剛才抬起的那隻手臂小心翼翼放回毛毯裡。

要出發的話早點動身比較好，但他也沒有非趕時間不可的急事。由於昨天順利結束了交涉，現在時間上還有一些空檔，史塔德一邊思索可以讓利瑟爾睡到幾點，一邊站起身來，披上公會的制服。

現在這個時間，駕駛馬車的職員應該也開始準備出發了。去探聽一下預計出發的時程好了，史塔德靜靜走出房間。
「（……太早起了吧，是老頭子喔。）」
伊雷文察覺到陌生的氣息醒了過來，在心裡這麼咒罵史塔德。
那傢伙對利瑟爾說的那句話、讓他繼續休息的體貼，伊雷文全都看不順眼。利瑟爾能夠好好休息當然很好，但看不順眼的事情他就是看不順眼。這種時候還是睡覺最好，他將毛毯蓋到頭上，睡起了回籠覺。

朝陽完全從山間探出頭來的時分，利瑟爾緩緩睜開眼睛。今天必須自主早起，所以昨晚比較早睡，應該不至於睡過頭吧……他迷迷糊糊地想道。
利瑟爾雖然常常起不來，不過一旦決定要起床，就不會再睡回籠覺了。他睜著惺忪的睡眼坐起身來，緩緩吸進一口氣，再呼出來。
視野一隅忽然有個身影動了一下，他將頭髮撥到耳後，看向那裡。
「早安，史塔德。」
「早安。」
史塔德坐在沙發上，目不轉睛地看著這裡。他還是一樣早起，利瑟爾露出笑容。
「什麼時候出發呢？」
「等到你準備好再出發就可以了。」
「是不是讓你久等了？」

「絕對沒有，請放心。」
平常出差的時候，完成工作之後反正也沒事做，史塔德總是催促著馬車夫快點回去。利瑟爾不可能知道他平時的作風，不過還是覺得讓史塔德費心了。回到王都的路程大約半天，一定是及早出發最好。
「伊雷文，天亮囉。」
「呃啊……」
伊雷文裹在毛毯裡還沒睡醒，利瑟爾開口叫他。看見毛毯蠕動了一下，利瑟爾露出苦笑，伸手戳了戳他僅露出一點點的頭頂。他扭動身子，從毛毯的縫隙中探出一張睡意朦朧的臉。
利瑟爾為他撥開蓋住眼睛的瀏海，溫柔地搖了搖他的肩膀，制止他在迷茫之中再度闔上眼皮。那雙妖艷的珊瑚色眼瞳微微睜開，映出利瑟爾的身影。
「再睡一下……」
「不行。史塔德也必須早點回到王都才行呀。」
伊雷文抓住了他伸過去的手，湊過臉頰，硬是將鱗片按到他的手掌上。
眼見他就這麼往手掌上蹭來，利瑟爾的指尖輕撫過鱗片。有其他人在場的時候，還真少見到他這樣撒嬌，看來為了挑釁刻意在人前撒嬌他是可以接受的。
「伊雷文。」
利瑟爾拍了拍他的臉頰，便感受到掌中傳來他揚起笑容的觸感。
「好了，起來吧。」

「好喔——」

伊雷文使勁伸展柔軟的肢體，從床上坐了起來。利瑟爾也準備先換個衣服，於是拿起裝備，整裝打扮。

「史塔德，你吃過早餐了嗎？」

「我想跟你一起吃，所以還沒有。」

「不好意思，讓你等了這麼久。」

「不會。」

史塔德搖搖頭說。接下來該怎麼辦呢？利瑟爾想道。

需要立刻啟程的話，在馬車裡吃早餐也沒關係。不過假如真的趕時間，史塔德會直說才對，而且利瑟爾也有點想在村子裡逛逛。

「慢慢來啦，又沒差。」

伊雷文紮著頭髮，邊打呵欠邊說。

「隊長，你想去晃晃嗎？」

「可以嗎？」

「雖然不想贊同白癡的意見，但確實是今天以內回到王都就可以了。如果你有什麼想去的地方，順便去一趟也沒有關係。」

史塔德話中沒有顧慮，也一點不假。那就好，利瑟爾聽了也點點頭。

「那我們吃過早餐之後，可以稍微去物色一下伴手禮嗎？」

「啥，你要買禮物給大哥喔？」

「是呀，畢竟出門的時候稍微捉弄了他一下，我想送點東西賠罪。」

三人一塊出了房間。這間旅店不提供早餐，三人必須自行覓食。不過昨晚利瑟爾他們睡著之後，伊雷文已經到外面閒晃過了，說他找到了不錯的店，於是三人果斷決定了目的地。

「隊長，你最近是不是看了什麼人際關係糾纏不清的書啊？」

「你怎麼知道？這類書我平常不太會看，但我很喜歡這本的作者，所以……」

利瑟爾露出沉穩的微笑，看起來一點也不像是策劃了那場殘酷惡作劇的主謀。

哪可能不知道？伊雷文嘴角抽搐。史塔德則是毫不在乎劫爾如何受害，開始跟利瑟爾討論待會要吃什麼。

新鮮的蔬菜沙拉，表面烤得酥脆的黑麥麵包，再配上乳酪和水果。

三人吃過了美味飽足的早餐，正漫無目的地在村子裡閒逛，尋找適合的伴手禮。這個村莊同時也是商旅的中繼地點，也有商人在路邊擺起攤位，趁機做起生意來。看到罕見的商品，孩子們的眼睛閃閃發亮，少女們也開心地挑選王都運來的流行服飾。一行人看著這幅情景，沿著街道繼續前進。

貴族氣質的男子、公會職員，再加上打扮醒目的冒險者，這三人走在一起一點也不搭調，吸引了眾人好奇的目光。不過他們一點也不介意，自顧自地張望四周。

「你要買什麼給大哥啊？」

明明才剛吃過早餐，伊雷文已經伸手拿起了堆在路邊的水果。經過攤子前的時候，他順手將銅幣拋給老闆，一邊開口問利瑟爾。

「難得到了這裡，買點村子裡的特產……對了，劫爾喜歡吃肉。」

「我想生肉應該不太適合當作伴手禮。」史塔德說。

「果然如此嗎？」

就連劫爾會不會認為它是伴手禮都令人懷疑。

但也有點想看看大哥收到生肉的反應啦，伊雷文露出賊笑，咬了一口手上的水果。以劫爾的作風，既然是利瑟爾送的東西，他再怎麼無奈都會收下，但感覺會擺出一副超級不情願的表情。

「那麼，剩下的選擇就是劍或是酒囉。」

「先不管劍算不算特產啦，大哥喜歡劍喔？」

「我以為他一直都只用同一把劍。」

「不，他預備了幾把精良的劍，全都是重視性能的武器，挑選的時候好像有什麼講究的標準。」

至於確切的標準是什麼，利瑟爾對劍不太瞭解，因此並不清楚。不過他從沒見過劫爾對劍的裝飾價值感興趣，因此挑選時應該是以實戰使用為前提吧。

「是喔，下次叫大哥讓我看看好了。」

一刀持有的劍無疑是最高級的迷宮品，想必全都是賣掉足以換取龐大財富的珍品……雖然打算留著使用的話，價值並沒有太大意義。伊雷文同樣以劍為武器，本身對劍也特別講究，這個話題挑起了他的興趣。

「史塔德，你對劍有研究嗎？」

「不，完全沒有，只要可以割斷喉嚨就好。」

「就是說呀，我總是忍不住想，劍不是只要夠鋒利就可以了嗎？」

「就是那個鋒利度的問題啊，打算用這一擊定勝負的時候，結果一砍下去觸感卻卡卡的……」

聊著有點駭人的話題，利瑟爾他們走進了路旁偶然映入眼簾的酒館。

即使撇開劍算不算是特產的問題不談，既然劫爾對劍有所講究，隨便買劍送給他確實不太恰當。酒類劫爾幾乎什麼都喝，是最保險的選擇。

這間酒館在這時段似乎作為餐館營業，有幾組客人圍坐在桌邊用餐。也有幾位冒險者打扮的顧客，一看見史塔德走進來，他們嘴裡的酒全噴了出來。

「酒的種類比想像中豐富呢。」

「想不到吧，可不能小看這種酒館喔！」

一行人看著牆上排列整齊的各式酒瓶，一旁正在嫻熟地為客人送餐的年輕女生連忙走了過來。

「歡迎光臨！請問要用餐……嗎……」

利瑟爾一回頭看向她，那道活力充沛的聲音便越說越微弱。

她在經營酒館的家庭長大，一次也沒有出過村莊，這裡的領主她也只有偶爾見過幾次而已。但就連她也看得出來，眼前這位人物跟她所知道的任何人都不一樣，儘管少女並不明白箇中原因。

「請問妳是店裡的人嗎？」

「是、是的！」
雖然陌生的氣場令她不知所措，見到對方溫柔的微笑，少女的肩膀也放鬆了下來。
「如果要用餐的話，由我幫各位帶位！」
「不是的，我想買酒送給朋友。請問這裡也賣酒嗎？」
「有的，那個……請問您要找哪一種酒呢？」
哪一種？聽見這個問題，利瑟爾再次望向大量的酒瓶。
畢竟他不能喝酒，對於酒的種類也沒有什麼研究。儘管他擁有一些酒類相關知識，但這種時候無法發揮什麼效果。
「只知道他喜歡比較辛辣的……該挑哪一種好呢？我看過他開葡萄酒，麥酒和清酒也都喝，對吧？」
「啊……是沒錯啦，大哥挑酒好像沒啥節操。」
「像你剛剛說的，從本地特產當中挑選如何呢？」史塔德說。
「就這麼辦吧。哪一種看起來比較好喝？」
三人你一言我一語地討論起來，少女站在他們身後，沒來由地對這一行人投以憧憬的目光。
這是因為他們完美符合了她想像中王都居民的印象。不帶半點土氣，俐落優雅，態度從容卻不高傲。三人就連並肩站在一起的姿態都如此相襯，氛圍特別不一樣。
「是不是度數越高的酒就越好喝呀？」
「不是的。」

「沒那種事喔。」

但那些傢伙正在說很無聊的話喔，冒險者注意到少女閃閃發亮的眼神，忍不住在內心吐槽。但他們沒有說出口，不破壞別人美夢的體貼他們還是懂的。

「這裡面最受歡迎的是……嗯，怎麼了？」

利瑟爾回過頭去，忽然注意到少女的視線，於是微微偏了偏頭。

就連一個小動作也如此高雅，絕對是來自王都的人。少女發出感佩的嘆息，然後才忽地回過神來。伊雷文和史塔德早已察覺背後的視線，原本置之不理，直到這時才和利瑟爾一起轉頭看向少女。

「沒有……那個……請問，各位是來自王都的人吧？」

面對三雙目光，少女飛紅了臉頰，拿起手上的大托盤遮住了嘴巴，眼神游移地說道。

「一點也沒有鄉下的土氣，我忍不住覺得好嚮往……不、不好意思，這樣很失禮吧?!」

「不會，這是稱讚呀。謝謝妳。」

少女拚命解釋自己並沒有他意，下定決心開口說道。

「請問王都的人都像各位這麼，嗯……時髦嗎！」

「（時髦……？）」

「（時髦……）」

伊雷文和史塔德都聽得面無表情，這形容詞怪怪的。

「妳太抬舉我了，和其他人比起來，我還差得遠呢。」

別開玩笑了，座位上的冒險者默默看向利瑟爾。

他們忍不住想：拜託你別提升王都居民的門檻好嗎。
「原、原來如此，好令人嚮往呀……」
「妳未來有計畫到王都來嗎？」
「我一直想，有朝一日一定要去看看……」
少女滿心期待，不好意思地這麼答道。
看見二人和睦交談的模樣，伊雷文他們忍不住想，這樣真的好嗎？不讓少女認清現實真的沒問題嗎，難道要讓她一直誤會下去，以為王都充滿了超越利瑟爾的人物？
他們知道利瑟爾這話完全沒有惡意。利瑟爾口中的「差得遠」，指的恐怕是他和王都居民比起來既不會殺價、又不會做生意的意思。利瑟爾心目中尊崇的王都居民形象，和少女嚮往的形象之間存在決定性的差距，才導致了這場悲劇發生，並不是任何人的錯。
伊雷文和史塔德不情願地交換了一個眼色，不約而同開口打斷他們。
「出發時間快到了，要不要快點決定送給一刀的伴手禮呢？」
「挑一瓶最受歡迎的，再加一瓶度數最高的就行了吧？」
二人全力結束這個話題。他們不管少女將來到了都市裡會怎麼想，但還是想避免利瑟爾在不知不覺間成了騙子。
「啊，那就這麼辦吧。可以請妳幫忙嗎？」
「好、好的！」
萬一客人趕不上出發時間就糟糕了，少女連忙跑進櫃檯。已經告訴她這些酒是要送禮，少女應該會幫忙裝箱或簡單包裝起來吧。

「隊長，你這次不講究包裝喔？」

「因為劫爾一定不喜歡，而且還會直接把包裝撕壞呀。」

「一刀小心翼翼剝開包裝的樣子光想就令人作嘔。」

明知道對方不喜歡，利瑟爾就不會特地費心包裝了。

順帶一提，史塔德平時總是毫不客氣地撕破包裝，但收到利瑟爾送的禮物會小心拆開。

利瑟爾察覺了這一點，所以也盡心回應他的好意。

「你小心翼翼拆開看起來也很噁心欸。」

「這句話我原封不動奉還給眼前的某位白癡。啊我都忘了你沒收過他包裝過的禮物嘛活該。」

「因為我就陪在他身邊所以不需要多費工夫包裝啦，閉嘴龜在你的公會裡吧敗犬活該。」

在他們語氣平靜的咒罵夾擊之下，少女嚇得渾身發抖。利瑟爾從她手中接過劫爾的伴手禮，微笑著道了謝。

利瑟爾他們踏上歸途，再次展開馬車之旅。

利瑟爾坐在面朝行進方向的位置，坐在他身邊的人一樣是史塔德。由於史塔德搬出護衛的名目，聲稱利瑟爾必須坐他旁邊，所以座位安排和來時相同。當然，伊雷文正在鬧彆扭。

「歸途也十分順遂呢。」

「大概已經走了一半的路程。」

利瑟爾從攤開的書本上抬起臉，探頭朝窗外看去。身邊看著同一本書的史塔德，也從太陽的方位判斷了一下旅途進度。

「隊長，你要不要喝？」

「好呀。」

他感謝地接過伊雷文遞過來的玻璃瓶，喝了一口水。

「看樣子傍晚之前就可以抵達王都了。」

「太好了。」

利瑟爾將瓶子遞給史塔德，見他搖頭，於是將那瓶水還給了伊雷文。他將落在頰邊的頭髮撥到耳後，視線正要落回書本上——

——這時卻看見坐在眼前的伊雷文伸手按住了劍柄，他反射性地闔上書本。

「但前提是一切順利。」

史塔德喃喃說道，將利瑟爾往前一推，伊雷文心照不宣地順勢將他拉近，手按著利瑟爾的頸子示意他低頭，將他擁在懷裡。

「喂，車夫做事啊，正後方！」

伊雷文拔劍的那隻手敲了敲背後的車廂牆板，臉上揚起一抹好戰的笑。

「啪嚓」一聲，猛烈的破壞音隨後響起，一把長槍從外側刺穿了不久前利瑟爾頭部所在的位置。槍尖刺進車廂之後勢頭並沒有減弱，伊雷文才剛舉劍將它彈開——

沒想到槍頭卻輕易碎裂，一陣白煙從中迅速擴散開來。史塔德立刻以冰層堵住通往車夫席位的窗子，伊雷文掩住了利瑟爾的嘴。

「唔……」

「是催眠藥，隊長閉氣喔。」

利瑟爾微微點了一下頭，將看見白煙時已經開始編組的魔法施展開來。一陣狂風席捲車廂內部，將煙霧吹出馬車外，三人的視野也恢復清晰。

接著，利瑟爾緩緩吐了一口氣，喚出魔銃，槍口朝自己一轉，毫不遲疑地扣下扳機。利瑟爾依然伏著身子，連續幾聲槍擊越過他頭頂，貫穿了背後的牆板。

猛烈的槍聲在車廂內迴響。不曉得開到第幾槍的時候，聽見一聲粗啞的哀號和馬匹的嘶鳴聲，利瑟爾這才終於停止攻擊。

「隊長，你膽子越來越大了喔！」

「是你們教得好呀。」

伊雷文愉快地笑出聲來，利瑟爾也直起身子，回以粲然一笑。

從遇襲開始只過了幾秒鐘的時間，利瑟爾他們輕易逆轉了敵方率先進攻的優勢。

「原來傳聞中的火槍手就是你呀。」

利瑟爾撿起掉在地板上的書本，一邊將它收進腰包，一邊眨了眨眼，看向凝視著這裡的史塔德。他確實從西翠口中聽說過這個傳聞。

這麼說來，史塔德還不知道呢。利瑟爾點點頭，回想起見過魔銃的另一個年輕人。

「賈吉沒有告訴你嗎？」

「那傢伙是商人，口風很緊。那個蠢材也盡力思考過怎麼做才不會對你不利吧。」

原來如此，利瑟爾點點頭，向剛才護著自己的二人道了謝。看見史塔德的目光追隨著魔銃移動，利瑟爾操縱魔銃，飄到他面前轉了一圈。馬車加快了行進速度，喀啦喀啦地劇烈顛簸。

「他們的攻勢相當熟練，是盜賊嗎？」利瑟爾問。

「不太像欸，他們好像太正直了？第一擊失敗又吃了反擊，竟然還不放棄，怎麼看都是不懂撤退時機的雜魚……喂，速度不能再快一點嗎，馬被幹掉很麻煩欸！」

「這是極限了！」

「不愧是伊雷文，說服力不同凡響。」

他原本率領的可是威脅國家的一大盜賊團。盜賊發動過幾次襲擊之後大多就會落網，伊雷文帶領的盜賊團卻能在同一個地盤劫掠無數次。

對方是不懂得判斷撤退時機，還是執著於這輛馬車不想撤退？這輛繪著公會紋章的小型馬車，看也知道不可能載著什麼值錢的東西。

「啊，果然要被追上了……不過我們的馬還拖著馬車嘛，這也是當然啦。」

「停下馬車等於中了他們的計，直接迎擊吧。」利瑟爾也說。

馬蹄聲逐漸逼近。車廂裡的氣氛一如往常，馬車夫卻已經快哭出來了。他拚命催馬疾奔，仍然無法彌補雙方機動力的差距，敵方已經與馬車並行，逐漸包圍過來。

利瑟爾中斷了思考，向伊雷文使了個眼色示意。

「我開槍狙擊，麻煩你掩護。」

「好喔！」

但他正要站起身，卻遭人制止。

「太危險了，請待在車廂內，讓我來。」

「史塔德，我們才是你的護衛呀。」

「沒關係的。」

史塔德代替他站起身來，準備打開車廂門。沒想到這委託人會拒絕護衛。顛簸的馬車當中，史塔德沒有踉蹌半步，鑽出車廂打開的縫隙往上一爬，三兩下便消失在車頂。靈巧的身段教利瑟爾相當佩服，忍不住看得出神，不過這樣真的好嗎？

「怎麼辦呢，伊雷文？」

「他本人都說好了，沒差啦。」

這些年輕人基本上為所欲為，只要那唯一一人平安，他們一點也不在意旁人怎麼想。

利瑟爾思索片刻，決定繼續將魔銃留在身邊警戒，在原地靜觀其變。既然史塔德不願意，利瑟爾也不好出手，而且考量到他的實力，連掩護都是不必要的干涉。

「那就交給史塔德吧。」

「隊長都擊倒一個人了，已經夠啦。不說這個啦，過來我旁邊，那裡很危險喔。」

背後通往車夫席位的窗口還結著一層冰，伊雷文一邊擊破冰層，一邊叫利瑟爾過來。

史塔德悄無聲息地在馬車車頂著地，直挺挺站起身來。

腳下傳來利瑟爾的聲音。這有什麼好介意的？史塔德想道。現在他只是隨心所欲行動，利瑟爾不需要為此負起任何責任。

啪喀、啪喀，史塔德腳邊逐漸結了冰，彷彿他冰冷淡漠的表情影響了現實中的溫度一樣。凍結的冰將他的雙腳固定在車頂，同時表現了他的心境。

史塔德睥睨著底下那些策馬逼近、抬頭仰望這裡的匪徒。

「臭小子，你是公會職員吧！職員特地露臉真是太湊巧啦，咱們的目標就是冒險者公會！」

「閉嘴。」

這些人該知道，他們為了這點程度的目的對誰動了手。捲入了無可比擬的至高之人，他們應該領悟自己的罪孽。史塔德以冰刃砍落了馬背上射來的箭矢，不負「絕對零度」之名的眼神緊盯著地面上的罪人。

只是對上那雙眼睛，渾身彷彿就要凍結，空氣結冰的吱嘎聲宛如幻聽般響起，感受到對方散發的殺意凌駕了敵意，男人們冒出冷汗。

「你……這個……公會的走狗！」

一眾男人硬是制住了拒絕前進的馬匹，咒罵著襲向馬車。

「什麼時候允許你們碰這輛馬車了。」

冰刃從史塔德手中射出，速度快得看不見，一把一把確實射中了接近馬車的匪徒。

透明晶亮的冰刃刺在他們的肩膀、腹部，流了血，但死不了。這點程度的痛楚不值一提，男人們譏諷地笑著舉劍，朝馬車襲來——就在這一瞬，他們渾身綻放出鮮紅的結晶，落馬墜地。

其他騎在馬背上的人弄不清發生了什麼事，只能就這麼從渾身遭到結晶貫穿、當場身亡的男人們身邊經過。那是帶血的巨大冰晶，令人毛骨悚然，卻反射著美麗的光彩。

「下一位請往前。」
公事公辦的招呼激起眾人心中的恐懼，史塔德手中又喀啦喀啦地凝聚起一把把冰刃。
「咿……！」
「膽怯逃跑的傢伙事後別想逃過老子刀下！無論如何都要殺了這條走狗！」
有人高聲喊道，蓋過了旁人剛出口的悲鳴——那人或許也只是想蓋過自己喉頭湧上的悲鳴而已。隨著那聲怒喝，馬車的行進方向也出現了幾匹新的敵軍。
史塔德瞥了那裡一眼，沒有問題。
「前、前方也有敵人過來了！」
「他說有敵人欸，隊長。」
「麻煩你繼續前進，前方的敵人我可以從車廂裡狙擊。」
聽見馬車夫哀號般的聲音，利瑟爾以沉穩的嗓音回應。
但我不想勞煩他出手。史塔德邊想邊高舉冰刃，得快點收拾完背後的匪徒，接著處理前方的敵人才行。
「隊長，…………」
「咦，這該怎麼辦呢……嗯……」
腳底下忽然響起猶豫不決的聲音。
「史塔德，現在方便打擾一下嗎？」
「是。」
聽見利瑟爾立刻喊他，史塔德放下冰刃回道。

這道嗓音被慘叫聲打斷令他不快，他暫時不在敵人身上綻出結晶，只持續牽制敵方，不讓匪徒靠近。

「現在，某個S階隊伍有兩位冒險者打算以結婚為契機退出公會，這件事你知道嗎？」

「我知道。公會長個人持贊成意見，但聽說總部下達了挽留的指示。」

「史塔德，你本人對這件事有什麼看法？」

這問題令人不解，內容和提問的時機都如此突兀。

但對於史塔德而言，問題的意圖根本無關緊要，利瑟爾問他話，他該做的就只有回答而已。他心裡只是有一點不滿，現在看不見那雙筆直望向自己的紫晶色眼眸，而且他也想直接聽見這道嗓音，而不是隔著車頂。

「我認為退出與否都無所謂。」

「同意S階引退，會不會造成評價降低、不利於你的工作呢？」

「公會長的個性並不會介意評價問題，對於公會本身我想也不至於造成太大的影響。」

「我指的不是公會長或公會……」

利瑟爾有趣地笑了出來。側耳聽著那道笑聲，絕對零度那雙玻璃珠般的眼瞳也和緩了幾分。

襲擊者從前後兩個方向逼近，再過數十秒雙方即將交鋒，但他關注的仍然只有利瑟爾一人。

「對我來說，重要的只有史塔德一個人的看法而已。這件事對你沒有什麼影響吧？」

一陣震顫竄過肌膚，史塔德對於情緒所知不多，沒有注意到那是無法抑制的狂喜。持冰刃的手巍巍發顫，他想回答，聲音卻哽在喉頭。初次嘗到的激烈情緒攫住他，他甚至想，是不是無意間遭到了什麼攻擊，才導致自己的身體出現了異常？

「啊……」

史塔德咬緊牙關，耐住此刻湧上心頭的感受。

總之必須回答才行，利瑟爾問他話呢，自己該做的就只有回答而已。

「是……的……」

他喘氣般從喉間擠出答案，彷彿感覺到利瑟爾回以甜美的微笑。

「那就欠他們一個人情好了。史塔德，回來吧。」

他頓時忘了這是疾馳中的馬車車頂，甚至忘了他們正逐漸遭到敵方包圍，史塔德以近乎反射的動作翻身躍進車廂。

看見眼前沉穩的笑容，他瞠大眼睛，一句話也說不出口。那人溫柔地握住了他下意識伸出的手，彷彿受到那隻手牽引般，他往前跨了一步，將額頭抵到利瑟爾肩上。再熟悉不過的指尖撫過他的髮絲。

「我還以為終於要看到面具臉動搖了咧，結果還不是一樣沒表情。」

「以史塔德的標準來說，已經動搖得很厲害囉。」

「真假？完全看不出來。」

史塔德挨在他身上動也不動，利瑟爾也不以為意，逕自打開車廂門板。馬車的速度逐漸減緩，襲擊者已經逼近到咫尺之內。

眼前是遼闊的草原，遠處可見到一片森林。這裡除了他們和匪徒之外什麼人也沒有，利瑟爾撫摸史塔德的手卻掩住了他的耳朵，罕見地扯開嗓門大喊。

「西翠先生，拜託你們了！」

正當一名匪徒舉劍斬向車夫的時候，一聲銳響咻地劃破長空，有什麼東西貫穿了他的腦門。那是一支箭矢，利得足以貫穿男人的頭顱，又消失在後方的草原上。

同樣的聲音接連響起，每一聲都在匪徒腦袋上開了洞，男人們紛紛倒地。剩下的襲擊者陷入恐慌，但銳響沒有因此停息，直到所有匪徒都倒地不起，周遭才驀地恢復寂靜。

「多虧你注意到了，伊雷文。我到現在還完全不知道他們在哪裡呢。」

「嗯，因為這邊是下風處嘛，我也見過那傢伙啦。」

「注意到氣味真是幫了我一個大忙。車夫先生，麻煩你停靠到那片森林裡。」

利瑟爾褒獎似地朝著伊雷文瞇眼一笑，從車廂裡指向遠處的森林。

從馬車夫的角度看來，他只知道一群匪徒莫名其妙攻了過來，又莫名其妙全滅，再加上利瑟爾指了個莫名其妙的方向，他連混亂的餘力都沒有，乾脆放棄了思考。

他這樣沒問題嗎？利瑟爾望著車夫，接著在座椅上坐了下來。

「所以咧，那傢伙是要黏到什麼時候啦？」

「請你讓他待到滿足為止吧。」

這段時間，其實史塔德一直抱著利瑟爾不放，隨著他的動作一起蹲下身來。他跪在地板上，緊緊環在利瑟爾背後的手絕不放開，臉正好埋在利瑟爾腹部的位置。

這模樣宛如交出了自己的一切，利瑟爾見狀，伸手撫摸他的頭髮。伊雷文儘管一臉不滿，仍然沒有把他拉開。想起自己掉淚的那一天，史塔德也讓他在那間會客室待到滿意為止，要還他欠下的那次人情，現在也只能忍耐了。

顧慮到疲倦的馬兒，馬車放緩速度前進，過了十五分鐘左右才抵達森林。車廂微微一晃，停了下來，於是利瑟爾拍了拍史塔德的背。利瑟爾站起身，史塔德無論如何就是不離開，抱著他跟了過來。

「我要下馬車囉，稍微放開一下吧。」

史塔德黏他黏得不得了，聞言才鬆開手，退開一步，但淡然的視線一瞬也不曾從利瑟爾身上移開。利瑟爾見狀，苦笑著下了馬車。

看見西翠他們的隊伍站在眼前，利瑟爾悠然露出微笑。

「不好意思，把各位捲了進來。」

「不會，我們要是不願意幫忙，早就裝作沒看見了，你不用介意。」

「各位跑到這麼遠的地方來，是為了委託嗎？」

「是啊。不過那點程度的襲擊者，有那個獸人和絕對零度在場，感覺不需要我幫忙啊，你為什麼求救？…………咦，絕對零度怎麼突然抱住你？」

「請別介意。」

也不顧利瑟爾已經和西翠展開對話，史塔德繞到利瑟爾前方抱住他，再次將額頭擱在他肩上安頓了下來，西翠的隊友之間掀起一陣騷動。

絕對零度在王都的冒險者公會已經逐漸成為傳說，沒想到竟然能看見他像小孩子一樣撒嬌的模樣。明天一定下雨，不對一定是下刀子，說不定現在就有大群飛龍掉下來了——聽見眾人的耳語，走下馬車的伊雷文也點點頭。不難理解。

「就算你這麼說，現在也沒有比這更令人介意的事情啊。」

「不，還有更值得你們在乎的事情吧？」

西翠凝視著史塔德，利瑟爾朝他微微一笑，環視他們所有人。

來到距離王都如此遙遠的地區執行委託，不出所料，隊伍裡所有成員都出動了。利瑟爾在其中找到了身為隊長的男人，那人走到西翠身邊，與他並肩而立。

「先前劫爾受您照顧了。」

「不，受到照顧的是我才對。一刀沒有生氣吧？」

「他並不介意，請您放心。」

我有點生氣，伊雷文咕噥道，利瑟爾則斥責了他一下。

幸好對方沒有聽見。接下來不曉得事情會怎麼發展？利瑟爾挪動被抱住的手臂，指尖繞著史塔德的髮絲，開口切入正題。

「不好意思，我聽說了各位的內情……狀況如何呢，爭取到公會的許可了嗎？」

「還沒有，實在是相當棘手。」

隊長苦笑著說道，語調中明顯透露出事情並不順利。

那正好，利瑟爾看向西翠。為什麼在這時候提起這件事？眾人略感詫異，利瑟爾卻假裝沒注意到，重新轉向隊長。

「多虧您隊伍上的西翠先生出手相助，我們才能得救。謝謝各位。」

「話是這麼說，但西翠說得沒有錯，你們憑自己的實力也足以迎擊。視狀況而定，旁人甚至有可能判斷你們單方面將我們捲入事件當中啊。」
「不，憑我們的實力無法脫困，而各位好心對我們伸出了援手，對吧？」
全場的氣氛倏然緊繃。難道這是把匪徒丟給他們解決，還想逃過罪責的意思？對方的目光多了幾分險色，唯有西翠一個人例外。利瑟爾不是會說那種話的人才對，他不知所措地呆立原地。
伊雷文挺身站到利瑟爾身側，氣氛一觸即發，利瑟爾卻惡作劇般瞇起眼睛，繼續開口說下去。
「那些前冒險者對公會懷恨在心，甚至刻意伏擊公會的馬車，實在是相當棘手……雖然他們怨恨公會的原因，想必也是自作自受而已。」
那些匪徒擁有催眠藥的相關知識，不尋常的長槍則是迷宮品。最重要的是，他們身上的裝備明顯是冒險者出身的打扮。再加上敵方事先安排好前後夾擊，代表這場襲擊經過精心策劃。
既然如此，襲擊者的身分早已不言而喻。西翠一行人聽得啞口無言，唯有隊長注意到什麼似地欲言又止。
「等一下，這——」
「不過，各位在他們淪為盜賊、敗壞公會名聲之前便成功討伐這些匪徒，不愧是階級S的隊伍。公會對你們一定感恩得不得了吧？」
「那當然。」
利瑟爾的指尖敦促般輕扯了一下他的髮絲，史塔德於是頭也不抬地表示贊同。

「以公會的立場來說，他們絕對不希望這件事曝光，各位說不定無意間掌握了公會的弱點呢。為了封口，他們應該很樂意滿足各位的一點小願望才對。」

西翠眨眨眼睛，看著利瑟爾，他眉間的皺摺都不見了蹤影。

利瑟爾保守祕密似地垂下眼簾。史塔德的髮絲碰著他的臉頰，他低下頭，雙唇靠近他髮畔，私語般輕聲說道：

「只是說笑而已，各位別當真。要是這段對話被人聽見，我們會被公會盯上的。」

「什麼意思？我現在陶醉都來不及了非常忙碌所以什麼也沒有聽見。」

「那就太好了。」

利瑟爾有趣地笑了，抬起低垂的眼眸，與站在正前方的隊長四目相交。

說到這個地步想必已經足夠，接下來就看他如何斡旋了。不過這點應該不需要擔心，他可是S階隊伍的隊長，不可能在緊要關頭選錯了手段。

他一定會運用這項籌碼。這不是威脅，只需要告知公會有這些襲擊者存在，對方就會主動來討好他們了。

「那麼，我們就先告辭了。委託請加油哦。」

「等一下，我想好好跟你道謝……」

「該道謝的是我們才對，是各位救了我們呀。」

聽見利瑟爾輕描淡寫地這麼說，西翠的隊長便欲言又止地閉上了嘴。在他身後，即將與他結為夫妻的女性笑著揮了揮手，利瑟爾也瞇起眼睛回以一笑。

「途中繞道不好意思，我們出發吧。」

馬車夫聽見了不該聽的話，眼神已經呈現呆滯狀態。利瑟爾也想請他在聽不見對話的地方待命，但落單時萬一遭遇魔物襲擊就糟了，這實在沒有辦法。

史塔德率先上了馬車，利瑟爾也在伊雷文催促之下扶上馬車的門板。這時，他忽然回頭看向西翠。

「箭矢的費用，下次我會付給你的。」

「……不需要。不要讓我講得這麼明白啦。」

看見西翠有些難以啟齒的模樣，利瑟爾笑著登上馬車。

從這裡到王都，大約還要兩個小時的車程。史塔德依然貼在利瑟爾身上不肯離開，而且這一次伊雷文也沒在跟他客氣，不必說，一路上自然熱鬧得不得了。

平安將史塔德送回公會之後，利瑟爾回到了旅店。他事前已經告訴過女主人會離開旅店幾天，聽著女主人那聲「辛苦啦」的慰勞，利瑟爾爬上階梯。

「我回來了，劫爾。」

「嗯。」

他沒有先回自己房間，直接敲了劫爾的門。

原以為他可能不在旅店，沒想到房裡立刻傳來了應答聲，劫爾讓他進了門。從這時間看來，他迷宮應該攻略得相當順利，利瑟爾邊想邊在椅子上坐了下來。

事不宜遲，他掏了掏腰包，拿出兩支瓶子。

「來，這是給你的伴手禮。」

「不是歉禮？」

「你明明就沒有多驚訝。」

擺在桌上的是兩支酒瓶，看起來是正常的伴手禮，劫爾嘆了口氣。他不知道拿生肉送禮的選項由史塔德事先否決掉了。

他在利瑟爾對面的椅子上坐下，將瓶子上的標籤轉向自己，說了聲「謝啦」。看來命中了他偏好的範疇。

「這種酒你喝嗎？」

「兩支都喝。」

成功避開了他不喝的口味，利瑟爾滿意地點了點頭。

「如何呀，久違的獨處時間享受嗎？」

「你覺得有可能享受？」

咦？利瑟爾聽了眨眨眼睛。

應該不到生氣的地步，但劫爾看起來確實不太高興。他知道劫爾跟自己待在一起並不覺得難受，只不過對劫爾來說，獨自行動才是原本的常態。他原本想，偶爾給劫爾一點時間獨處，也算是讓他喘息一下的。

「（這傢伙很可能這麼想。）」

劫爾一手支著臉頰，望著利瑟爾。

這種完全無用的體貼，以利瑟爾來說還真難得。說到底，他怎麼可能像遇見這傢伙之前那樣過日子？還沒見過眼前這人的時候，自己竟然理所當然地度過每一天，現在想起來他甚至難以置信。

「……總覺得對你有點抱歉。」

「不會？」

利瑟爾道了歉。不曉得他從自己無奈至極的視線裡察覺了什麼，劫爾瞇起眼這麼回道。

「你在鬧脾氣？」聽見利瑟爾這麼問，他回以一笑。

那雙眼瞳看了過來，略微窺探著自己的臉色。好了，這傢伙接下來要怎麼討好自己呢？想到這裡，劫爾覺得這也還不壞。

閒談　讀書禁令期間

由於利瑟爾在大侵襲當中不懂得自重的舉動，劫爾對他下達了讀書禁令。禁止讀書的第一天，三人泡溫泉療癒了疲憊的身體之後，出門到外面用晚餐。

途中路過一間利瑟爾感興趣的書店，他停下腳步，經過劫爾准許後走進了書店。雖然劫爾要求他發揮高難度的技術，選書的時候只能看書脊，不過利瑟爾還是設法買到了中意的書籍。老實說，只看書名實在難以判斷內容如何。

「隊長，你現在買了也不能看啊？」

「如果到其他地方再也買不到這本書，我會後悔的。而且等待一段時間再看也會更期待呀，這樣不是很好嗎？」

「（胃口吊了半天，萬一內容還很無聊，感覺他會受到不小的打擊……啊，因為平常沒被這樣吊過胃口，而且從來不賭運氣，所以這傢伙不懂啊……）」

這一天，一行人飽嘗了許多魔礦國名產，睡了一頓好覺。

讀書禁令第二天，也是啟程回王都的日子。

他們本來就不打算長期待在魔礦國，想看的景點也全都看過了，已經心滿意足。準備啟程之前，他們繞到冒險者公會看了一下，大多數冒險者好像都還沒從商業國回來，公會裡空蕩蕩的。

他們只是想參觀洞窟內部的石造建築而已，利瑟爾一行人到了別處的公會總是遭人糾纏，現在沒人正好。他們瀏覽了這個城市特有的委託，悠悠哉哉地參觀過後便離開了，公會職員都忍不住多看了他們一眼。

到了那天晚上的野營，利瑟爾就傷腦筋了。平常守夜的時候他總是看書打發時間，現在卻不能碰書。

身為貴族，利瑟爾時常出席各種典禮，長時間一言不發地久坐、久站都是家常便飯，但在典禮上還可以觀察其他與會人士，或是側耳傾聽旁人的對話。當然，守夜時也不能說沒有任何事可做。

「（感覺很容易打瞌睡……）」

若不是排在第一個守夜，說不定會不小心睡著。利瑟爾呼了一口氣。

偶爾傳來枝葉摩擦的窸窣聲，溫暖的火堆旁邊待起來相當舒適。多虧了賈吉透過伊雷文間接提供的服務，椅子坐起來也舒服得沒話說。

「（劫爾和伊雷文在守夜的時候都做些什麼呢……）」

利瑟爾漫無目的地望著眼前一成不變的景色。抬頭一看，總覺得月亮傾斜得比平時更慢了一些。

「（像是保養刀劍之類的……啊，我也來保養吧。）」

實在閒得發慌，利瑟爾一次也沒有保養過魔銃，現在卻決定動手保養武器了。

說是這麼說，但他也只能勤快地擦拭魔銃毫無髒汙的表面而已。改裝迷宮品太危險了，這些魔銃是經由王宮首屈一指的魔術研究家之手，改良成可以用魔力操縱的武器，所以不能隨便拆解。

畢竟之前也喚出了平常不使用的魔銃，利瑟爾將那六把魔銃仔細擦拭了一遍。一下就擦完了。

「（特訓之類的……劫爾他們不太可能在守夜的時候訓練，他們都是實戰派嘛。）」

而且魔銃的聲音太吵了。

「（啊，來推算藥士小姐的回復藥製程好了。）」

利瑟爾忽然靈光一閃，從腰包裡拿出紙筆。

基本上，回復藥等藥品的製程因工房而異，這是因為每一間工房都不願外傳自己的祕密配方，利瑟爾他們接取梅狄委託的時候，也完全沒有看見關鍵的製作步驟。在工房裡看見的材料、道具、計算式，想必都只是冰山一角而已。

只不過，利瑟爾掌握了原本世界的幾種回復藥製作方式，參照這些知識，或許可以從稀少的情報當中推算製程的全貌。他沒有其他圖謀，只是好奇而已。

「（有沒有什麼板子……）」

這裡沒有桌子，利瑟爾將墨水瓶放在椅子的扶手上，開始翻找腰包尋找替代品。這時候，眼前的森林響起一陣沙沙聲，有什麼東西動了起來。

「…………」

「…………」

有個精銳盜賊從一段距離之外的草叢中探出頭來，手上拿著一片畫著×記號的板子，長長的瀏海蓋住了他的眼睛。一個男人孤零零站在林木之間，畫面相當突兀。

劫爾他們沒有醒來，表示這是其中一個人安排好的吧。

「我沒有看書哦？」

對方搖了搖頭。看來禁的不只是讀書，而是接觸知識的一切活動。

他一直在監視自己嗎？利瑟爾瞥了精銳盜賊一眼。看見他仍然拿著板子，利瑟爾放棄抵抗，將準備好的文具又收了回去。

「啊，請等一下。」

精銳盜賊判斷沒有問題了，於是放下板子，正準備消失在黑暗之中，利瑟爾卻出聲叫住了他。利瑟爾微微一笑，總覺得對方臉上唯一露出的嘴唇略微抽搐了一下。

「反正你都要監視我了，我們不如過得充實一點吧。」

「……不，我只要有人可以監視就很充實了。」

「什麼都不做，我會睡著的。賭金由我來準備，如果賭贏了，那一部分的錢當然就歸你所有。好嗎？」

利瑟爾輕聲說道，小心不吵醒睡夢中的另外二人。他邊說邊拿出紙牌和幾枚金幣，金黃色的光輝排列在扶手上，精銳盜賊的目光也情不自禁飄了過去。

時間和人際關係不是金錢買得到的東西，既然有機會跟鮮少主動接近的精銳盜賊交談，吝惜這一點錢財反而糟蹋了難得的好機會。

「（正好我也有事情想請教他們。）」

利瑟爾點點頭，招手示意他過來。

「能不能請你陪我一下呢？」

精銳盜賊搔了搔頭，走近利瑟爾，將劫爾和伊雷文稍早坐過的椅子拉了過來。他將椅子擺在稍微傾斜的位置，在利瑟爾對面坐了下來，另一張椅子則擺在二人中間充作牌桌。

「要賭什麼呢？」利瑟爾問。

「隨你挑吧。」

「只有兩個人，那就來賭二十一點吧。」

利瑟爾將金幣擺到椅面上。

他將金幣分為兩堆，精銳盜賊和自己這一側各擺一半，這是為了牽制對方。這次利瑟爾做莊，若不預先設定自己的籌碼上限，財產會全被精銳盜賊贏走的。畢竟利瑟爾沒有自信看穿對方的作弊手法。

「和你對賭實在不敢耍詐啊。」

「你在說謊吧。」

利瑟爾乾脆地回道，精銳盜賊聽了只是淺淺一笑，聳了聳肩。

「大侵襲的時候，謝謝你們幫忙。」

利瑟爾一邊發牌，一邊向他道謝。

這次在商業國，精銳盜賊們在檯面下大肆活躍了一番。他們原本是佛剋濛盜賊團的成員，曾經對商業國造成重大損害，既然往後還要繼續與這些盜賊合作，利瑟爾也想盡早取悅直覺敏銳的沙德和因薩伊。

這一次利瑟爾硬是賣了個人情給商業國，沙德他們也算是勉強妥協了，結果良好。

「不用謝啦，那比被首領使喚還要輕鬆啊。」
「伊雷文不是都放任你們嗎？」
「偶爾會有無理取鬧的命令。」
利瑟爾翻開了兩張紙牌當中的一張。
精銳盜賊瞥了那張牌一眼，沒再要牌便直接攤開了自己的手牌。利瑟爾也翻開了蓋著的那張牌，十七點對十八點，是利瑟爾贏了。
「首領自己嫌麻煩的事就會丟給我們去辦，但那些事對我們來講根本不只是麻煩而已。」
「畢竟伊雷文不喜歡多費工夫嘛。」
「所以啦，比起被叫去做什麼辦不到的事情，這次還比較好。」
比較好呀……利瑟爾微微一笑，將對方下注的兩枚金幣疊到自己的籌碼上。
對於這些精銳盜賊而言，除了滿足自身欲望的瞬間以外都是如此吧——比較好，或是沒比較好。若是後者，即使伊雷文下令，他們也不會行動。
「我在想該怎麼酬謝你們。」
「啊？」
利瑟爾一點也不打算讓他們做白工。
聽見他這麼說，精銳盜賊愣愣地張著嘴巴看著他。有這麼意想不到嗎？利瑟爾邊想邊發下新的手牌。
「話是這麼說，不過你們想要、我又能給予的東西也不多。」

再篩選出所有精銳盜賊都會喜歡的選項，候補也所剩無幾。聽見利瑟爾道出的選項，眼前這位不願露出雙眼的精銳盜賊隨手拋下手中的紙牌，笑了出來。

直到換班之前，利瑟爾他們優閒地享受了一場紙牌遊戲。

下一個守夜的是伊雷文。利瑟爾一告知這件事，精銳盜賊便瞬間消失無蹤，離開前還不忘帶走自己賺到的金幣，不愧是盜賊。

結果，利瑟爾拿出的金幣有九成都被他賺走了。其中有幾張牌和利瑟爾記憶中的牌組明顯不符，他果然說了謊。

利瑟爾有趣地笑了，邁步走向馬車。

讀書禁令第三天。

策馬前進的途中，三人發現遠方有一座村莊，於是決定順路去逛逛。去程還不知道得花幾天才能抵達目的地，因此他們幾乎沒有繞道。不過現在時間上還有餘裕，前幾天的旅途當中也一樣，凡是看見感興趣的事物，他們總會停下腳步。

村莊外圍設有堅固高聳的木製圍欄，看起來是座隨處可見的普通村落。一行人向門口站崗的男村民出示了公會卡，男人不敢置信地多看了他們一眼，三人就在注目禮之下進了村子。

「領主……少女……帶走……」

「憲兵……證據……無法行動……」

聽見不曉得哪裡傳來的駭人耳語，利瑟爾他們直接離開了村莊。

他們不想惹上麻煩，而且冒險者對此也無能為力，必須向雷伊報告，請他採取妥善的應對措施才行。三人邊說邊走出村莊，站崗的男人又多看了他們一眼，目送他們走遠。

那天晚上守夜的時候，利瑟爾也一樣叫來了附近待命的精銳盜賊陪他打發時間。這次來的是一位戴著嘴套、不太說話的精銳，極短髮的造型很適合他。這位精銳盜賊聽話地陪他打牌，擺動雙手跟他溝通，但那雙手慢慢朝利瑟爾越靠越近的時候，他立刻被伊雷文踢飛，不曉得帶到哪裡去了。

伊雷文沒過多久就回來了，但回來的只有他一個人，實在引發旁人聯想。精銳盜賊沒事吧？

讀書禁令第四天，是預計抵達王都的日子。

「欸大哥，你看隊長那樣……」

「怎樣？」

伊雷文駕馬與劫爾並行，喊了他一聲。

沿著伊雷文的視線看去，利瑟爾正以楷模般的姿勢悠哉地策馬馳騁。表面上看起來優哉游哉，實際上速度卻不慢，畫面看起來相當有趣。利瑟爾的氣質和馬匹本身一拍即合，所以才醞釀出這種沉穩的氛圍吧。那匹馬真是選對了，伊雷文忍不住自誇了一番。

「他是不是有點沮喪啊？」

「是啊。」

乍看之下舉止與平時無異，但看在親近利瑟爾的人眼裡，總有一點難以言喻的不對勁。劫爾和伊雷文一路上看著他這麼久，看得出這種「不對勁」其實是心情低落。

利瑟爾不會隨便博取旁人的同情，如果認真隱藏，他也能將情緒藏得天衣無縫，但劫爾他們並不希望如此。既然不是在政敵面前，利瑟爾也沒有必要特地繃緊神經，因此現在的沮喪是他發自內心的感受。

「我是開始覺得他有點可憐了啦，但是……」

「啊？」

「老實說我更想再凌遲他一下，然後看看隊長再也無法忍耐的樣子欸。」

聽見伊雷文一臉認真地這麼說，劫爾覺得這傢伙沒救了。他自己也想過，這麼一來或許能看見利瑟爾不再從容的模樣，但他實在不想成為這種傢伙的同類。

劫爾嘆了口氣，望著利瑟爾，總覺得那道背影有點失神。雖然不是刻意凌遲他，但劫爾也無意縮短禁令期限。

「不過，先做好覺悟吧。」

「啥？」

「即使我們無所謂，還有些傢伙不能接受啊。」

那天傍晚，利瑟爾一行人平安抵達了王都。

他們寄放了馬匹，在原地稍微聊了一下，便看見兩道人影朝這裡跑了過來，是照樣面無表情的史塔德，和被他單手按住嘴巴的賈吉，大概是聽見了傳聞，特地過來迎接他們吧。賈吉看起來都快哭出來了。

「歡迎回來你沒有受傷吧？」

「我們回來了，大家都平安哦。好了，放開賈吉吧。」

「因為這蠢材竟然不知天高地厚地說要搶在我之前迎接你回城。」

史塔德淡淡地說完，接著微微挑起了一邊眉毛。賈吉終於重獲自由，他吃痛地遮著嘴巴，低頭露出軟綿綿的笑容，看著利瑟爾說「歡迎回來」……但他也忽然眨了眨眼睛。

「利瑟爾大哥，那個……你是不是太累了？」

「如果累了還是立刻休息吧。」

「謝謝你們。」

還是被他們注意到了，利瑟爾不禁苦笑。他沒有特別掩飾，但也沒有表現得特別明顯才對，二人卻注意到了他的情緒起伏。利瑟爾帶著謝意，朝他們微微一笑。

「那我就聽你們的話囉。」

「賈吉，送他回旅店。」

「咦，啊……嗯。」

「不用了，賈吉，你是特地關店過來的吧？」

「沒關係的……！」

沒關係嗎？利瑟爾邊想邊邁開步伐，和賈吉一道離開了。

劫爾他們沒有跟上去，是因為沒辦法跟上去。史塔德擋在他們面前，面無表情地盯著他們倆，眼神冷得像冰。看見賈吉臨去之際不著痕跡地回過頭來，眼神不知所措地閃爍了一下，伊雷文這才終於理解劫爾剛才那句話的意思。
有些傢伙不能接受，指的想必是這二人了。
「這是報復喔？」
「大概吧。」
明明注意到他們沒有跟來，利瑟爾卻頭也不回地離開，二人見狀這麼低語道。
接連幾天坐在馬背上旅行，利瑟爾累了也是事實，但簡而言之，他等於把說明的責任全丟給了劫爾他們。讀書禁令的事情，他總不好開口跟那兩個親近自己的年輕人說，「因為我主動跑去受人操縱，所以遭到處罰了」。
或許也是對於讀書禁令的一點報復吧。
「請你們解釋清楚。」
喀啦喀啦，地面從史塔德腳底下開始逐漸結冰。
「如果原因出在你們身上我會殺了你們。」
「話還沒聽完散發什麼殺氣，臭小鬼。」
眼見伊雷文露出好戰的笑容準備拔劍，劫爾狠狠往他頭上揍了下去，嘆了一口大氣。他會解釋，但責任全都要推到利瑟爾身上。他這麼想道。

讀書禁令第五天。
利瑟爾帶著在魔礦國買到的特產，去找昨天前來迎接的兩位年輕人。
他率先拜訪的是史塔德。關於利瑟爾遭人操縱的事，史塔德只說句「如果這是你的打算，我沒有意見」便淡然接受了，同時他對於自己的情緒太過正直，已經開始計畫暗殺幕後黑手……當然，利瑟爾制止了他。

「來，這是給你的伴手禮。」

「謝謝你。」

暗殺計畫遭到阻止，史塔德露骨地醞釀出一股不滿的氛圍。利瑟爾遞給他一個小盒子，他面無表情地接了過來，面無表情地打開，面無表情地將手錶戴到手腕上。但利瑟爾看得出來，他高興得彷彿背後不斷飛出小花，看來這份禮物他相當滿意。

坐在隔壁的某公會職員，啞口無言地看著史塔德將盒子連著緞帶小心翼翼收藏起來。不論是誰送的禮物，他只看過史塔德殘忍地撕破包裝而已。

「我本來想要求他們撤回處罰，但你已經接受了對吧。」

「畢竟這次是我太任性了……但是比想像中還要難熬，我快要撐不住了。」

史塔德聽了，差點決定動用蠻力讓劫爾他們妥協，聽見利瑟爾又補上一句「但我會加油的」，他才什麼事也沒發生似地點點頭。可惜的大概只有他的實力不足以挑戰劫爾這一點吧，若非如此，昨天史塔德已經逼他們撤銷懲罰了。

「這說不定是我第一次這麼久沒有讀書呢。」

但是到了現在，雖然對心情消沉的利瑟爾不太好意思，史塔德卻覺得有點幸運。老實說，他甚至覺得暫時維持這種狀態也不錯。

「劫爾也真是的，罰個三天就夠了吧……不對，原本的期限是十天，他已經讓步了，但是……」

「我來幫你打發時間吧，今天晚上要不要一起吃飯呢？」
「好呀，不然我真的好無聊哦。」
我想也是，史塔德心想。
從剛才開始，利瑟爾便不斷梳理他的頭髮、撫摸他的臉頰，還溫柔地握住他伸出的手，以指尖輕撫。這種感受讓史塔德滿足得不得了，盡情享受寵溺的雙手傳來的溫暖。
後來，史塔德盡可能挽留了利瑟爾，讓那雙手好好寵愛了一番，然後心滿意足地目送利瑟爾的背影離開公會。

接下來，利瑟爾走向賈吉的道具店。
拜訪順序沒有特別的意義，他只是先到距離比較近的那一邊露面而已。
不論什麼時候造訪，這家店總是開著，此刻道具店當然也在營業中，正好有冒險者從店門口走出來。是來鑑定的嗎？利瑟爾邊想邊扶住正要關上的門板，踏進店裡。
沒有聽見門板闔上的聲音，賈吉納悶地回過頭來。一看見利瑟爾，他一下子動也不動地怔在原地。
看見賈吉的眼眶裡逐漸盈滿了淚水，利瑟爾露出抱歉的微笑。
「對不起，讓你難過了。」
「利瑟爾大哥……為什麼……要做那麼危險的事情……！」
史塔德接受了利瑟爾的決定，但賈吉不一樣。即使利瑟爾是出於自己的意願這麼做，賈吉仍然不希望他冒險。從史塔德口中問出這件事的時候，他甚至嚇得臉色蒼白。

「你看，我沒有受任何傷呀。」

利瑟爾伸手蓋住他發紅的眼皮，為他降溫。淚水漸漸止住了，賈吉吸了吸鼻子，搖搖頭垂下視線，看著這裡。

「不是……那個問題……！」

賈吉皺起眉頭，張開嘴，卻欲言又止地閉上嘴巴。自己究竟想說什麼，又該如何表達比較好？他沉吟一會兒，垂下了肩膀。

他垂下臉，卻因為身高太高，反而對上了利瑟爾的眼神。利瑟爾緩緩偏了偏頭，敦促他繼續說下去，賈吉便顫抖著雙唇，輕聲說道：

「你沒事……太好了。」

賈吉說完羞恥得受不了，就這麼蹲下身來，把臉埋進了自己的臂彎裡。

「（單純的孩子說出這種話，威力好驚人。）」

低頭看著賈吉這副模樣，利瑟爾感慨地這麼想道。

這句話直刺進他心裡，激起一股強烈的罪惡感，雖然也是他自作自受就是了。利瑟爾撫摸著柔軟的茶色頭髮，重新反省了一次。

賈吉整隻耳朵都紅了，被他摸著頭，忽然抬頭看向利瑟爾。

「利瑟爾大哥，你還在禁止讀書的期間呀……」

「你看得出來？」

鑑定眼光真是優秀，利瑟爾露出苦笑。他讚賞般緩緩撫過單眼眼鏡的邊框，繫在上頭的鎖鏈隨之發出細微的金屬聲。

「那個……要不要……在我的店裡看一下書？」
「不，其實還有人在監視我呢。」
「在這間店裡面沒有關係的，絕對不會被發現。」
利瑟爾聞言眨了眨眼睛。「這間道具店就是這樣喲。」賈吉說。
聽說利瑟爾做出那麼危險的事情，他當然大受打擊，也非常理解劫爾祭出禁令，遏止他下次再做出同樣舉動的用意。但儘管如此，他還是不希望利瑟爾受苦。
「雖然很感謝你的提議，但這件事已經約定好了。」
果然如此，賈吉苦笑著站起身來。
「……我就知道，利瑟爾大哥一定會這麼說。」
「老實說我有點動搖了呢。」
但一點也看不出來呀，這次換賈吉眨了眨眼睛。
「啊，對了，店裡進了新的……迷宮書……」
賈吉忽然想起什麼似地開口，說到一半又想起利瑟爾不能讀書，語尾越說越小聲。不過利瑟爾還是請他將書籍拿來看看，賈吉聽了連忙走到店裡的貨架邊。
看著他的背影，利瑟爾暗自鬆了一口氣。真是好險，他苦笑著想道，剛才真的差點把持不住了。為了掩飾這一點，他買下了賈吉展示在他眼前的所有書籍。
順帶一提，賈吉收到他送的手錶簡直大喜過望，差點把它供起來膜拜。劫爾猜得神準。
讀書禁令第六天，深夜。

橫躺在床上的利瑟爾坐起身，深深吐了一口氣。他無法成眠，手臂渴求著書本的重量，指尖渴求著翻動書頁的觸感，雙眼渴求著文字的形跡。他全身不斷渴望著書籍的氣味、紙頁摩擦的聲音、柔和反射光線的餘白，渴望新知。

像香菸，像戒不掉的毒，書籍明明沒有任何成癮性，為什麼教人如此渴求？他一向不覺得自己鉛字中毒，原來只是此前不必感受到這種癮頭而已。彷彿要揮開什麼似的，他的指尖撫過床單。

房裡空無一人，利瑟爾在一片寂靜中低語。

「看來我是個比想像中還要沒有理性的男人呢……」

擁有一頭鮮艷紅髮的人物此刻不在身邊，利瑟爾兀自朝他說了這麼一句，雙腳放下床沿。無法遵守約定太丟臉了，但他實在難以抑制不斷湧上的欲望。如果那人能夠對他下令就好了，利瑟爾茫然想道。若他誓言效忠的國王命令他忍耐，明明要他忍受多久都沒有問題的。

「（不知道他睡了沒有？）」

利瑟爾站起身，走出房門。黑暗的走廊安靜無聲，不消幾步就抵達了他的目的地。他原想敲門，又放下了手，悄悄打開房門。即使如此，房裡的男人還是醒了過來，一臉詫異地從床上坐起身來。

「怎麼了？」

至今為止，利瑟爾不曾在夜半來訪，也從來沒有不敲門直接走進他房間，劫爾感到疑惑也是理所當然。利瑟爾露出苦笑，緩步走進房內。

「沒什麼……」

正想否認，他又打住了，因為並不是真的沒事。

他站在床邊，臉上的笑容轉為不知所措的神情。看見他這副模樣，劫爾不曉得怎麼想，只見他察覺了什麼似地瞇細雙眼，正要朝利瑟爾伸去的手又落回床單上。

「我差不多到極限了……」

「還有一天吧。」

利瑟爾不會違背諾言，原本也從不立下無法遵守的約定，這次實在是情況太不尋常了。就連他自己，也從不知道戒除書籍會造成這麼重大的影響。

「所以，我是來求你原諒的。」

劫爾不發一語，看著單膝跪在床沿的利瑟爾。

假如這全是演戲，他也不確定自己能否看穿。但說到底，以利瑟爾的個性，他不會為了打破與自己人之間的約定而說謊。他此刻的反應，表示這道禁令效果相當顯著吧。

看見那張臉龐失去了笑容，他差點忍不住答應了。轉念一想，這豈不正中利瑟爾下懷，於是話到嘴邊又吞了回去。

「以你的自制力還忍得住吧。明天關在房裡一整天，就不必讓周遭看見你這副表情了。」

「我現在是什麼表情？」

「只要女人擺出這種臉，男人大概有求必應的表情。」

劫爾撇嘴笑道，看見利瑟爾臉上終於多了幾分笑意，他伸出手，指背滑過那人頰邊。

撥開蓋住臉頰的髮絲，那張臉龐在僅有月光照明的房內清晰可見。此刻他依然不失清靜的氣質，那神情任誰見了都想出手相助。

「確實，我也覺得時間差不多了。」

原本就想看看利瑟爾不再從容的表情，沒想到這麼快就實現了。劫爾這麼想道，視線一刻也不曾移開筆直望過來的那雙紫晶色眼瞳。

「那麼……」

「所以？」

他語調強硬地打斷了利瑟爾。

「那又怎樣？」

劫爾也不打算輕易讓步。

利瑟爾垂下頭，砰地倒到他蓋著毛毯的肚子上。這傢伙現在真是脆弱到了極點，他低頭看著利瑟爾的後腦杓。不過還真意想不到，老實說，他原以為利瑟爾會滿不在乎地度過一整個星期。

但縱使如此，他仍然確信利瑟爾能夠承受得住。

很簡單，只要他化身為那位君臨一切的貴族就好了。將意識切換成那個無論發生什麼事都不失平靜、清靜高貴的人物，他一定可以完美控制住自己。

再進一步說，利瑟爾只要開口下令就可以了。他一聲令下，劫爾會立刻撤銷禁令，不會感覺到一絲不滿。

「所謂的習慣，反覆無數次之後就成了本能吧。」

利瑟爾躺在他腿上，緩緩轉過臉仰望他。劫爾伸手為他撩起淩亂的髮絲，不發一語地敦促他繼續說下去。

「對我來說，知識好像就是一種本能。書本是獲取知識的途徑，當然也一樣。」

利瑟爾沒有下令，而是選擇開口請求他原諒，這是為了維持彼此對等的地位吧。他寧可這麼做，也不願違背二人結束了金錢上的契約，正式組成隊伍時說的那些話。

劫爾一向覺得，利瑟爾愛怎麼做都隨他高興。但是，面臨難以承受的欲望，他仍然將這件事擺在第一位，劫爾對於這一點並不是麻木不仁。

「可別忘了你現在這種感覺。」

「我真想早點忘記。」

看見利瑟爾露出困擾的微笑，劫爾也帶著諷意笑了。

「我們看見你被人支配的時候，就是這種心境。」

利瑟爾聽了忽地瞠大雙眼，接著笑了開來。終於懂了？看見他臉上打趣的笑意，劫爾啪地拍了他柔軟的髮絲一下。

「那你再不快點放我自由，我就要壞掉囉。」

聽見利瑟爾半開玩笑地這麼說，劫爾嘆了口氣，仰頭看向天花板。

這人總是這樣，他在心裡嘀咕。才剛說出一點真心話，馬上被他奪走了主導權。劫爾所認識的利瑟爾，總能在最後貫徹自己的意思行動。

果然贏不過這傢伙。他顫動喉頭笑出聲來，低頭望進那雙噙著甜美月光的眼瞳。

「我看你總有一天，會變成一條取食知識維生的魚。」

低沉的嗓音輕聲道出這句話，與曾幾何時的對話似曾相識。

利瑟爾接著拋出同樣的問句，劫爾的答案卻與當時不再相同。接著，他開口解除了讀書禁令，於是利瑟爾躺在他腿上，像是終於恢復呼吸似地吐出一口氣，綻開的那道微笑美得懾人心魄。

隔天。

「隊長為什麼待在大哥房間啊……咦，啊——！你怎麼在看書！」

「從昨天晚上開始就停不下來啊。」

「不是啦，還說什麼停不下來！明明就還沒過一個星期，我就說大哥你太寵他了啦！」

縱使伊雷文這樣大呼小叫，利瑟爾還是瞧也沒瞧他一眼，自顧自地讀著書，根本分不清他有沒有注意到伊雷文。床頭櫃上堆滿了書，書堆甚至溢流到了床上。

這反作用力還真是驚人，劫爾心領神會般兀自點點頭。這麼說來，利瑟爾剛到這邊的時候，也曾經窩在房間裡大量讀書，那說不定也不是為了吸收知識，而是因為太久沒啃書，餓過頭了。

「難得我還想說隊長差不多忍到極限了，滿心期待地跑過來欸！唉唷……破壞隊長那副從容架子的機會都白費了！」

「你來晚了，要是昨天過來就能看到你想看的景象囉。」

「啥？」

伊雷文張口結舌地看向劫爾。眼見劫爾毫不理會他的反應，逕自走出房門，儘管慢了半拍，伊雷文還是立刻追上去連珠炮似地逼問：

「什麼你這樣講是什麼意思?!真假?!他哭了?!生氣了?!還是哭了?!到底怎麼了?!」

他實在激動過了頭，女主人扯開嗓門訓了他一句「不要吵」。伊雷文的說話聲才停止一會兒，又馬上繼續問下去，免不了又惹來女主人一頓罵。那陣說話聲漸行漸遠，利瑟爾卻渾然不覺，幸福地沉浸於閱讀當中。

翡翠色的冀望

西翠出生於擁有爵位、歷史悠久的名門貴族。

但是小時候發生了一些駭人聽聞的事情，幾經波折之後家族與他斷絕了關係。光是回想起這段過去，殺意便湧上心頭，所以西翠要自己盡可能忘記這件事。

他被趕出家門，孑然一身，生國的一切都拒他於門外，他只好四處流浪。在西翠奄奄一息的時候，一男一女的兩位冒險者收留了他這個累贅。當時他們的階級也不高，西翠卻稱呼他們為「隊長」、「大姊」，現在依舊對他們百般景仰。

成為冒險者，是出於西翠自己的意願。在他的生國，上流階層以搭弓狩獵為雅興，而西翠在這門技藝上毫無保留地展現了天賦。兩位冒險者真摯地向他解說了冒險者工作的危險，同時也樂於支持他的決定。

他要加入冒險者公會時也歷經了一番波折，因為公會並不允許掌權階級加入。隊長建議西翠，既然他沒做什麼虧心事，不如一開始就老實向公會報告自己的身分比較好。因此，西翠將自己的身世一五一十告訴了公會。

雖然等候了一點時間，但公會那邊不花多少功夫便聯繫上了出身家族，證實了西翠所言屬實。那時公會向他確認，萬一有機會回到貴族社會，他會怎麼做？「就算有人下跪求我，我也不幹。」他啐道，於是終於獲得承認，當上了冒險者。公會只意思意思地補充了一點：一旦他恢復了貴族的權位，便不准再利用冒險者公會的任何資源。看來公會已經充分明白了西翠的心情。

這段時間，身為隊長的男人也一樣非常照顧他，還為失去所有身分的西翠擔任保證人。

從此以後，西翠一找到機會，便努力回報他們的這份恩情。

後來，隊伍的階級順利提升，也多了兩位新夥伴加入。升上階級A的時候，他們和冒險者公會的公會長見了面；升上階級S的時候，他們何止徹夜慶祝，根本連喝了三天三夜。這些點滴都記在西翠心裡，未曾忘記。

他也幸運擁有一群很好的隊友。西翠想回報他們的恩情，願意倚靠他們，能夠找他們聊心事，也想為他們分擔煩惱。夥伴們雖然未必說出口，但確實感受得到大家彼此都這麼想。

所以，西翠心想，自己一定是奢求太多了。比起住在那棟宅邸的日子，現在的環境已經太過優渥，他卻還在渴望優於現狀的事物。但一聽見他這麼說，那兩位對他有恩、值得敬愛的冒險者總是笑著要他儘管去渴望。

既然如此，那也沒什麼好客氣的了。順從自己的心，他持續追求，然後……

這裡是撒路思的酒館，西翠獨自穿過門扉。

「我可以坐這嗎？」

「啊？喔，坐吧。」

我向偶然看見的那群冒險者搭了話，應答的是個態度輕浮的弓箭手，正和隊友圍坐在一塊。

弓箭手一瞬間瞪大了眼睛，接著招呼我坐到空著的椅子上。面對這一如往常的反應，我把湧到嘴邊的嘆息又吞了回去。

「沒想到能跟S階坐在一起，豪華待遇喔。」

也不必這樣S階S階地掛在嘴邊吧。

身為冒險者，我不是不以自己的階級為榮，也有身為階級S的自負，但並不覺得在結束冒險者活動之後，還有在其他場合強調階級的必要。

「也沒什麼特別的啊。」

「是嗎？」

弓箭手伸出叉子，往一顆小番茄叉了下去。他沒有撥動小番茄，便輕鬆將它整顆叉了起來，動作相當熟練。

「不過，論稀有度還是很稀有嘛。」

「S階欸，有些地方根本沒機會看到。」

「對吧？」

他的隊友們一手端著麥酒，紛紛笑著附和，弓箭手聽了也晃了晃叉著小番茄的叉子，看起來心情相當愉悅。

不過這種對話倒是很直截了當。這些人只是有話直說，沒有諷刺的意思，我也不覺得討厭。

「欸小姐，再給我一盤小番茄，然後幫他上個麥酒。」

「好——！」

弓箭手還沒把最後一顆小番茄放進嘴裡就點了下一盤，我跟他說了聲「謝啦」。同樣的盤子已經堆了四個，但他的隊友都沒什麼反應，表示弓箭手平常都這樣點吧。

「最近混得怎樣啊？你們也是不太可能混得多差啦。」

弓箭手咬破鮮紅的果實，嚥下喉嚨之後這麼問道。

這時候麥酒剛好送上來了，我握住杯子，避開了坐在對面的冒險者習慣動作般伸過來的手。

「嗯，普普通通吧。」

「S階的普通，好難想像啊。」

「金幣大把大把賺喔？」

「很少有那麼高額的委託吧？」

「啊……」眾人聽了一陣贊同。

說到底，告示板上本來就很少出現階級S的委託。人們不可能三天兩頭碰上重大的危機或煩惱，因此大部分的S階委託都是在滿足有錢人的嗜好，而且也相當少見。

因此，我們平時接的也大多是A階或B階的委託，不過報酬仍然是以金幣計價的。

「你們接過最大的委託是啥啊？」

「你指的是哪方面，金額？」

「嗯……規模吧？」

弓箭手接過服務生端來的小番茄，又叉起一顆，吊起得意的笑容。

「怎麼樣，會扯上貴族大爺之類的大人物嗎？」

雖然對貴族加了敬稱，但弓箭手的口氣裡沒什麼好感，這可說是冒險者的標準配備了。

基本上，冒險者不會因為身分高下而改變對一個人的評價，反而因為位高權重的人當中嘴臉惹人厭的不少，地位高人一等的傢伙往往令冒險者反感。我懂，簡直發自內心贊同。只有親眼見到特別不凡的人物，他們才有可能改善態度吧。

「這個嘛，我也不太想見到貴族。」

「是喔，所有貴族都一樣？」

「也有例外。」

「比方說？」

弓箭手的隊友們也一手端著麥酒，邊吃著擺在桌上的肉料理邊問。

除了小番茄以外，桌上全都是肉，偶爾有些零星的芋薯。全是些有分量的食物。

「王都有個貴族，感覺好像滿奇特的。」

「王都？」

「哪裡的？」

「帕魯特達爾啊，帕魯特達。」

聽說，那裡本來的國名是帕魯特達，王都也只有「王都」一個名稱而已。不過後來，越來越多人用「帕魯特達」稱呼王都，所以帕魯特達現在演變成了王都的名稱。至於王國整體，就直接稱呼為帕魯特達爾（Parteda-All）。

「然後咧，那傢伙怎麼啦？」

「我們接到他的指名委託，說如果我們有通關報酬獲得的迷宮品，他願意以一千枚金幣收購。」

「……」

所有人聽了都張口結舌。噗滋，弓箭手口中咬破的番茄汁差點噴了出來，坐在我旁邊慌忙擦著嘴巴。

這種反應也很合理，我在內心同意。不過對於高階冒險者而言，這並不是遙不可及的金額，我們的裝備花費動輒數十枚金幣，在強大魔物的攻擊之下就和消耗品沒兩樣。為所有隊友買齊同樣等級的裝備，一旦裝備損傷就必須修復，再湊齊回復藥之類的必需品，千枚金幣很快就見底了。攻略迷宮最深層雖然大有賺頭，但成本也非常高昂。

「不過我們沒有賣。」

「啊?!」

「賣啊！」

「要是我就賣了——」

賣掉通關報酬大賺一筆，盡情享樂，買齊喜歡的裝備當然也很好。

「不過，特別有用的迷宮品確實是會猶豫啦。雖然我還是會賣。」

「你說得沒有錯。」

只有搶先突破迷宮的人才能獲得通關報酬，對冒險者來說，這是至高無上的戰利品。這些迷宮品也不負通關報酬的盛名，性能全都優秀得出類拔萃。

留著它們基本上百利而無一害，因此冒險者也很有可能選擇不出售。我們每天與危險為伍，保命的法寶越多越好。

「喔，這種考慮也有道理啦。」

「但我還是會賣。」

「絕對賣。」
「賣。」
這個隊伍是物以類聚。
「總之我們拒絕了，結果那個貴族很乾脆地接受了我們的答覆。」
「竟然沒有糾纏喔。」
「是貴族的矜持嗎？」
「看人吧，還是有些貴族會死纏爛打。」
我點點頭，伸手拿香腸來吃。
香腸烤得表皮綻開，飄著令人垂涎的香味，咬下一口，熱騰騰的肉汁和嚼勁都教人讚不絕口。我愛吃美食，雖然不是美食家。
「不過最奇怪的是，那個貴族最想要的好像是廉價的迷宮品。」
「啊？」
「那些淺層開到的迷宮品呀，種類不是很豐富嗎？」
「啊……像是『魔物系列模型～世界迷宮篇～』之類的？」
「還有拿來花朵占卜用的花……」
「那種賣不到錢的東西真的是垃圾。」
雖然不是每次都出現這種東西，但是寶箱裡偶爾開出來的這些便宜貨，實在讓冒險者苦惱得不得了。好不容易找到寶箱，卻開出這種東西，歡欣雀躍的心情一下子盪到谷底。
「他好像就是想要那種東西。」

「為啥？」
「貴族嘛，一定是拿來炫耀的啦。」
「我不知道，只是說這個人很奇特而已。」
我拿叉子刺起了第二條香腸。
之後我們也聊了各種委託，還有談到階級S會率先想到的各種話題。我並不排斥聊這些，旁人好奇很正常，而且我也可以趁機收集到不少情報，感覺還不壞。一如往常的閒談時光。
「（果然是我太貪心了嗎？）」
如果有人說這是S階的傲慢，我也無法反駁……但我追求的並不是這種關係。
「話說回來，聽說一刀進到王都了。」
「真的假的啊。」
「那傢伙真的打得贏S階喔？」
「我不知道喔，沒有見過他。」
然後，那位一直吃著小番茄的弓箭手終於叫來了服務生，準備點他的第十盤小番茄。
「……喂，原來你這麼愛小番茄？」
「也還好啦。」
聽著弓箭手模稜兩可的回答，我也順便又點了一杯麥酒。
隊長和大姊說要引退的時候，所有隊友都非常高興。

這就表示他們可以結為連理，安頓下來了。隊長在戀愛方面作風比較被動，也不枉費我們不斷鼓勵、催促他跨出關鍵的一步了。不過在旁觀者看來，他們雙方的心意都顯而易見，所以我一向不太擔心。

「爛透了。」

「別這麼說，西翠。」

我全力皺起臉來啐了一句，隊長聽了露出苦笑這麼勸道。

考量到S階冒險者停止活動的影響，公會不願意答應也在預料之中。正因如此，我們才特別選了素有往來的王都冒險者公會，向公會長提起這件事的。

「公會長也為我們考慮了很多吧。」

「嗯，我也覺得沒有反對已經不錯了……」

倒不如說，王都公會長的意見還比較接近贊成，但他仍然希望隊長他們稍微等待一段時間再退出公會。畢竟公會也有自己的立場，我不是不明白。

「可是這跟隊長和大姊你們沒有任何關係啊？」

「公會長一直很照顧我們，就想成是回報他的恩情吧。」

「好了，西翠，過來這裡。」

聽見大姊叫我，我走了過去。「總會有辦法的。」大姊說著，揉亂了我的頭髮，明明我已經不是小孩子了。

大姊精通單手劍搭配盾牌的戰鬥技術，手勁很強，我任憑腦袋隨著她的動作晃來晃去。

全世界我最希望這兩個人幸福，好想為他們做點什麼，我強烈地這麼想。

就在這個時候……

「（那是怎麼回事？）」

也許是因為停留在王都的期間剛好跟慶典重疊的關係，有人邀請我們的隊伍一起參加建國慶典的一場宴會。我們之前也曾經接受同一位貴族的邀約與宴，自從接過一次護衛委託之後，那位貴族好像對我們印象不錯，後來提出委託的時候常常指名找我們。

隊長爽快地答應了下來，但他其實不擅長應付這種場合。我在一旁協助他，在會場上圓滑地應對來自各方的對話。雖然不願意回想起過去的經歷，但如果從前所學在冒險者生涯能夠派上用場，我也不會吝於運用。

在這場宴會上，我們見到了奇特的人物。

「那就是一刀嗎……看來傳聞不是子虛烏有。各位覺得如何？」

「不，沒有實際交手過實在無法判斷。」

聽見貴族這麼問，隊長笑著回答，我也暗自贊同。儘管我們自認是有實力的戰士，但一點也不想對那種怪物出手。

渾身漆黑打扮的一刀，確實是難得一見的人物。

「那位獸人是誰呀？」

「沒聽說過什麼傳聞，我也不清楚……不過看得出他的實力相當優秀。」

那個紅髮的獸人也相當珍奇，應該是蛇族的獸人吧。

相貌打扮如此顯眼，實力也肯定不同凡響。雖然我們才剛抵達王都，對於王都近來的消息不太靈通，但還是不敢相信自己沒有聽過這號人物。要打贏他一定不簡單。
「還有，那一位……」
貴族說到一半又打住了，視線那一端站著一位男子。沒錯，就是他。
從這個場合判斷，那人一定是冒險者不會錯，但他的一切都在否定這一點。那是位渾身散發貴族氣質的男子，任誰都會斷定他是出身高貴的人物。
但是，不論多難以接受，看來他真的只是個冒險者。
「（不可能有名門會遺棄那種人啊？）」
怎麼想都覺得他不可能像我一樣遭到家族拋棄。
不只是帶我們一道赴宴的貴族，那名男子甚至奪去了周遭所有人的目光。所有人都伺機跟那三人組攀談，想打聽他們的情報，而那個男子還是他們的隊長。如果他擁有貴族身分，又成功當上了冒險者……
「妳覺得要不要邀請他參加等一下的舞會呀？」
「但是，他是冒險者吧？跳舞這種事情……嗯……」
「就是說呀？」
一陣銀鈴般的輕笑伴著耳語經過，精緻華貴的布料晃過視野一隅。
感覺也很適合大姊。引退之後，她也能盡情穿戴冒險者原本不能穿的衣飾了。為了讓她得到那份幸福，我什麼都願意做。
「（對了，去跟他打聽公會的弱點吧。）」

我靈機一動。

『你選吧。』

宴會之後，我獨自折返。看見眼前的光景，原本的猜測成了確信。

在莊嚴的王宮當中，一刀向那人宣誓效忠，抬起他的手掌，靠近唇邊。看見這一幕，我居然感覺到某種神聖性，這是我不會告訴任何人的祕密。雖然我躲在一旁偷看，但對方都注意到了，獸人瞥了這裡一眼，一刀則是不加理會，一副不足掛懷的樣子。

結果，事情跟我想的完全不一樣。

「啊？D？你現在是D階？」

原以為他是在公會呼風喚雨的貴族，我才設法接近，結果只是個勤快完成委託的普通C階冒險者。普通的定義都行蹤不明了。

既然他是透過正當途徑，堂堂正正當上了冒險者，對於公會當然也就沒有影響力了。完全是場誤會，我忍不住脫力。

「（……咦……）」

然後，我忽然注意到一件事。

「這還是我第一次吃這裡的帕斯塔麵。」

「很好吃吧？」

平凡無奇的對話，那人看過來的目光當中沒有競爭意識、沒有戒心，沒有興趣，也沒有妒意。紫水晶般的眼瞳像平靜無波的湖面，沒有任何一絲緊繃。

「（這……該不會……）」

我不禁有點雀躍。

「你們旅店的女主人，給人的感覺好剽悍。」

「當然，畢竟她看見劫爾也一點都不害怕呀。」

「什麼，太厲害了吧？」

看見他打趣的眼神裡帶著笑意，我也自然露出笑容。

這段對話不必在乎冒險者階級，而且彼此是不是冒險者都無所謂。但又是同為冒險者的人，所以我也不必特別思考雙方有交集的話題。加上他不執著於階級，聊起來相當自在。

還有最重要的一件事——他的年齡跟我相近，這很重要。

「（說不定可以變成朋友。）」

我一直想要有個朋友。不是戰場上的夥伴，而是普通的朋友。

「（真是失策……）」

我喝著水，內心嘆了口氣。

到旅店的時候，我完全是以S階冒險者的身分登門拜訪。當時一心只想著利用他的身分，報出階級確實也是那個狀況下最妥善的做法，但是……

對方說不定覺得我是愛炫耀階級的人了……不，確實也是炫耀了沒有錯啦。

「可以問你叫什麼名字嗎？我是西翠，現在這是我的本名。」

「我叫利瑟爾，這也不是假名。」

臨別之際，我問了他的名字。沒被拒絕真是太好了，我暗自鬆了一口氣。

「喂，你們覺得朋友該怎麼稱呼才好啊？利瑟爾？利瑟爾小哥？」

「等等等等你等一下。」

我攔住正要進旅店的兩個隊友，揪著他們進了酒館。

然後我們就此展開會議，隊伍會議。隊長和大姊不在，是因為他們今天去尋覓新家，應該會吃過晚飯再過來。希望他們吃點好料的。

「講話先從頭開始講啊，從頭！」

「那傢伙是誰啊？」

「請不要用『那傢伙』稱呼人家好嗎？」

三個人都先點了麥酒，說到這裡的時候，服務生將三杯麥酒送到了我們桌上。

我沒碰酒，靠到椅背上環起雙臂。我可是很認真的。

「在昨天的宴會上，不是有個貴族冒險者嗎？」

「啊……你是說一刀的……」

「那到底怎麼回事啊？」

「我想要想點辦法，讓公會同意隊長他們退出，所以今天去見了他一面。結果他好像不是貴族，只是普通的C階而已。所以退出公會的事情他幫不上忙，但是跟他聊起來非常……」

「等等等等一下！」

「情報量太大啦！等一下！」

「啊？」

我才剛要進入正題而已耶。

「也就是那個吧，你本來打算利用那傢伙威脅公會?!」

「不要叫他『那傢伙』。」

「然後你說他不是貴族?!他那副德性欸?!」

「什麼那副德性，不准這樣講他。」

「普通的定義都行蹤不明了啦！」

「這我倒也有同感。」

這兩個隊友明明也為了隊長他們引退遭到阻止的事情生氣，不知為何卻訓了我一頓。我聽了也想，那你們就自己採取行動看看啊，但不必問也不難想像，他們最近一定也為了這件事情四處奔走。

到頭來，大家希望那兩個人幸福的心情都是一樣的。想到這裡，我默默仰頭將麥酒灌入喉嚨。

「唉……沒想到你竟然對他們出手喔……」

「話說那是一刀耶，那傢伙不是從來不跟任何人組隊？」

「不過看了反而覺得他們組起隊伍也滿合理的。」

「組合太衝突了，物極必反。」

這二人也在宴會上目睹了那三人組。

那三個人搭配起來非常不搭調，那幅光景從各方面來說確實是震驚四座。但他們看起來處得不錯，那不就好了嗎？我是這麼想的，不過另外二人好像還不太能接受事實。

「那個大胃王獸人也是……」

「看起來很恐怖喔。」

「確實，雖然被一刀的鋒芒遮掩了。」

那天在宴會會場上，所有人感受到的最大威脅想必都是一刀。

但我們的評價不一樣。不論純粹的實力高下，全場最碰不得的危險分子是那個紅髮獸人……雖然他在會場上裝得十分乖巧。

「不過，他跟一刀分擔職責確實滿互補的吧？」

「那西翠的朋友呢？」

朋友……我們還不是朋友。

「……他根本不只是分擔了吧，要是沒有他在，一刀和獸人之間根本不可能產生關聯啊？」

「啥！他握著那兩個人的韁繩喔?!」

「是怎麼辦到的啊！而且那種狠角色居然還有韁繩喔！」

「嗯？意思是說，他們的隊長就是……」

「就是他啊，呃……利瑟爾……」

二人聽了，露出一副又是驚愕又是瞭然的神情哀嚎出聲。側眼看著他們天崩地裂、難以言喻的表情，我逕自喝乾了杯中的麥酒，向經過的服務生再點了一杯，又隨意點了些料理。

也該進入正題了，我看向那兩名仰望著天花板、趴在桌上恍神的隊友。

「喂，我想講今天的正題了。關於稱呼啊……」

「你的正題也太無關緊要了!!」

「啊？」

「抱歉!!」

就因為不是無關緊要的小事，我才會找他們商量啊。

「果然還是親暱一點，直接稱呼他的名字比較好嗎？」

「在意那種事幹嘛，需要喊名字的時候不是都直接『欸』一聲就好了？」

「幹嘛突然裝乖啊？」

順帶一提，我沒有跟這兩位隊友提過自己本來是貴族的事。

因為沒有必要。解釋這件事情我自己也不愉快，而且無論說不說都不會改變什麼。

「他不是可以那樣隨便稱呼的人。」

「嗯，會那樣想也不是不能理解啦。」

「但我們除了對委託人以外，根本沒好好用過敬稱啊。」

冒險者大抵都是如此。這才是常態，所以我現在才這麼苦惱。

「那他是怎樣稱呼你的啊？」

「還不知道，我在臨別的時候才告訴他名字。」
「你們連彼此的名字都不知道，竟然就有辦法討論公會的弱點喔。」
「那時候有必要談的就只有這個而已啊。」
有什麼好奇怪？我看向二人，只見他們用力嘆了口氣，聳了聳肩。
當然，我現在已經不這麼想了。無關乎情報或人脈，我只是單純想和那個人做朋友。
「啊，不過我知道他是怎麼稱呼別人的。基本上是稱先生或小姐，對晚輩和隊友是直接叫名字。」
「好有禮貌喔——」
「反而比較難想像他會直接叫人家名字。」
這麼一說好像也是。
他不太可能主動直呼別人的名字，是有人教他這麼做的嗎？從他忠實遵守這規則的作風，可以感受到這個人老實的一面，和那股高貴的氣質實在難以聯想在一起。
「那他應該會叫你『西翠先生』囉？」
「那我也該叫他利瑟爾先生嗎？」
「沒差吧，反正他也是用自己喜歡的方式叫你而已。」
「那我直接叫他利瑟爾好了。」
這樣自己喊得比較開心，萬一對方不喜歡，到時候再換個稱呼就好。
我下了結論，結束了這個話題。但是隊伍會議還沒有結束，接下來我們認真開始討論下一個議題：隊長和大姊的結婚禮物。

眼前是一幅難以理解的光景——絕對零度正在全力撒嬌。這一幕太難以置信，我還以為在作夢，但即使在夢裡也不可能看見絕對零度這副模樣。

這情景就是如此教人震驚。利瑟爾是造就這場面的原因之一，聽見那雙唇瓣接二連三吐露的話語，我只能茫然望著他。

「各位在他們淪為盜賊、敗壞公會名聲之前便成功討伐這些匪徒，不愧是階級S的隊伍。公會對你們一定感恩得不得了吧？」

這句話代表的意思是——

「為了封口，他們應該很樂意滿足各位的一點小願望才對。」

雙方都太清楚所有內情，願望指的是什麼不言而喻。

隊長急忙挽留利瑟爾，想向他道謝，但利瑟爾沒有接受。隊長好像明白對方是不能接受我們的謝意，於是也決定接受這分好意，閉上嘴沒再多說什麼。

「（但是……）」

有什麼地方不太對勁。剛才我之所以出手相助，也不是出於純粹的善意。

現在我和整個隊伍一起行動，絕對不會擅作主張出擊。利瑟爾明知如此，卻刻意出聲求助，我確信一定有什麼內情，所以才拉弓搭箭的。

「（倒沒想到是這種內情……）」

我們收下他太多幫助了，而且也無法向他道謝。但是無償施捨別人太不符合冒險者的作風了，我不覺得利瑟爾會做出這種事情。
看就知道他本人很努力想成為冒險者……雖然他的努力沒獲得什麼回報。
「箭矢的費用，下次我會付給你的。」
聽見利瑟爾惡作劇般瞇起眼睛這麼說，我眨了眨眼睛，別開視線。
「……不需要。不要讓我講得這麼明白啦。」
知道他那句話不是認真的，儘管不知所措，我還是回了這麼一句。
然後，那位臉色蒼白的馬車夫駕車載他們離開，我們所有人一起目送馬車遠去。隊長好像下定了什麼決心，大姊笑著朝他們揮手，兩個隊友還沒有從絕對零度的衝擊當中恢復過來，而我看不清利瑟爾真正的用意。
「啊，對了。」
隊長忽然露出了笑容。
「西翠，你是不是跟他交情不錯？」
「這個嘛，算是會聊天吧。」
「那請你幫我們向他道謝吧。」
厚實的大手拍到我肩上。
「但他明明都說不需要道謝了？」
「是啊，『出手助人的冒險者』怎麼能道謝呢。」
說這種言不由衷的話不符合隊長的個性，他滿臉不情願地說完，立刻又換上了高興的笑容。

「但你是他的朋友，只看這件事帶來的結果，以個人身分向他道謝，一點也不奇怪吧？」

要謝的不是那些落魄冒險者的事情，而是感謝他促成了隊長和大姊結為連理——隊長想說的就是這個意思吧。

「而且，他剛才也說了呀。」

「咦？」

「『下次』。」

我睜大眼睛。

他下次還打算跟我見面。表面上說不需要道謝，卻暗示如果願意致謝，可以屆時再說。如果這兩者都是利瑟爾的真心話，那理由就像剛才隊長所說的一樣。

「……得調查利瑟爾喜歡的東西才行。」

「喂，西翠？」

其中一位隊友逐漸從絕對零度的衝擊當中回過神來，詫異地看向這裡，但我沒空搭理他。

「你們覺得他喜歡什麼？他說帕斯塔麵很好吃，說不定愛吃美食。啊，不過他好像說不能喝酒。嗯，最好也調查一下一刀和獸人的喜好。」

「暫停、暫停，西翠你冷靜啦……」

「他們那麼醒目，應該馬上就收集得到情報了。保險起見再找個情報販子……好像不太好，感覺跟在利瑟爾身邊的那些人可能會誤解……」

「西翠?!喂，西翠?!」

隊長和大姊笑出聲來，告訴我們該出發了，然後邁開腳步。能夠追趕這對背影的日子已經所剩無幾，對於縮短這段期間的人物，我心裡沒有一絲怨恨，反而懷著深深的感謝。

我默默思考有什麼禮物能夠表達這份心意，漫不經心地聽著隊友們嘈雜的說話聲，跟在敬愛的二人身後跨出步伐。

後記

各位讀者喜歡小說當中的日常閒談嗎？

這些日常故事偶爾夾雜在跌宕起伏的本篇當中，可以窺見人物不為人知的一面、平常看不到的關係，還有意想不到的特技和缺點，我最喜歡日常閒談了。精采刺激的故事情節當然也很好，不過故事初期的輕鬆氣氛實在太吸引我了，不曉得教我捶地吶喊了多少次「拜託你們維持一開始的關係啊……！」而日常閒談卻能在意想不到的時候，把這種輕鬆氣氛帶回故事當中……太棒了……

大家好，我是擁有上述麻煩癖好的作者岬。這一集日常閒談系的故事比重似乎多了一些，《休假。》系列在讀者之間素有「九成都是閒談」的封號，在這一集完美發揮了特色。這封號對我來說是最好的讚美了！

階級S冒險者也在這一集當中首度登場。

西翠那張插圖絕妙的表情真是太棒了，我忍不住感慨萬千地盯著看。順帶一提，我私底下為這集彩頁的三個人外加沙德的組合取了個名字，叫做「今昔貴族組」。其中只有利瑟爾一個人不算現任貴族，也不算前貴族，放在裡頭有點微妙。這傢伙的立場總是這麼詭異……

關於階級S，至今為止在各處透露了一點「細節不明但他們很厲害哦！」的情報，其實他們全都是怪物等級的強大戰士。光論實力的話，大概和伊雷文差不多？

西翠的隊伍裡，這麼厲害的人有五個。只不過對人戰經驗上的差距，加上能夠選擇的作戰手段有所差別，所以伊雷文在交戰中能夠取得優勢。這傢伙太卑鄙了，刀尖劃到一點點就幾乎等於贏了，毒液太卑鄙了。

不過這麼想來，利瑟爾要晉升階級S會是相當困難的過程呢。最近他才終於能夠以像個冒險者的方式活動，未來的路還很長。他沒有特別不擅長運動哦！只是普通水準而已！

至於劫爾……沒錯，那傢伙已經在規格之外了……

這一集也獲得了各方協助，我才能順利將《休假。》送到各位讀者手中。

感謝sando老師，前陣子我終於和老師見到面了，還一手拿著第一集、一手拿著筆，厚臉皮地拜託老師幫我簽名。老師不僅爽快答應，還幫我畫上了利瑟爾的插圖，我會把它當作傳家之寶的！

謝謝TO BOOKS出版社，總是給各位添麻煩真是不好意思。謝謝溫柔的編輯大人，最近我開始確信她絕對是天使。還有，感謝把利瑟爾一行人接回家的你。

真的非常謝謝各位！

二〇一九年三月　岬

國家圖書館出版品預行編目資料

優雅貴族的休假指南。4 / 岬著；簡捷譯. -- 初版. -- 臺北市：皇冠, 2020.08 面； 公分. -- (皇冠叢書；第4870種)(YA！；63)
譯自：穏やか貴族の休暇のすすめ。4
ISBN 978-957-33-3558-0 (平裝)

861.57　　109003968

皇冠叢書第4870種
YA！063

優雅貴族的休假指南。4

穏やか貴族の休暇のすすめ。4

作　　者—岬
譯　　者—簡捷
發 行 人—平雲
出版發行—皇冠文化出版有限公司
台北市敦化北路120巷50號
電話◎02-27168888
郵撥帳號◎15261516號
皇冠出版社(香港)有限公司
香港上環文咸東街50號寶恒商業中心
23樓2301-3室
電話◎2529-1778　傳真◎2527-0904
總 編 輯—許婷婷
責任編輯—謝恩臨
美術設計—嚴昱琳
著作完成日期—2019年
初版一刷日期—2020年08月

法律顧問—王惠光律師

讀者服務傳真專線◎02-27150507
電腦編號◎515063
ISBN◎978-957-33-3558-0
Printed in Taiwan
本書定價◎新台幣320元/港幣107元